SEZEN ÜNLÜÖNEN • **Kıymetli Şeylerin Tanzimi**

SEZEN ÜNLÜÖNEN 1987'de doğdu. *Kıymetli Şeylerin Tanzimi* yayımlanan ilk kitabıdır.

İletişim Yayınları 2427 • Çağdaş Türkçe Edebiyat 414
ISBN-13: 978-975-05-2139-3

1-2. BASKI 2017, İstanbul
3. BASKI 2018, İstanbul
4. BASKI 2018, İstanbul

EDİTÖR Levent Cantek
KAPAK ve İLLÜSTRASYONLAR Deniz Karagül
UYGULAMA Hüsnü Abbas
DÜZELTİ Nebiye Çavuş
BASKI Ayhan Matbaası · SERTİFİKA NO. 22749
Mahmutbey Mahallesi, 2622. Sokak, No: 6/31 Bağcılar 34218 İstanbul
Tel: 212.445 32 38 • Faks: 212.445 05 63
CİLT Güven Mücellit · SERTİFİKA NO. 11935
Mahmutbey Mahallesi, Devekaldırımı Caddesi, Gelincik Sokak,
Güven İş Merkezi, No: 6, Bağcılar, İstanbul, Tel: 212.445 00 04

İletişim Yayınları · SERTİFİKA NO. 10721
Binbirdirek Meydanı Sokak, İletişim Han 3, Fatih 34122 İstanbul
Tel: 212.516 22 60-61-62 • Faks: 212.516 12 58
e-mail: iletisim@iletisim.com.tr • web: www.iletisim.com.tr

SEZEN ÜNLÜÖNEN

Kıymetli Şeylerin Tanzimi

iletişim

[eşikten atlamak]

Muhabbet Apartımanı'na ulaşmak öyle kolay değildi.

Diyelim ki Beşiktaş'tan çıktınız yola. Önce vapurla Kadıköy'e geçmek, sonra orada bekleşen otobüslerden 19YR numaralı olanına denk getirip, hatta önünüze çıkma gafletinde bulunan birkaç şaşkını bu uğurda dirsekleyip binmek, yol boyu otobüs sizi takır takır sallarken sağdan soldan üstünüze abananları huzursuz huzursuz kıpırdanarak, olmadı öhhö öhhö diye öksürerek hizaya çekmek, şoför sinirlenip de zınk diye fren yaptı mı bütün otobüsle senkronize halde öne, araba tekrar harekete geçti mi arkaya devrileyazmak, ordan birisi söylenmeye başlarsa cıkcıklamak, kavga çıkarsa "bitsin de yolumuza devam edelim" diye sabretmek, son duraktan bir önceki durakta otobüsten inip iki yüz metre yürüyüp bu sefer de bir minibüse binmek filan lazım gelirdi.

Siz de bütün bu eziyete katlanıp kışın yağmur çamur demeden (çamur demeden mi! hem de İstanbul'da?) yazın sıcakta oluk oluk terleyerek (şoför klimayı açmaz, sinameki birisi muhakkak "ceyran çarpıyor" diye camın çok açılmasına itiraz eder) neredeyse saatlerce yol tepip Muhabbet Apartımanı'nın girişine varıp da etrafa baksanız "Bunca zahmete değer miydi acaba?" diye şöyle bir aklınızdan geçirirdiniz belki, kim bilir.

Alelacele dikilmiş üç dört tane apartman, na işte biri de Muhabbet Apartımanı, ortada betondan bir yeşil alan, cümle kapısında site yöneticisinin apartman ahalisini çöplerini akşam yediden önce dışarı çıkarmaya, çıkarmıyanların hakkında işlem yapılacağına, ayrıca ayidatları düzenli yatırmaya davet ettiğini duyuran bir kâğıt...

Neyse efendim, apartmana girip de merdivenlerden tırmandığınızda yahut asansörün üzerinin yazıları silinmiş düğmelerinden doğru olanı tahmin edip işbu düğmeye azıcık zorlayarak basıp beşinci kata vardığınızda kapılardan birinde Fırat Karemin ismini görürdünüz. Kapıyı çalıp içeri buyur edilecek olsanız (ama niye kapıyı çalasınız, neden içeri buyur edilesiniz?) eve girer girmez ilk iş zaten oldukça alçak olan tavanların, boğucu bir maviye boyandığı için evi iyice küçük ve basık gösterdiğini fark ederdiniz. Eve ilk kez gelen orta boylu insanların dahi yaptığı üzere hole adım attığınız anda kafanız tavana çarpacakmış hissine kapılıp gayriihtiyari başınızı eğerdiniz. Duvarlardaki maviyi, okul ve resmî daire duvarları için devlet babanın ilk aklına gelen seçim oluşundan belki, hemen tanırdınız. İçinizi devlet dairelerine yahut okullarına girdiğinizde hissettiğiniz o huzur, güven duygusu, kendini yerinde ve ait görme duygusu kaplardı bir ihtimal.

Çekinmeyin, bakın dolanın şöyle bir. Girişte, hemen solda kalan geniş oda salon. Salon bir kapıyla evin en büyük balkonuna açılıyor ama evin bütün balkonları gibi orası da camla kapatılmış. (Yazın çok rüzgâr oluyor da.) Siz iyisi mi gerisingeri salona dönüp orayı kolaçan edin. Başköşede kocaman bir televizyon, duvarlar genelde çıplak. Eskiden büyükçe bir çerçeveye yerleştirilmiş, Sevim'le Fırat'ın düğün günlerinde Boğaz kenarında gelinlik ve damatlıklarıyla çekildikleri (gelinliği Sevim, damatlığı Fırat giyiyor canım, illa belirtmek mi lazım) bir resim vardı televizyonun arkasında kalan duvarda, sonra Sevim kaldırdı, ama boşta kalan çivi ile çivinin tam altına düşen dikdörtgen alanda badananın bir ton farklı oluşu ele veriyor resmin yerini. Bu resimde fotoğrafçının el ele tutuşturduğu Sevim ile Fırat gövdeleriyle denize dönmüş, manzarayı seyreder bir vaziyet almışlarken son anda geride bıraktıkları dünyadan beklenmedik bir çağrı duymuş da ona bakıyor gibi başlarını bize çevirmişler, tebessüm ediyorlar. Duvardan indirilip yerinden edilen biçare resim çerçevesinde uslu uslu oturarak vitrinin en üst çekmecesinde, önemli, pahalı ama kullanılmayan akraba hediyeleriyle beraber vaktinin –bir ümit bir kez daha– gelmesini bekliyor.

Koca televizyonun altında Nazlı'nın oynamasının yasak olduğu bir oyun konsolu. Yemek masasının üzerinde ne kadar su verilmesi gerektiği hususunda bir türlü mutabakata varılamayan boynu bükük, pek zavallı bir orkide – ki Sevim'e göre suda âdeta boğulduğu için, Fırat'a sorarsanız da aç biilaç su verilmesini beklediği için bu halde.

Salondan çıkıp sokak kapısının tam karşısında kalan mutfağa gelelim. Mutfak... Bir mutfak hakkında ne söylenebilir ki Allah aşkına? Mutfağı dolduran mis gibi yemek kokuları, raflarda renk renk reçel, turşu kavanozları, şefkatle gülümseyen anaç kadınların tahta bir kaşıkla tadına baktıkları yemekler... Margarin reklamı mı bu? Bizim Karemin ailesinin mutfağı da belirgin bir özelliği olmayan, her evde karşılaşılan türden bir mutfak. Buzdolabının üzerinde eve yemek getiren çeşitli lokantaların, sucunun telefon numaraları. Fırat'ın iş gezisine gittiğinde getirdiği Truva atı şeklinde bir buzdolabı süsü. Dolabın içinde heves edilip alınmış, bir türlü nasıl yenileceği bilinememiş, sonra da israf olacak diye ayda bir neredeyse bir vazife gibi çıkarılıp masaya konan bir kavanoz *hollandaise* sos.

Holden ayrılıp sağ taraftaki koridora yönelip ilerlediğinizde mutfaktan sonraki ilk durak, yine solunuzda kalan küçük bir oda. İlk bakışta ne amaçla kullanıldığı anlaşılmayan ufak çaplı bir muamma. Ütü masası, çamaşır sepeti, elektrik süpürgesi gibi eşyalar gelişigüzel duvarlara doğru ittirilmiş. Tek kişilik rahatsız görünüşlü bir yatak duvara bitişik duruyor. Oda ütü odası yahut evin öteberisi için bir nevi depo izlenimi veriyor ama küçük bir sehpanın üzerine yığılmış kitaplar (Dostoyevskiler, bir Lenin, bir Fakir Baykurt...), sonracığıma yerde –siz içini göremiyorsunuz ama– kapağı fermuarı çekilmeden üstünkörü kapatılmış kıyafet dolu bir valiz, biraz kafa karıştırıyor. Misafir mi var?

Neyse. Bir sonraki odanın ne olduğu çok daha açık. Duvarlar tozpembe, yatağın üstünde pembe fırfırlı bir örtü; yerde, rafta oyuncaklar, ufacık tefecik kırmızı bir masa, masanın dibine bırakılmış üzerinde bir çizgi film kahramanının resmi olan bir okul çantası, siz ayıp olur diye kaldırıp bakmazsınız, o nedenle ben söyleyeyim, yastığın altına konmuş, dikkatsizce katlanmış ayıcıklı pijamalar.

Koridorun sonuna geldiğinizde hemen karşınızda kalan kapıdan içeri girince de Fıratların yatak odası ama biraz mahremiyete, özel hayata saygı gösterelim, içeri bakmadan geri dönelim, olur mu?

*

Odaları tek tek gezdiğinizde siz de fark etmişsinizdir (Sevim Karemin'in aniden çıkıp gelecek davetsiz misafirlere, tanımadığı şahısların evine doluşmasına pek sıcak bakmayacağı fikrini şimdilik görmezden gelelim, unutalım, misafirperverlik mefhumuna sadık kalalım, olmaz mı?) ya da meselenin tam adını koyamasanız bile en azından sezmişsinizdir, bu üç oda bir salon, üstelik de ebeveyn banyolu evde aslında, nasıl söylemeli, insanın gözünü ısıran bir şeyler var. Sorun mobilyanın şekli şemaili deseeek, hepsi komşu çatlatır düzeyde elhamdülillah, avuç avuç para döküp alındı. Evin planı İstanbul'un çoğu evinden kötü değil, içindeki insanlar ve bu insanların zevkleriyle alışkanlıkları etraflarındaki pek çok insandan farklı değil. Yine de izahı zor ama ev fertleri bile bir uyumsuzluğun farkında. Ne var ki çözüm önerileri muhtelif. Evdeki ahenk yokluğu, farzımisal Fırat'ın annesine göre Sevim'in istediği insana hafakanlar bastıran perdelerin kaldırılmasıyla, Sevim'e göre babasının zoruyla seçtikleri badana renginin değiştirilmesiyle, Sevim'in annesine göre Fırat'ın bekâr evinden getirdiği masa sandalye takımının çöpe atılmasıyla çözülür ancak. Ne var ki senelerdir perdeler de masa sandalyeler de durdukları yerde duruyorlar, bu kendi halinde evceğiz de böyle acayip bir karşılıklı taviz sahası olarak yaşamını büyük sıkıntılar, buhranlar, çatışmalar olmaksızın sürdürüyor.

Hem zaten insan bir evden daha başka ne ister?

[cümbür cemaat] O cuma günü, ailenin düzenli olarak gerçekleşen büyük akşam yemeklerinden birisi için sıra Sevim'deydi ama vakit öğlene yaklaşmasına rağmen Sevim hâlâ akşama gelecek misafirleri için hazır değildi. Yemeğin adını bir türlü koyamadığından bir türlü işe başlayamıyordu. Kendisi kırmızı et sevmiyordu, ama konuklara her gelişlerinde tavuk yapsa cimrilik ediyormuş gibi olacaktı. Bulguru çocuklar ve gençler istekle yemiyordu (Sevim kendini büyükten sayıyordu), pirinç için de şimdi bir de GDO endişesi baş göstermişti. Evde yoğurt yoktu, ama Necmettin enişte bir gazetenin sağlık ekinde yoğurdun faydalarına dair bir yazı okuyalı beri yoğurtsuz öğün geçirmek istemiyor, sofrada yoğurt göremezse vaaza başlıyordu. Fırat'la yeni yeni alışkanlık haline getirdikleri somonu bu kadar büyük bir gruba servis etmeye kalksa annesinden hesap bilmezliğine dair bir araba azar işitirdi. En iyisi yine dalyan köfteydi, yanına bir de makarna. Önden ne çorba pişirsem acaba diye düşünürken terliklerini ayağına geçirdi, yoğurt ve lazım olacak birkaç başka şey almak üzere bakkala yollandı.

*

Hâlâ sokakta oynayan Nazlı ile arkada odasında saklanan Demir'i saymazsak o akşam orada olması beklenen herkes oradaydı. Ailenin kıdem ve önem bakımından kendisini en üst rütbede gören üyeleri salon balkonunda, gençler ve kıdemsizler ise salonda oturuyorlardı. Birazdan yemek yeneceğini bilen konuklarda görülen minik hareketler, sandalye ve koltuklarında kaykılıp doğruluşlar ve uzun sürecek bir mevzuya giremeyişler içindeydi herkes. Sevim yerinde hareket ettikçe gözler gayriihtiyari ona kayıyordu. Erkekler nihayet karınlarının doyacağı düşüncesiyle, kadınlarsa sofranın hazırlanışına yardım etmek gayesiyle izlediklerinin farkında bile olmadan izliyorlardı Sevim'i.

İşten gelip üstünü değiştirmiş olan Fırat başıyla sabırsızca bir işaret yaptı Sevim'e. Suratı asılan Sevim kalkıp mutfağa yollanınca teyze kızı Pınar da peşinden gitti. Gönülsüz bir şekilde kalkmaya hamle eden ailenin orta yaşı geçmiş kadınları Fırat'ın "Olur mu canım? Siz oturun. Sevim halleder"iyle koltuk ve sandalyelerine geri döndüler. Geride kalan diğer teyze kızı Ezgi evin bomboş duvarlarını süzmeye devam ediyordu. Kalkıp öylesine camdan dışarı bakmak istedi, sonra görülecek bir şey olmadığını hatırlayıp vazgeçti.

Ezgi aile içi telefon trafiği sayesinde Karemin ailesinde sık sık yinelenen "perde gitsin-hayır esas koltuk rezalet-sen şu duvarların rengine baksana bir kere" sıkıntı zincirinin tüm halkalarına istemese de vakıftı. Etrafına bakınıp "İleride böyle bir koltuk takımı sahibi olmaktan, kaynanamla dükkân dükkân dolaşıp ev döşemektense ölürüm daha iyi" diye içinden geçiriyordu ama Nermin teyzesinin kalkıp masanın kurulmasına yardım etmesi gerektiğini ima eden mimikleri Ezgi'nin düşünce akışını yarıda kesti.

Mutfak Sevim'in salatalıkları soyduğu, kendini büyükten sayıp da yardım etmekten geri durmayan Melahat teyzenin dolaptan tabakları çıkardığı, sokaktan güçbela eve çağırılmış Nazlı'nın eline tutuşturulan çatal kaşığı masaya götürmek yerine incelemeye daldığı küçük ve sıkış tepiş bir mekândı. Hazırlıkları kolaçan etmek için Ezgi'nin peşi sıra gelen Nermin Hanım'ın da eklenmesiyle oda iyice tahammülfersa olmuştu. Salona gidip oturamayacağını bilen, mutfakta durunca yüreğine afakan basan, hazırlıklara canla başla yardım etmeye de kalbinin saçma bir inadıyla direnen Ezgi de eline bir tuzluk alıp ayakta dikilerek odadakileri seyretmeye devam etti. "Nermin teyzem kaşlarını bu kadar ince almasa keşke, yüzüne ne kadar sinirli bir ifade veriyor... Sevim abla tırnak yemeyi bırakmamış hâlâ..." O esnada Nermin Hanım

Melahat'ın üst üste dizdiği tabakları, tuzluğu çekip aldıktan sonra Ezgi'nin eline tutuşturup "Hadi kızım sallanma, sıcaktan şimdi düşüp bayılacağım zaten, kalabalık etme de bunları içeriye taşı," dedi. Zeytinyağlı fasulyenin ve yaprak sarmaların olduğu tabaklar simetrik bir biçimde çoktan masaya konmuştu. Fasulye tabağının hemen altına saklanmaya çalışılmış ama başarılamamış bir yağ izi o tabağın oraya Nazlı tarafından yerleştirildiğini gösteriyordu.

Ezgi kafasını balkona doğru uzatıp "Hadi masaya sofra hazır," diye seslendi. O esnada Nermin Hanım arkasından bu sefer de salona girince Ezgi teyzesinin, yapıp ettiklerinde bir eksik var mı kontrol etmek için kendisini takip ettiğini düşündü. Bir düşünce bile denemezdi buna: zihinde hızlıca çakan ve sönüveren, beş dakika sonra tamamıyla unutulacak bir gölge. Ezgi bu gölgeyi teyzesine karşı senelerdir üstesinden gelemediği bir alınganlığın kışkırttığını biliyordu, ama şimdi yukarıda Allah var, Nermin Hanım da o sırada "Dur kızım ayaklandırma milleti, yemek ısınmadı, hem su filan konacak daha masaya," diye Ezgi'yi düzeltmekle meşguldü. Şekerrenk olan bütün aile ilişkileri gibi Ezgi'nin Nermin teyzesiyle ilişkisinde de *peccatum originale*'nin suçlusu kimdi, ilk kim öbürüne soğuk (burada "nemrut" kelimesi de kullanılmış olabilir ama taraflardan birisinin diğerine çıyan gözlü yahut yastık götlü dediği tamamıyla kuru iftiradır) davranıp ilişkileri gerginleştirdi; Nermin mi Ezgi'yi diğer yeğenlerinden ayırıp gönlünü kırdı; yoksa Ezgi mi Nermin Hanım'a diğer teyzelerine gösterdiği sıcaklığı göstermedi bilinmez. Bu aslı astarı bilinmez, kudretinden sual olunmaz aile gizemlerine o an kafa yormayan erkekler ve kadınlık vazifelerinden yaşı itibariyle o akşamlık azat edilmiş Candan Hanım Nermin Hanım'ın uyarısıyla sandalyelerine geri çöktüler. Ezgi de oturmaya devam eden kuzeni Mert'e doğru çaktırmadan kafasını sallayarak mutfağa döndü. Ezgi'nin neden kendisine kafa salladığını bilen Mert pis pis sırıtmakla yetindi.

*

Sofra kurulup, herkes masaya buyur edildikten, su isteyenlerin bardağına su, meşrubat isteyenlerin bardağına meşrubat doldurulduktan, hem su hem meşrubat isteyen Necmettin Bey için mutfaktan bir bardak daha getirildikten sonra çorbaların servisine geçildi. Kâse doldurmakla görevli Sevim'in işinin bitmesini bekleyemeden çorbalar hüpürdetilmeye girişildi. Çorbalar bitip köfteye sıra geldiği esnada Ezgi Mert'e doğru eğilip "Gülendam'ı niye getirmedin," diye sordu.

"Ben aslında istiyordum ama annem 'Oğlum aile yemeğinde uygun kaçmaz. Aranızda söz yok nişan yok dedi.'"

Nazlı "Ben köftenin yanında pilav istiyordum. Makarna istemiyordum. Pilav yok mu?" diye mızıklanıyordu. Yetişkinlerden kimse Nazlı'ya doğru düzgün dikkat etmediğinden ortaya, hedefsiz bir mızıklanmaydı bu. Babası "Uzun etme," diye susturdu Nazlı'yı.

Pınar dalgın dalgın köftesinin yumurtalarını ayıklıyordu. Yumurta kokusundan midesi bulanmaya başlamıştı bile. Bir yandan çatalını ortadaki salata tabaklarından birine daldırırken, bir yandan "Demir nerde? Yok mu?" diye sordu Necmettin Bey. Fırat Sevim'e kaçamak bir bakış attı, Sevim hemen atıldı: "Demir ağbim burda, içeride, odasında." "E yemek yemeyecek mi o?" Böyle hassas konularda lüzumundan fazla meraklı bulduğu kocasını kaşıyla gözüyle ikaz etmeye çalışıyordu Candan Hanım. Sevim normalden neşeli bir ses tonuyla "Demir ağbinin başı tutmuş yine. Kusura bakmayın diyor. Ben ona tepsi hazırlayıp odasına götürdüm," dedi. Ailenin Fıratlarda her toplanışı Demir'in baş ağrılarına denk geldiğinden durumun hassasiyeti gözetilerek konu "Sevim bana biraz daha fasulye koy bakalım kızım." "Enişte, ekmek ister misiniz?" "Fikret yemeğe o kadar tuz atmasan mı acaba, tansiyonun çıkacak," laflarıyla Demir'den mümkün olduğunca uzağa taşınmaya çalışıldı.

Demir, ailenin hakkında kapalı kapılar ardında kısık sesle konuşulan, büyüklerde kızgınlık, acıma ya da bıkkınlık, gençlerde ise belli belirsiz bir hayranlık, ama mutlaka onu tanıyan herkeste bir tür korku ve endişe yaratan Aşil topuğuydu.

*

Aile önlerine konan yemekleri Demir konusundan uzaklaşma gayretinin de etkisiyle umulmadık bir hızda silip süpürmüş, evin "genç kızları" içeri girip çıkıp tabak taşımaya yetişememişti. Nazlı'nın bir bardak meşrubat daha için izin istediği, "Şu salatayı bitiriverin çocuğum siz gençsiniz kalmasın"ların, ya da "Sevim kızım bana azıcık daha yoğurt koyup gelsene sindirime yardımcı olur"ların havada uçuştuğu bu kapanış dakikalarında insanlar nihayet dikkatlerini yemekten başka yerlere vermeye başlamışlardı.

Piyango Mert'e vurdu.

"Mert oğlum devam ediyor musun derslere? Memnun musun okulundan?"

"Okul tatile girdi enişte."

"Geçtin mi sınıfını?"

"Yaz okuluna yazılacağım. Orada verirsem dersleri geçiyorum. Yani alttan dersim kalmamış oluyor."

"Oğlum neden vakti vaktince geçmiyorsun sınıfını da böyle yaz okulu maz okulu babana masraf çıkarıyorsun?"

"Üstüne varmayın çocuğun. İşte yaz okulunda geçeceğim diyor ya," diye araya karıştı Candan Hanım.

Mert'in Ankara'da başladığı bölümü bitirmeyip evine dönüşü, evdekilere hiçbir açıklama yapmadan mütemadiyen evden çıkıp bir yerlere gidişi, hep parasız oluşu, sonunda tekrar İstanbul'da bir bölüme yazılmaya karar verişi, bu sefer de yeni okulu ve derslerinden ziyade toplamda altmış üyesi olan bir siyasi partiyle alakadar oluşu ailesi ve yakın akrabaları için sürekli bir endişe kaynağıydı.

Bu endişeye diğer yetişkin adayı Ezgi'nin Mert'inkinden pek da parlak olmayan durumunun yarattığı tasa da eklenince, büyükler baş başa kaldıkları her vakit fısır fısır çocukları hakkında fikir teatisinde bulunuyorlardı. İçeride bir korku hikâyesi gibi saklanan Demir de ailenin gelecekle ilgi endişelerine pek yardımcı olmuyordu.

O akşam konuyla ilgili son söz yine gür sesiyle Necmettin enişteden geldi.

"Yok yok yok. Bugünümüze şükür. Haline şükretmeyi bileceksin. Elindekinin kıymetini bileceksin. Bak ailece ne badireler atlattık. Yine de aslan gibi geldik bu günlere," derken elini Sevim'in dizine koydu. Doğrudan Sevim'in gözlerinin içine bakarak "Sen de az çektirmedin bize ama bak üstesinden geldik hepsinin," dedi.

(Size mi? Size mi? SENİN BANA HANGİ KONUDA NE HAYRIN DOKUNDU BE ADAM?)

Bu konunun açılmasından hep huzursuz olan Nermin teyze Fırat'a kaçamak bir bakış atıp hemen konuya müdahale etme gayretiyle "O günler geride kaldı artık. Düşünüp canımızı sıkmayalım. Kim dondurma ister?" diye pek de amacını gizleyemeyen bir manevra yaptı. Ailede herkes eski alışkanlıkla "Ben! Ben! Ben!" diye parmak kaldırdı. Bu Ezgi'nin küçüklüğünde çok sık yaptığı ve sonradan bir şekilde bütün ailenin günlük hayat ritüellerinde kendine yer bulmuş bir hareketti.

Mutfaktan getirilen dondurmalar herkese pay edildikten sonra Nermin Hanım'ın bakışları Mert'in anlattığı bir şeyi gülerek dinleyen Sevim'e ve elindeki okkalı dondurma tabağına kaydı. Oturduğu yerden seslenerek "Sevim, kızım sen diyette değil miydin?" diye sordu. Sevim cevap vermeden önce iki üç saniye duraksadı, sonra da odadakilerin bakışlarını üzerinde hissederek "Bugünlük böyle oldu," diye yanıtladı.

"Olur mu yavrum, siz daha genç sayılırsınız, bizim gibi değilsiniz, yediğinize içtiğinize dikkat etmeniz lazım, bu yaşta salarsanız kendinizi..."

Sevim'in gerildiğini hisseden Ezgi "Ay biliyor musunuz? Ben küçükken bir ara dondurmayı hiç sevmiyordum da ailece gidilen büyük bir yemekte ev sahibi dondurma ikram edince 'Bu ne, nasıl yeniyor, ben bilmiyorum,' diye annemleri yerin dibine sokmuştum. Annem, yazık, ne kadar 'Olur mu kızım? Teyzesi, Ezgi dondurma sevmiyor da ondan böyle oyun yapıyor,' diye durumu idare etmeye çalışsa da evladına o yaşına kadar bir dondurma bile almamış hain anne konumuna düşmüştü. Tabii sonra evde acayip papara yemiştim," diye lafa karıştı.

"Sen bir keresinde de, bizde yatıya kaldığında ne yapmıştın anımsıyor musun?" diye Ezgi'nin başka bir muzırlığını anlatmaya başlayan Melahat teyzenin de etkisiyle aile yavaş yavaş tatlı bir nostalji dalgasına doğru sürüklendi. Akşamın geri kalanı "Hatırlıyor musunuz bir keresinde ne olmuştu?" "Hilmi amcanın karısıyla kavgaları amma komikti değil mi?" "Esas o gün amma gülmüştük, hâlâ aklıma geldikçe gülmemi tutamıyorum," diye geçmiş günlerin tatlı hatırası, o vakitler henüz bozulmamış dostlukların bugüne yansıyan şavkı, o zamanlar aramızdan ayrılmamış sevdiklerimizin buruk bir neşeyle harlanan özlemi içinde geçti.

Vakit geç olup da ailenin üyeleri ikişer üçer kendi evlerine döndüğünde herkesin içinde o akşamı da kazasız belasız, bir tatsızlık çıkmadan atlatmış olmanın verdiği bir rahatlama hissi vardı.

*

Vedalar edildikten, bulaşıklar kaldırıldıktan, ortalık şöyle bir toplandıktan, sesler kesildikten sonra su içmek için odasından nihayet çekinmeden çıkabilen Demir, dönüşte holün açık unutulmuş ışığını kapattı, tekrar odasına girdi.

[nazlı] Ben keşke fil olsaydım. Hortumumla fıstık yerdim. Çok fazla fıstık yemek iyi değilmiş. Alerji yapabilir çünkü. Ama yine de fil olmak iyi bir şey. Çünkü hiçbirşeyi unutmuyorsun o zaman. Ben de hemen dersimi filan öğrenirdim, bir daha da unutmazdım, elmam hemencecikte kızarırdı.

Evde köpek beslemek istiyorum, Lessi bizim köpeğimiz olsun istiyorum, ama izin vermiyorlar. Ananem hayvanın evin içinde ne işi var diyor. Gelip bebeklerinin üstüne, yatağının üstüne çişini yapsa hoşuna gider mi diyor. Onun kılı tüyü her yere dökülür, sonra o tüyler ağzına kaçar, midene oturur, ur olur büyür büyür kocaman olur içinde ur ağacı çıkar diyor. Babam apartmanda köpek olmaz kızım diyor. Annem bişey demiyor. Demir amcam büyüyünce diyor.

Balık aldılar bana o yüzden. İsmet. İsmet'i çok seviyorum ama sarılamıyorum ki. Bir gün çıkarıp öpeyim dedim, hemen koşup elimden aldılar. İsmet'i uzaktan sevmek lazımmış.

Uzaktan sevmek aslında çok iyi bir şey. Ben küçük olduğum için yakından sevmek istiyorum ama büyünce ben de uzaktan sevmeyi öğrenicem inşallah. Mesela benim babam çok akıllı, çok akıllı olduğu için de uzaktan sevmeyi çok güzel iyi biliyor. Beni hep uzaktan seviyormuş, çünkü kocaman akıllı baba. Annem de uzaktan seviyo olabilir, sonuçta hep odasında yatıyor. Migren kirizi tutuyormuş. Bir keresinde benimde migren kirizim tutmuştu ama kimse bana inanmadı. Ben hiç yalan söylemiyorum hal buki. Allah korkum var. Bana Allah'ı öğretti büyük enişte geçen gün. Allah çok büyüktür dedi. Yani Allah çok uzun boylu baba gibi bir adam. Devmişçesine, bizim boyumuz onun ancak ayakkabısına filan gelir. Ben daha küçük olduğum için ayakkabısına da gelmez herhalde.

Allah'ı daha iyi bilmek için Kuran kursuna gitmek lazımmış, okuldan arkadaşlarım hep gidiyorlar. Beni göndermediler. Hal buki bakkal amca, Aybüke ile Gizem'i başları örtülü ellerinde elifbaları kursa giderken görünce hep afferim kızlar, diyor. Bana da afferim dese keşke. O kadar dedim beni de gönderin Kuran kursuna diye. Annem bırakmıyor ki. Ben yine de arkadaşlarıma sordum baya bir öğrendim ama: elif be te se cim ha hı sat dat tı zı ayın gayın kaf kef lamelif ye. Müslüman olmanın ilk şartı kelimeye şahadet getirmek. Yani eşedüenlayile diye başlayan bir şey söylemek lazım. Ben daha tam söyleyemiyorum, o yüzden de ölünce cehennemde yancam diye çok korkuyorum. İnşallah bir an önce öğrenirimde cehennemde yanmam. Cehennemde yanmak çok korkunç bir şey çünkü. Geceleri yatınca biraz korkuyorum ben şahadeti öğrenemeden ölürsem diye.

Bi de şeyi öğrendim, cuma namazına gitmeyen erkekler alevlerin üzerinde namaz kılcaklarmış ölünce. Babamı hemen ikna etmem lazım cuma namazına gitmesi için, ama babamın karşısında biraz sesim kısılıyor benim, bir de karnım ağrıyor azcık, o yüzden önceden hazırlanıp öyle konuşsam daha mı iyi olur kesin.

Ben önce bol bol balık yiyip aklımı büyüteyim iyisi mi. Çünkü babam geçen gün okula gelmiş müdürbey de demişki sizin kızınız çok akıllı, zeki bir çocuk. Derste öğretmeninden hiç ayırmıyor gözünü. Babam da bunu müsafirlere anlattı akşam, ben duydum. Benim kızım dedi, çok akıllıymış dedi. Genelde çünkü ben annemin kızıyım. Ama üvey evlatta olabilirim. Bilimsel bilgilerim şuan bu konuda tam yeterli deyil.

O yüzden bende pilan yaptım. Birincil olarak derste artık gözümü hiç öğretmenden ayırmamam lazım. Burak kokulu silgimi alıp kullanmadığım tarafından defterini silse bile ona değil öğretmenime bakmam lazım her zaman. Bi de beynimi büyütcem ki babam daha çok akıllı kızım desin.

Ama nasıl yicem balıkları? İsmet benim arkadaşım. Görse filan üzülmezmi? Hem o balıkların da gözleri hep açık oluyor, bana bakıyorlar. Bakarlarken yiyemem sanırım. Ama kocaman akıl gerekiyor bana. Ben gözlerimi kapar öyle yerim olmazsa. İsmet'i de öbür odaya mı götüreyim napıyım? İnşallah ismetle önceden tanışmıyorlardır. Allah tahsilatımı affetsin.

Neyse kafamın içi beyin dolunca babam beni daha çok sever, bir de ben daha akıllı olduğum için her bir dediğimi dinler. Hımmm bu konuda napalım, süper zekâ kahramanı kızıma soralım der. Ben de o zaman diyebilirim ki, baba bak senin acilen cuma namazına gitmen lazım, yoksa kızgın demir gibi şeylerin üstünde Allah kıldırcak zaten o namazları.

Ben aslında zaten şimdiden baya bi akıllıyım bence. Ama şiirleri hiç bana okutmuyorlar. Hep Gizem okuyor. Çünkü Gizem'in çok güzel mavi gözleri var. Bizim gibi siyah gözlü değil. Bütün sınıfta bir tek onun gözü mavi. Bir de babası inşaat. Rontlarda da başrol onun sürekli. Ama hep şaşırıyor. Ben olsam hiç bile de şaşırmam. Hele bir de o balıkları yesem... Ama yemesem de ondan güzel olurdu bence benimki. Ozan Gizem'e âşıkmış. İyi be. Ben zaten evlenmicem büyüyünce.

Ben küçükken babamla evlenicem diyordum. Çok komik. İnsan babasıyla evlenir mi hiç. Ama küçük olduğum için o zaman öyle sanmışım. Şimdi büyüdüm. Artık eriği doğruyu biliyorum.

Akşamları biraz dua ediyorum ama yine de. Gözüm belki mavileşir. Sabah bir bakarım mavi olmuş gözüm. Bir de beni korusun, annemi korusun, babamı korusun, Demir amcamı korusun Allah diye dua ediyorum. Bir de kelimeye şahadeti öğrenemeden beni öldürmesin diye. Bu bilgileri aylemle paylaşmaya çalışıyorum, o işlere senin aklın ermez, sen küçüksün boş ver diyorlar. Balık bu nedenle de önemli. Aklımın ermesi lazım. Herkese erik akıl lazım.

[gülendam] *Bu otuz dört beden pantolon bende çuval gibi durdu, daha küçüğü de yokmuş. Bakar mısın canım bir buraya, bu pantolon bana çok büyük geldi değil mi? Yok yok, baksana, üstümden dökülüyor resmen. Bir de bu bluzun yeşilinden getirsene. Beyaz tenli olduğum için ölü gibi oldum öbürünün içinde. Niye yok? Yalnız sizin kalıplarınız da çok dar. Hayatımda ilk defa otuz altı beden pantolon dar geldi. Bu böyle olmaz, ben böyle saçmalık görmedim, kalıplarınızı değiştirmeniz lazım. Canım orada laklak edeceğinize müşteriyle ilgilensenize.*

*

Bütün gün bu tür lafları dinleyip durmuştu Gülendam, sıcak ve yorgunluktan kafası uğulduyordu artık. Üstelik iki saatten önce eve varması da mümkün değildi. Akşamüstü sıcağının bir cellat gibi ümüğüne çöktüğü Galata Köprüsü'nden geçip Eminönü'ne inecek, oradan da vapurla karşıya geçecekti.

Köprü yine şen, hür ve sağlıklı görünümlü turistler ile kendisi gibi kıyafetleri üstüne tam oturmamış, iyi beslenememiş, spor nedir bilmemiş yerli halkla tıklım tıklım doluydu. Gökten egzoz yağıyor, asfalttan alevler yükseliyordu. Okul dönemi için harçlığını çıkarmak adına bugününün tahmini otuz kopyasına daha katlanması gerekiyordu. Böyle düşüncelerle içini büsbütün karartmak yerine bir anlığına aşağıda ışıldayan, fingirdeyen denize bakmak istedi. Korkuluklara dayanıp suyu seyretmeye koyuldu.

Hususi olduğunu tahmin ettiği bir yat (bunlara yat deniyordu değil mi, tekne mi demeli yoksa, aman neyse ne, bir su taşıtı) yavaşça yaklaşıyordu. Üstsüz bir iki delikanlı, ellerinde bardaklar olan genç kızlar. Bardaklar hep renkli, şemsiyeli. Bol dım tıslı bir müzik. Kahkahaları bu uğultudan bile seçiliyordu.

Gülendam arkadaşlarıyla gittiği bir yerde tadını, adını öğrenmek için paraya kıyıp o şemsiyeli bardaklardan sipariş etmeye kalksa, bir şeyleri yanlış telaffuz eder, yudumları boğazına dizilir, ne gerek var.

Gülendam'ın sentetik tişörtünden belli belirsiz bir ter kokusu yükseliyor. Yat, bot, kat, sat, ne karın ağrısıysa işte o ağır ağır yaklaşıyor. Püfür püfürdür şimdi yat. Evde yemek yok. Yine yumurta mı kırsın? Yarın işten erken çıkabilirse pazara gitsin. Akşam yatmadan azıcık İngilizce baksın. Erasmus'la Avrupa'ya gidebilse. Bayramda ikramiye olacakmış. Kışlık bot alır. Ayakları kapalı ayakkabının içinde pişti iyice. Yat yaklaşıyor, yaklaşıyor; kızlar, oğlanlar gülüyor; nasıl, neden olduğunu kendi de anlamadan korkuluklara tutunup aşağı sarkarak bir anda tükürüyor Gülendam. Normalde bir karış öteye denk getirip de tükürmeyi beceremez, ama bu sefer rüzgârın bir azizliğine mi tesadüf ediyor bilinmez, tükürüğü şap diye elinde bardakla oturan kızlardan birinin kafasına konuyor. Kız hayretle yukarı bakarken yat çoktan köprünün altına giriyor bile, kız yukarı baktığında bir şey göremiyor. Bu anlamsız, sebepsiz ve hedefsiz kötülüğün nedenini düşünse de bulamıyor.

[sevim] Bağırdım bağırdım bağırdım, sonunda açtılar karnımı, bir baktılar uyuyor bebecik, nazlı nazlı uyuyor. Adı Nazlı olsun madem. Uyan Nazlı bebek, dünyaya vardık.

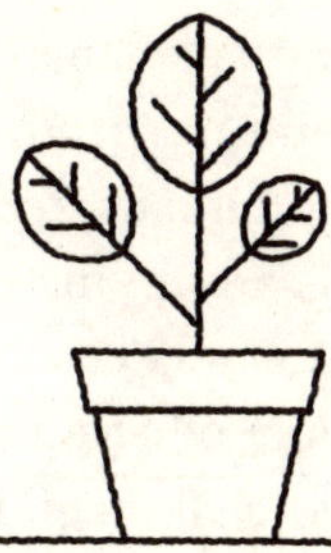

[gülendam] Hava pırıl pırıl, jilet gibi, fıstık gibiydi. Peki ya bulutlar, bu tertemiz, iyi niyetli bulutlar... Bulutların güzelliğine laf mı yetişirdi? Gülendam öğle yemeğinde klimalı bir yerde oturmuş, kahvaltı etmemiş olmanın da etkisiyle karnını tıka basa doyurmuştu. Sevilen bir yemeğin iştahla yenmesinin keyfi, yaşananları ağızda şeker dolaştırır gibi akılda dolaştırarak hatırlamanın keyfine dönüşüyor, Gülendam'ın kanını yavaşça kaynatıyordu. Depodaki mallara bakmak için Fındıklı tarafına giderken adımları kendiliğinden yaylanı yaylanıveriyordu. Yolun kenarında park etmiş bir seçim arabasından oynak, marşa benzer seçim şarkıları yayılıyordu şehre. Çalınan şarkılar, bütün seçim şarkıları gibi ahmakçaydı, ama ne gam. Gülendam'ın içinin kuşlarını havalandırmaya yetmişti sokakta neşeli bir müzik duymak. Bu neşeyle yoldan geçenlere aldırmadan kendi şarkısını söylemek istiyordu Gülendam. Tenini alevlendiren güneş ne hoştu, yere kuvvetle basan adım, yerden sağlıkla kalkan ayak, salladıkça sallanan kollar, hafif hafif esen rüzgârla kanatlanan saçlar, yoldan geçen güzel güzel giyinmiş kadınlar, şen çocuklar... hayat işte buradaydı, tam şu andı. Dünkü öfkesinden, bezginliğinden, umutsuzluğundan eser yoktu. Halbuki sıcak aynı sıcak, şehir aynı şehirdi. (Kendisi aynı Gülendam mıydı?) (Kendisi aynı Gülendam'dı.) Bu ruh haline tutunmayı bilse, istediği an bu coşkuyu çağırıp, küçük çocuklara yaptıkları gibi, zihninde kendini kucaklayıp havaya fırlattıktan sonra tekrar yakalamayı becerebilse...

Bunun sırrının, anahtarının bir yerlerde değil elinde olduğunu bir an sezer gibi oluyordu ama hemen ardından o kavrayış anını yine gözden kaybediyordu. Olsun varsın. Yirmi bir yaşında tazecik bir dal olan Gülendam, böylesi bir dirim anında elbette hayattan tat almanın sırrına uzun uzun kafa yoracak değildi. Gülendam o an gençlikle, neşeyle, coşkuyla, sıhhatle, karnı tok, sırtı pek, istediği istikamette ilerliyordu.

Daha ne olsun.

[ezgi] Ezgi kuşağının ve sosyal sınıfının bütün çocukları gibi biraz fotoğrafçı, biraz DJ, biraz kısa filmci ve biraz da "içerik üretici"ydi. İkinci kez girdiği üniversite sınavından aldığı vasat puanın ardından çocuklarının hayalini kurdukları gibi bir mimar olamayacağına ailesi de ikna olunca Candan Hanım ile Necmettin Bey oturdular, ölçtüler biçtiler, hesap kitap yaptılar ve Ezgi'yi aylardır dilinden düşürmediği grafik tasarımı eğitimini almak üzere yurtdışına göndermeye karar verdiler. Ezgi ABD'de üç sene kaldı, her gün bardak bardak koyu filtre kahve içmeyi ve haftada en az bir kez suşi yemeyi alışkanlık haline getirdi, bu esnada Amerika'ya yirmi sene önce göçmüş Malatyalı bir adam ile karısının işlettiği bakkal dükkânının internet sitesini tasarladı, okuldan bir arkadaşının bitirme projesinde modellik yaptı, cep telefonuyla alışveriş yapılmasını sağlayacak bir uygulama fikri üzerinde arkadaşlarıyla bir müddet çalıştıktan sonra projeyi rafa kaldırdı ve Amerika'da aradığını bulamadığına karar vererek mezun olmadan Türkiye'ye döndü.

Ezgi'nin çizimi iyiydi, kalemi kuvvetliydi, mizah duygusu yerindeydi; yaratıcı, değişik bir şeyler yapmak istiyor, ama kendisini ve yeteneklerini nereye yönlendirmesi gerektiğini bilemiyordu. Tek bildiği, öyle masa başı sabah sekiz akşam beş işlerin ona göre olmadığı, kendisine daha farklı bir yol çizmesi gerektiğiydi. Pek çok arkadaşının da benzer düşünce ve duygular taşıdıklarını biliyor, bu kâh dizi senaryosu yazan kâh filanca belgesel yarışmasına katılan arkadaş çevresinin neler yaptığını, yapabileceğini merak ve kaygı ile izliyordu.

Ezgi için, kendisi durumun ayırdına tam manasıyla varamasa da, vaziyeti biraz daha karmaşıklaştıran nokta, ilgilendiği alanlarda *cidden* yetenekli oluşuydu. Ezgi'ye pek de sıcak duygular beslemeyen Nermin teyzesi ya da Fikret eniştesi bile "Yarın bir gün meşhur olursa bu kız hiç şaşmam," derlerdi, "Televizyoncu melevizyoncu, değişik bir şeyler olacak kesin."

Piyasada bu işlerden para kazanan insanların çoğu kadar (hatta belki daha fazla) onun da eli kalem tutuyor, ortalıkta bu işin ekmeğini yiyenlerin çoğundan daha komik ve akıllıca şakalar yapıyor, üstelik bu işlerin köşe başlarını tutmuş insanların bir kısmının aksine yabancı dil biliyor, kitap okuyor, belgesel festivaline gidiyor, müze geziyordu. Yabancı okullarda okuya okuya, yurtdışına gide gele, sosyal medyayı geze geze birbirlerinden LGBT haklarına saygılı olmayı, *gif* ve *meme* yapmayı, Kürt sorununu, hayatla aralarına alaycı ve ironik bir mesafe koymayı, mutenalaştırmaya karşı olmayı öğrenmiş bir arkadaş çevresi içinde hep beraber bir çıkış arıyor; bulamıyorlardı. (Herkesin farklılaşmak için aklına gelen şey aynıydı.)

Dikkatlerini tek bir şeye yöneltemedikleri için hep bir şeyleri kaçırdıkları duygusunu belli belirsiz yüreklerinde taşıyor, ama "Tamam artık. Bundan sonra sadece resme odaklanacağım," diye kararlar aldıkları vakit ise mesela müziğe olan kabiliyetlerine ihanet ettikleri düşüncesiyle doluyorlardı.

*

İşte böyle bir ruh haliyle Türkiye'ye dönen Ezgi başlarda ailesiyle birlikte oturmayı seçmişti. Senelerdir ayrı olmanın özlemi dindikten, cicim ayları nihayete erdikten sonra bir de aile içi sürtüşmeler başlamıştı. Evde her yaptığı annesine batıyor; annesinin kaç yaşındaki koca kadına hâlâ "Müziğin sesini kıs, odanı topla," diye akıllar vermesi, kapıyı çalmadan odasına girip yerdeki kıyafetleri ona sormadan kirliye atması da Ezgi'yi sinir ediyordu.

Bu durumun böyle süremeyeceğini anlayınca ayrı eve çıkmayı talep etti Ezgi; karısı ile kızının didişmelerinden bıkan babası da biraz nazlandıktan sonra kabul etti.

Arkadaşlarıyla kuracakları bir dergi fikri hayatının işte böyle çıkışsız bir döneminde karşısına çıktı Ezgi'nin.

[sevim] Bok bok bok. Sıçmık kusmuk bok. İçimden deli gibi küfür etmek geliyor ama nasıl küfür edilir bilmiyorum galiba. Ne tuhaf. Neye küfredeyim onu da bilmiyorum, kimin anasını bilmem ne yapayım, kimin bilmem neresine kendi neyimi sokayım, onu soksam hangi derdime çare olur bir anlasam belki daha rahat sokacağım, oyacağım, koyacağım.

Fırat bugün çıkmadan komodinin üzerine para bıraktı, "Çık biraz gez kendine bir şeyler al açılırsın," dedi, harçlığımı da aldım, ortada daha sorun çıkaracak ne var, değil mi?

İçeride bebek ağlıyor, ağlama bebek, ben sana bakamam. Ya da ağla, ağlamayana meme vermiyorlar. Ağlayana da vermiyorlar baksana, annen olacak bencil kadın, oturmuş neler düşünüyor seninle ilgilenmek yerine.

Kan kan kan. Ham diye yutar seni bu dipsiz kuyu. Elimi sokup rahmimi parçalasam. Söksem yumurtalarımı tek tek. İki metre olmuş tırnaklarım yırtsa kanatsa içimi. Kan dörtnala geliyor biliyorum, bakıyorum, paslı paslı kokuyor. Tüyler uzamış, kıvrılmış, üzerlerinde kan kurumuş. Koltuk altının, bacaklarının da bir farkı yok, dip boyan gelmiş, son kullanma tarihin geçmiş.

Kaşınıyorum, derim yağlı yağlı elime geliyor, uzamış tırnaklarımın arasına siyah siyah bir şeyler doluyor.

Kadınlığından utan. Ne biçim kadınsın sen?

Kadın dediğin İstanbul gibi olmalı, fethi zor, fatihi tek. Kim buluyor böyle lafları. Hiç güleceğim yoktu. Gerçi fatihim tek çok şükür alimallah da fethim pek zor olmadı sanırım. Allah'ın emri peygamberin kavliyle istediniz, annemle babam da verdiler gitti.

Kolumu oynattıkça kendi kokum ekşi ekşi burnuma doluyor. Saçlarım kıvırcıklığını yitirip düzleşti kirden.

Sabah kalksam, kuaföre gitsem saçımı tekrar boyatsam fon çektirsem, kaşlarımı bıyıklarımı aldırsam, ağdamı yaptırsam, manikürüm pedikürüm eksik olmasa, fondötenimi, nemlendiricimi, rujumu allığımıkapatıcımıfarımırimelimigözkalemimi sürsem, topuklu ayakkabılarımı, en yumuşak en seksi iç çamaşırlarımı giysem yine tam bir kadın olur muyum? Bulur muyum kadınlığımı tekrar? Kendimi hayatımı evladıma vakfetsem, kocamın bir dediğini iki etmesem, haza hanımefendi olsam, ancak öyle mutlu olurum değil mi?

Bu faturasını bile yatıramaz başına bir erkek lazım dediniz, evlensin de biraz da kocası çeksin yükünü dediniz. Çeksin bakalım yükümü. Baksın bana, koruyup kollasın beni.

Ne bu hal demesin, topla kendini demesin, karılık görevini yerine getir demesin, demesin yoksa öldürürüm onu, bıçaklarım, gebertirim, ağzına sıçarım ulan onun. Ağzını açmaya hazırlandığı anda atlayıversem üstüne, yolsam yüzünü, saçından kavrayıp duvara vursam başını.

*

Nazlı, senin annen bir cinnetti yavrum.

[gülendam] Gülendam ile Mert'in nasıl tanıştığı, adım adım nasıl bir araya geldikleri çok mühim değil. Sadece şunu bilsek yeterli sanırım: Mert kazanması gereken bir zafer olarak gördüğü Gülendam'ın peşinden koştu uzun süre. Gülendam'ı baştan çıkarmak için ne hüneri varsa sergiledi.

Gülendam ise... Gülendam Mert ile tanıştığı günden bir tek şey hatırlıyor. Mert'in kolları. Mert'in sarıya çalan beyaz tenindeki ince seyrek ipeksi kumral tüyler. Gülendam bir atın başını okşar gibi sevmek istiyor Mert'in kolundaki tüyleri, sonra gergin damarlarının içinde dolanan hayatın, sahibinin belki de en cazip yönü olan canlılığın kendini dışavurduğu bu kollara hart diye dişlerini geçirmek.

Ama temkin Gülendam'ın göbek adı.

[sevim] Sevim sürekli temizlik yapıyor. Ayak altında paytak paytak dolaşan, yarım yamalak konuşmasıyla sürekli bir şeyler sormaya uğraşan Nazlı'nın tüm engelleme gayretlerine rağmen yılmıyor. Evin ne kocaman bir makine, onu döndürmenin ne kadar zor bir uğraş olduğunu yeni yeni anlıyor. Onun her şeyle tek tek ilgilenmesi, her ayrıntıyı titizlikle planlayıp hayata geçirmesi lazım.

Duvarlar yine leş gibi olmuş. Allah'tan saten boya yaptırdılar, haftada bir silebiliyor. Duvarları silmek için önce beyaz sabunlu su hazırlaması lazım. Eskiden kullandığı çoğu temizleyiciyi artık çevreye zararlı olduğuna dair Ezgi'nin kafa ütüleyen söylevlerinden dolayı kullanmıyor. Suyu iyice köpürttükten sonra sırf bu iş için özel olarak aldığı merdivenin üstüne çıkıp eşeğini sağlam kazığa bağlamak adına bir eliyle de kalorifer borusuna sıkı sıkıya yapışarak duvarları silmeye koyuluyor. Odaların kalorifer tarafında kalan duvar köşeleri isten simsiyah oluyor. Erkekler bakar kör oldukları için Fırat farkında değil belki, Nermin Hanım da kızının sürekli kalorifer tepelerinde dolanmasından hoşnut olmadığından "Yok bir şey yavrum," diyor ama Sevim o duvarlar öyle kirden kapkara olmuşken asla huzurlu oturamaz. Evinde sigara içilmesini de bu yüzden asla istemiyor. Fırat buz gibi havada dışarı çıkıp sigara içmekten oldukça şikâyetçi ancak ailenin huzurunu bozmamak adına şimdilik sineye çeker görünüyor.

Evine ne zaman misafir gelse, ki bu neredeyse günaşırı gerçekleşen bir olay, Sevim hırstan dolan gözlerle bir gün önce beli kopana kadar çeşitli akrobatik hareketlerle merdivene, kapı pervazlarına, duvarlara, kalorifer borularına tutunarak kimi zaman can havliyle perdelere bile yapışarak sildiği duvarlara bakıyor. "Bir an önce gitseler de duvarları silsem," diye düşünüyor. Nazlı'nın hijyenik bir ortamda büyümesi çok önemli.

Şimdi de önce sabunlu suyla sildiği duvarları sonra bir de sade suyla durulayacak. İşini bitirip suyu değiştirmeye gidiyor. Kovaları taşırken artık beli ağrıyor, bu nedenle yerde sürükleyip getiriyor. Ama su doldurmak için duş başlığının boyu yetişmediğinden kovayı küvete koyup kova dolduktan sonra yine kendisinin kaldırıp çıkarması gerekiyor. Yılmıyor. Asla rehavete kapılmıyor. Temizlik için yardımcı bir kadın çağırması önerisine neden olduğunu bilmediği bir inatla katiyen karşı çıkıyor. Annesi eskiden hiç böyle takıntıları olmayan kızı hakkındaki endişelerini az şekerli Türk kahvesi içerken kardeşleriyle paylaşıyor.

Sevim o gün yine kovayı yerde çeke çeke getirip kaloriferin başında bırakıyor. Az önce sildiği yerleri durularken gözü perdeye takılıyor. Bir kere o da yine isten ve sigara dumanından sapsarı, hatta neredeyse kimi yerlerde kahverengi olmuş. Üstelik artık göz hizasına yakın olduğu için gördüğü üzere kornişlerin kimi dökülmüş eksik kalmış, kimi yerlerde de sıra atlanıp perde yanlış takılmış. Hırsla bütün perdeyi söküyor, önce yıkayacak, sonra ütüleyip tek tek kornişlerini kontrol edip bu sefer hatasız takacak.

"Tek bir perdeyi yıkamak ekonomik olmaz, diğer perdeleri de yıkayıp asalı daha iki gün olmadı," diye düşünerek salona şöyle bir göz gezdiriyor. Danteller birden çok sümsük görünüyor gözüne. Yılışık yılışık yayılmışlar sehpaların üstüne, masaya, konsola. Hepsini baştan yıkayıp ütülesin, kolalasın hatta.

Bunu neden daha önce düşünemedi? Kolalarsa dantelleri şu kişiliksiz, ne istediğini bilmeyen, asalak havalarından kurtulur, tam durmaları gerektiği gibi dururlar. Dantel nasıl kolalanır bilmiyor ama. Elindeki perdeyi koltuklardan birinin üzerine bırakıp bilgisayarın başına geçiyor. Hemen internetten bakıp öğrenecek dantel kolalamayı. Fırat'ın gömleklerini de kolalayabilir hem. Adama hoş bir sürpriz olur.

Bilgisayarın açılmasını bekleyemeyecek kadar sabırsız hissediyor kendisini, bu kolalanma işi tuhaf bir ivediyet kazanıyor gözünde. Arama motoruna dantel kolalamak yazıyor, karşısına bir sürü sonuç çıkıyor. Kadınlara yönelik olduğunu belirten ne çok site varmış meğer, yemek tarifleri, örgü örnekleri, mutfakla ilgili küçük püf noktaları.

Bir günlük gazetenin ekinden hazır kolayı unutması gerektiğini öğreniyor Sevim ilkin, hiçbir şey nişastanın yerini tutmaz zira. Biraz su ısıtılacak, o esnada nişasta suyla karıştırılıp bekletilecek, su kaynayınca nişasta eklenecek, karışım şeffaflaşınca süzgeçten geçirilecek, çok yoğunsa su eklenecek, kumaş sonunda bu karışıma batırılacak, sıkılıp kurutulacak. Yeterince ayrıntılı gibi gözüken bu tarife bakarken kuruduktan sonra mı ütülenecek kurumadan önce mi, karışımın çok yoğun olduğunu nasıl anlayacak, sıcak su mu eklenecek soğuk mu gibi sorular kafasından geçiyor Sevim'in.

Zaten az önce şöyle bir göz attığı siteler dolayısıyla hafif bir yılgınlığa kapılmış. Bilinmesi gereken ne çok şey varmış meğer, kırmızı şarap lekesinin üzerine beyaz şarap dökülürmüş, çay ve kahve lekelerini ise karbonatla çıkarmak lazımmış, yün örgüler nişastayla değil şekerle kolalanırmış, reçel kaynatılırken tahta kaşıkla karıştırılırmış.

Bu envaiçeşit bilgi bombardımanının yanı sıra gördüğü kadarıyla ev hanımları her hafta yeni bir yemek deniyor; tarifleri, yemeğin fotoğraflarını ve deneyimlerini bloglarında paylaşıyor, eski çoraplarını atmıyor paspas yapıyor, çocuklarına el emeği göz nuru dantel legolar yapıyorlardı. Evinin duvarlarını bile istediği gibi temiz tutamayan bir ev kadını olarak Sevim, tarifsiz eksiklendi. Okuduklarını unutmamak için kısa kısa notlar almaya koyuldu.

[ward hunt buz sahanlığı]

Ward Hunt Buz Sahanlığı Arktika'nın en büyük buz sahanlığıdır.

[nazlı] İsmet'in piskolojisi bozulmuş. Akvaryumda otura otura bunalmış hayvancahız. Bütün gün evde tıkılı kalırsa olcağı bu. Halbuki adam olacak kocası onu çıkarsa gezdirse.

[gülendam] Baştan alalım:

Gülendam'ın Mert'le tanışması, hayattaki her şey gibi, bir dizi tesadüf sonucu gerçekleşti. Tanıştılar, daha doğrusu karşılaştılar, Mert Gülendam'ın ağırbaşlı, kendini geride tutan, sakin halinden etkilendiğini fark bile edemeden etkilendi. Gülendam'ın kendisine bakmasını, kendisiyle konuşmasını, şakalarına gülmesini istedi. Gülendam'ın derli toplu yüzeyinde bir dalgalanma yaratmak istedi. Mert Gülendam'la (ve el mahkûm beraberlerindeki diğer herkesle) konuştukça istediğini elde etmek için daha öncekilere benzemez gözü kara bir arzu duyduğunu, sesinin daha gür çıktığını, hareketlerinin daha kuvvetli bir hal aldığını seziyordu. Mert'in vücudunun her zerresinde hissettiği bu arzunun gücüyle bastıkları zemin eğimleniyor, Gülendam davetin gücüne karşı koyamayıp Mert'e doğru düşüyor, Mert de olgunlaşmış bir meyveyi karşılar gibi kollarını açmış Gülendam'ı yakalamayı bekliyordu.

Gülendam da anlattığı her şeyi kendisine, sadece kendisine anlatıyormuş gibi duran bu çocuğun başını kendisine her çevirişinde, dikkatini kendisine her yöneltişinde kendisini tohumdan çiçeğe durmaya hazırlanır gibi hissediyordu. Kanı damarlarında ısınıyor, hazır olduğu şeyin gereğini yapamayacağını bildiğinden topluca süregiden, ama aslında sadece Mert ile ikisi arasında geçen o konuşma hiç bitmesin, Mert bir an önce, açıkça ve hiçbir şüpheye yer vermeyecek şekilde onu ayartsın, baştan çıkartsın, tavlasın istiyordu.

Mert'in de Gülendam'ın da sonrasında ne kadar sürdüğünden emin olamadığı "konuşma" bitip de içlerinde bulundukları topluluk yavaş yavaş gevşemeye, tavsamaya başlayınca Gülendam'ın yanına hissettirmeden yanaşan Mert bir bahane uydurup Gülendam'dan numarasını istedi. Aslında Mert bu tür şeyleri doğal akışına bırakmaktan yanaydı, üstelik o albenisini daha doğrudan ortaya koyan kızlardan hoşlanırdı, esasında...

O gün orada başlayan o şeyin –her neyse *o*– hep devam etmesini, yükseklerden toplanıp gelen sular gibi gitgide coşkulanmasını isteyen Gülendam yine de numarasını Mert'e vermedi. Bahanenin uydurma olduğu o kadar ayan beyan ortadaydı ki, buna kanmış gibi yapmaya utandı.

Allahtan Mert Gülendam'ın itirazını kaale almadı, tanışmalarına vesile olan ortak tanıdıklardan birisinden allem edip kallem edip Gülendam'ın numarasını rica etti.

Mert Gülendam'a ilk mesajını gönderdiğinde, Gülendam bu durumu tevekkülle kabullenmiş göründü, numarasını vermeyi kabul etmediği bir çocuğun kendisine sabah akşam mesaj atmasında bir fevkaledelik yokmuş, bu mesajlara mecburen katlanıyormuş gibi yaptı.

Böylece Mert ile Gülendam arasında ikisinin de birbirini istediğinin, arzuladığının hem bilinip hem bilinmediği, hem hissedilip hem bundan şüphe duyulduğu o tatlı devir başlamış oldu.

*

O akşam iş çıkışı güçbela eve dönüp kendini odasına attığında, içi içine sığmıyordu Gülendam'ın. Gün boyu Mert'le mesajlaşmışlardı. Şimdi odasında, artık uzamaya başlamış olan günlerin akşama dönmeye hazırlanan loş ışığında, üstünde sokak kıyafetleriyle yatağında uzanmak yerine kalkıp babasına yemek hazırlaması gerekiyordu ama kendisine hâkim olamıyordu. Açıp açıp Mert'in gönderdiği son mesajı okuyordu. "Sen ne tatlı şeysin ya. Yicem seni," demiş. Yesin beni, yesin. Umutlanıp umutlanıp tekrar şüpheye düşüyordu. Belki herkesle böyle konuşuyordur, belki lafın gelişi demiştir...

Mert o lafı nasıl, niye demişse demiş. Gülendam için, içeride, televizyonun karşısında yemeğini bekleyen babasının, evde başka yer olmadığı için odasına doldurulmuş ve Gülendam'ın odasına her alıcı gözle bakışında gözbebeğine batan ütü masası, kovalar, çamaşır sepetleri gibi Gülendam'a ait olmayan eşyaların, işyerinde sürekli kıyafetine ya da saçına bir kulp takan çalışma arkadaşlarının, okulda kolejli arkadaşlarının yanında ağzını açmaktan korkmasına neden olan düz lise İngilizcesinin ve şimdi adını bile aklına getirmek istemediği diğer ailevi meselelerin bir önemi yoktu o an. Mert vardı, mesajlar vardı, Gülendam'ı bir koza gibi içine almaya hazırlanan bir sevgi ihtimali vardı. Bunlar yetmez miydi?

Gülendam Mert'le aralarında ne olursa olsun (yani Mert duygularına karşılık verse, işler ciddiye binse de, sonu hüsran olsa da, senle beraber olsak da sevgilim, ayrılsak da ölsek de bu yolda, hiç görmesek birbirimizi, özlesek) bu yaşadıklarının kıymetini bilmesi gerektiğini, bu yüreğini ürperten, içini titreten heyecanın, coşkunun kendi başına da yeterince nadir ve kıymetli olduğunu, daha önce hiç böyle bir tecrübesi olmadığı halde, biliyordu. Beklemenin, sabretmenin hazları vardı. Bunu biliyordu. Yavaş yavaş, tadını çıkara çıkara, güneşte esneyen bir kedi gibi acelesiz tecrübe edilmesi gereken şeyler vardı. Bunu da biliyordu Gülendam. Yine de ne olacaksa olsun, bütün belirsizlikler ve kuşkular ortadan kalksın, iman edenlerin ancak ölümden sonrasına ihtimal biçtikleri o mutlak anlayış anı gelsin, Gülendam da bir huzurla arkasına yaslansın istiyordu. Oh be, desin, dünya varmış. Dünya. Varmış.

(O günlerde her şey birbirine denkti. Dünya tam ve kusursuz bir yuvarlaktı.)

Ama o anda dünyanın, bütün olasılıklarıyla orada bir yerlerde olduğuna, kendisini beklediğine, önüne güzel şeyler çıkaracağına dair başka işaretlere ihtiyacı vardı Gülendam'ın. İstemeye hakkı yoktu belki, uzun yıllar kendisine hayatın aslında, sanılanın, filmlerde kitaplarda anlatılanın aksine yani, *şöyle* değil de *böyle* olduğunu, insanı işte *şöyle* ediverdiğini, kimsenin *şey* olmadığını, zaten hep işte *öyle* olduğunu telkin edip durmuştu. Hiç kimse hiçbir şeyi hak etmiyor, hak edenler de zaten avcunu yalıyordu. Ama şimdi, Mert'le önünde bir pencere aralanır gibi olunca, Gülendam o pencereden bakınca gördüğü ya da göreceğini zannettiği her şeyi bir anda, tam şimdi istiyor, başka türlüsü elinden gelmiyordu.

Zamanı hızlandırıp bir anda menzile varamayacağına göre mecbur *Çalıkuşu* falına başvuracaktı. Gülendam faldan hoşuna giden bir sonuç çıkmazsa "Amaaan, fal işte!" deyip geçecekti ama o an Gülendam'ın içi, sanki olup bitecek her şey sahiden de bu fala bağlıymış, kader elinde şişleri, ağlarını örmeye hazırlanıyormuş, faldan ne sonuç çıkarsa feleğin çarkı o yöne meyledecekmiş gibi ürperiyordu.

Önce gözlerini kapatıp konsantre olmaya çalıştı Gülendam. Sonra falın hakikatini emniyet altına almak için üç kulfu bir elham okudu. İçinden önce ona, sonra yirmiye kadar saydı. Gözlerini açtı. Bir tören alanındaymış, onu dikkatle seyreden binlerce kişi varmış gibi vakur bir edayla yerinden kalktı. Raftan defalarca okunmaktan parça parça olmuş kitabı aldı, tekrar gözlerini kapatıp Mert'i düşünerek rastgele bir sayfayı açtı. Bir an nefesini tutup kitaba hiç bakmadan parmağını sayfada öylesine bir yere bastırdı, denk gelen paragrafı okumaya başladı:

"Şunu da tasrih edeyim ki, bu işte seni zerre kadar düşünmedim. Hani, gönlümün rızasıyla sana, Feride gibi nadide bir kız değil, evimin kedisini bile teslim etmezdim. Fakat, gel gör ki, bu deli kızlara söz anlatmak kabil değil. Sizin gibi toy, kalpsiz adamların nesini severler bilmem ki?.."

Yani?

Çalıkuşu falının da böyle bir sorunu vardı işte. Falları tabir etmek hep güç oluyordu. Gülendam şimdi endişelenmeli miydi, yoksa bu sahne nihayet Kamran ile Feride'nin kavuşması anlamına geldiğine göre Mert konusunda ümit etmeye devam mı etmeliydi?

İş bu falı tabir etmekle bitmiyordu ki. Şüphesiz gören gözler için her şey bir işaret, her karşılaşma tabir edilmesi gereken bir rüya idi. Vapurda Mert'le ilgili iyi kötü bir karara varmışken, ama tam da Mert'in adını içinden geçirirken bir gencin gitarla çalmaya başladığı şarkı bir işaretti, işyerinde Figen'in baktığı kahve falında gördüğü R ve E harfleri bir işaretti, akşam eve dönerken ağaç dalında fark ettiği, gördüğüne inanamadığı için dönüp dönüp bir kez daha baktığı mavi muhabbet kuşu bir işaretti; her şey her şey mealini bekleyen bir işaretti... yeter ki insan bakmayı, görmeyi ve anlamayı bilsin.

Peki zavallı Gülendamcık, tüm bu olup bitenden ne anlasın?

[fırat] Evliliklerinin dördüncü yılında Fırat mutsuzdu, çünkü Sevim mutsuzdu. (Evliliklerinin birinci, ikinci, üçüncü yılında Fırat mutlu muydu?) Allah'a çok şükür o en kötü günleri atlatmışlardı ama Sevim eski neşesini kaybetmişti, farkındaydı. Bunu bir iki kere Sevim'in annesine açmaya çalışmıştı ama Nermin Hanım "Ee artık genç kızlık bitti, çoluk çocuğa da karıştınız, eskisi gibi kakara kikiriyle geçmiyor günler, Sevim de bunu anladı, olgunlaştı evladım," diye yanıtlamıştı onu.

İş dönüşü trafiğin kilitlendiği bir anda bunları düşünürken Sevim'i mutlu edecek bir şeyler yapmak istedi Fırat, ama kendisinin Sevim'i neyin mutlu edeceğine dair hiçbir fikri de yoktu. "Her kadın çiçek sever," diye düşünerek köprü girişinde su, hatta meyve, ıvır zıvır, öteberi, şu bu satan satıcıların arasında dolanan çiçekçi kadından bir demet sarı karanfil alacaktı, son anda vazgeçti. Çiçekçiye gidip adamakıllı bir buket yaptırmak daha iyi olurdu herhalde.

Bir çiçekçi bulayım derken yol uzamış, eve her zamankinden neredeyse yarım saat geç varmıştı. Heyecan, gurur ve mahcubiyet karışımı bir hisle zili çaldığında âdeti üzere onu kapıda karşılayan Sevim elindeki fiyonklara sarılmış, kâğıtlar, kurdeleler, yaldızlar içindeki kocaman gül destesine şaşkınlıkla bakakaldı. Neden sonra kendini topladığında, "Ne gerek vardı, bir sürü de para vermişsindir, teşekkür ederim" deyip gerisingeri mutfağa dönerek çiçekleri suya koymak için iplerini çözmeye başladı.

Fırat'ın yüzü asıldı, üstünü bile değişmeden salona geçip televizyon kumandasının tuşlarına rastgele basmaya başladı.

Sevim çiçekleri getirip salonun başköşesine koyduktan sonra banyoya girip kapıyı kapadı. Klozetin kapağını kapayıp üstüne oturdu. Yerdeki klozet kapağının üstündekiyle bir örnek örtüye bakarak ses çıkarmadan kendine acıma yüklü bir ağlamak koyverdi.

Bir demet gül ha?

[yurttan sesler korosu] (Abdülkadir Kılıçarslan, köşe yazarı, evli, iki çocuk babası, orta düzeyde İngilizce biliyor.)

Aile cemiyet hayatının en mühim unsuru, âdeta bir yapıtaşıdır. Nasıl ki Cenabıhak hücrelerin bir araya gelmesinden kusursuz işleyen bir mekanizma, benzerini Batılıların asırlardır uğraşmasına rağmen idrak edemedikleri bir mükemmel makine oluşturmuştur, vazifesini eksiksiz yerine getiren çekirdekler yani aileler de ayni suretle sıhhatli bir cemiyet oluşturur.

Bu makinenin teklemeden işlemesi elbette ki makineyi oluşturan parçaların, kısımların, kendi üzerlerine düşenleri kati surette yerine getirip başka kısımların görevlerine haset etmemeleri ile mümkündür. Nasıl ki bir saatte akrep "Ben de yelkovan olacağım," derse o saatin bir kıymeti kalmaz, saat saatlik vazifesini yerine getiremez hale gelir, ailede de herkes kendi hududunu bilmeli ve bu hudut çerçevesinde mevcudiyetini sürdürüp vazifesine sadık kalmalıdır.

Cemiyetimizin içine düştüğü sapkınlıkların ve açmazların birinci sorumlusu aile mefhumunun zayıflamış olmasıdır. Avrupa'da alıp başını giden fuhuş âlemleri, uyuşturucu âlemleri, kumar toplantıları ve daha burada sayamayacağımız türlü çeşit garabet oradaki yetkilileri de dehşete düşürmüş, acil durum değerlendirmelerinde tek çözümün Doğu tipi aile anlayışını tekrar hayata geçirmek olduğu anlaşılmıştır. Bugün ecnebilerin bile bizden örnek almaya çalıştığı aile kavramımızı biz saçma sapan bir Batı özentisi içinde yok saymaya çalışıyoruz.

Kökü dışarıda feminizm, anarşizm, komünizm ve hatta pozitivizm gibi akımlar ailede herkesin kendi yerini bilmesine âdeta engel oluyor. Çocuklar asilikler içinde büyüklerine karşı gelmekte, nerede akşam orada sabah başıboş kalmakta, küçük yaşlarda sigara alkol uyuşturucu gibi zararlı alışkanlıklar edinmektedirler. Barlarda, pavyonlarda, metalizm veyahut gotiklik gibi şeylerin peşine düşüp tuhaf tuhaf kılıklara girmektedirler. Ellerinde bir telefon, sabahtan akşama Face, Twitter gibi sitelerde nefs yarıştırmaktadırlar.

Kadınlar, yüce Yaradan'ın kendilerine bahşettiği en ulvi görevleri olan analığı ikinci plana atmakta, ya para hırsı içerisinde kariyer peşinde koşmakta ya da konken partilerinde günlerini gün etmektedirler.

Babalar ailenin reisi sıfatlarını unutmakta, namazlarını ve genel olarak tüm ibadetlerini ihmal ederek çocuklarına ve etrafındakilere kötü örnek olmaktadırlar.

Bu tür durumların acilen önünün alınması gerekmektedir. Artan kürtaj rakamları, suç oranları, geçenlerde şahit olduğumuz cinsî sapıkların özgürlük kisvesi altında eşcinselliği özendirme yürüyüşleri, toplumun içine düştüğü manevi boşluk (bu boşluğa bire bir şahit olmak için gündüz vakti televizyonu açmak kâfidir) ailenin esas işlevini yerine getirmediği takdirde daha da artacaktır.

Ey müminler, böylesi anlarda şüphe ya da karamsarlığa düştüğünüz vakit, sığınağınız, kurtarıcınız her zamanki gibi Kuran-ı Kerim ve hadis-i şerif olsun. Onlar bizi hiç yarı yolda bırakmayacak ebedi fenerlerimizdir. Hatırlayınız ki Kuran-ı Kerim "Ey iman edenler! Kendinizi ve ev halkınızı cehennemden sakındırınız." (Tahrim, 6) buyurmuştur. Siz de Allahuteala büyüktür deyip gördüğünüz bu sapkınlıklara ya sabır çekiniz, ahirette cezasız kalmayacaklarını bilmenin emniyetiyle iman tazeleyiniz, ama kendi ailenizi bu tür özentiliklerden, gaflet ve dalaletten sakınmak için de elinizden geleni ardınıza koymayınız.

Hayırlı cumalar!

[gülendam] Okullar açılalı kaç ay oldu ama Gülendam işi bırakamadı. Kitaplar hep çok pahalıydı, yazın bir dil kursuna yazılmak istiyordu, çift anadal yapıyordu, Erasmus'la gidebilse ne iyi olurdu, para hep lazımdı. Bir yandan okul ve öğrencilik, her daim üzerinde hissettiği iyi not almak baskısı, bir yandan iş, her gün içinde saatler harcadığı İstanbul trafiği Gülendam'ı çok yoruyordu, evet. Ama akşamları o gün ne yaşanırsa yaşansın eve gitmek, odasına geçip Mert'ten gelecek telefonu beklemek Gülendam'a şaşılası bir dayanma gücü veriyordu. Herkesten sakladığı ufak bir kuş gün boyu kanat çırparak yüreğini ferahlatıyor, göğsünde bir mücevher gibi taşıdığı Mert'in de onu sevdiği fikri başına ne gelirse gelsin kendisini herkesten ayrı ve şanslı hissetmesini sağlıyordu. Mert'in sevgisi bir koza olup Gülendam'ı sarıp sarmalıyor, onu gün boyu aldığı darbelerden şefkatle koruyordu.

Akşam yemekten sonra koşar adım odasına kapanıp yatağına uzandıktan sonra telefonunu başucuna koyarak Mert'in aramasını beklediği dakikalarda bazen dayanamayıp uzanıp telefonu öpüyordu Gülendam.

Mert telefonda o gün başından geçen alelade şeyleri anlatırken, sözgelimi o gün bir iş için geçtiği Eminönü'nden dönerken otobüste nasıl uyuyakaldığını tarif ederken Mert söyledikçe Gülendam'ı da tatlı bir rehavet sarıyor, gözkapakları ağırlaşıyor, otobüste tıngır mıngır giderken Mert'le beraber uykuya dalmamak için kendisini zor tutuyordu. Mert'in hiçbir güzel anısı onsuz olmasın, Mert'in onunla böyle sonradan, uzaktan da olsa paylaşmadığı hiçbir şeyi kalmasın. Ama mümkünse Mert hep yanında olsun. Gülendam Mert'in alnına dökülen ince telli kumral saçlarını eliyle ittirsin ve o güzel alnını öpsün. Biçimli kafası... Otobüste gördükleri, duydukları... Başkalarına ettiği akıllıca laflar... Etrafındakileri güldürüşü... "Düşünme, düşünme kıskanırsın," dedi Gülendam kendi kendine.

Bazı akşamlar da o gün okulda hep beraber değillermiş, her şeyi beraber yapmamışlar gibi Gülendam birlikte yaşadıklarını da bir masal gibi baştan anlattırıyordu Mert'e. "Ondan sonra? Ondan sonra ne oldu?" "Ben hafifçe yanağından öptüm, senden belli belirsiz bir lavanta kokusu yükseliyordu, bir an başım döndü." "Sonra ben ne dedim?" "Sen bir şey demedin, utandın gözlerini kaçırdın." "Sen ne düşündün o zaman?" "Bilmem, bir şey düşünmedim herhalde. Ne kadar mutlu olduğumu düşünmüşümdür belki."

"Bunları böyle soruyorum diye sıkılıyor musun?" "Yok, sıkılmıyorum." "İyi o zaman. Başka neler oldu bugün?"

Sahi, neden anlattırıyordu bütün bunları Gülendam? Kendi gözüyle gördüğünü bir de Mert'in gözünden görmek, ağzından dinlemek niye böylesi yakıcı bir ihtiyaçtı? Bu soruya verilecek bir cevap, biraz düşünürsek, elbet bulunurdu; ama ilk aşkın bu en güzel, en heyecanlı ilk günlerinde her şeyi didik didik etmek, aklın ve kalbin en kuytu köşelerine girip her şeyi kuru bir açıklama süzgecinden geçirmek neden? Güzel pek çok şey gibi uçup dağılıverecek bu mahrem anları biz de elimizde stetoskoplarımız, büyüteçlerimiz, kafamızda kuramlarımız kurcalamayıverelim o vakit. Bırakalım Gülendam hem Mert'ten, hem Mert'te gördüğü kendisinden, hem Mert'te görülüyor olmaktan büyülendikçe büyülensin. Sevip sevilmenin, sevildiğini bilmenin, sevdikçe sevesi gelmenin tadını çıkarsın.

["düşünmen yeter"]

Erkeklerin düşünmesi yeter. Kadınların düşünmesi yetmez. Kadınlar "Bugün temizlik yapacaktım da, sana layık bir temizlik olmayacak diye vazgeçtim," diyemez. "Bu akşam evde yemek yok muydu? Nasıl aklımdan çıkmış görüyor musun? Söz bir dahaki sefere..." diyemez. Arabasının motorunun filanca özelliğini diğer arabaların motorunun filanca özelliği ile yarım saat boyunca çizelgeli karşılaştırabilen adamlar evlendikleri günün tarihini akıllarında tutamazlar. Tuttukları takım için "hadi hisset bu hislerimi" diye şarkılar yazıp on binlerce kişinin önünde avaz avaz bağırabilen, karşı takımın taraftarıyla sevişmek istediğini şarkılı türkülü davullu zurnalı bir koro halinde kan ter içinde dile getiren adamlar maazallah kız kardeşlerine filan asla "Seni seviyorum, benim için kıymetlisin," diyemezler. Doğru düzgün araba kullanmaktan bile aciz kadından çok daha akıllı, marifetli, teknik zekâsı yüksek bu adamlar iş çamaşır makinesini çalıştırmaya geldi mi birden aptallaşıverir; *sevimli* bir çaresizlikle etraflarındaki kadınlara muhtaç olurlar...

*

Hadi kızım hadi sen çok kafa yorma bunlara, eline mi yapışır insan sevdiği adamdan bir bardak suyu esirger mi?

[ezgi ile kaan]

Ezgi ile Kaan bir müddet önce Özgür'ün verdiği bir ev partisinde tanıştılar ama ayrıntılar biraz flu. Gecenin ilerleyen saatlerinde çalan müziğin basları Özgür'ün sağlam ses sisteminin de yardımıyla duvarları titretirken, loş ışıkta birbirlerinin ancak silüetlerini seçebildikleri bir halde arka odalardaki kanepelerden birinde yan yana düştüler. Hemen ayaklarının dibinde yere uzanmış, etrafa aldırmaksızın sevişen bir çift vardı. İkisi de o dönemde yalnız olduklarından böyle tenha bir köşeyi arıyor olmaları için bir sebep yoktu. Ezgi o saatte kafası çoktan bi milyon olduğu için tam hatırlamıyor ama sanırım cigara içildiği için bu tarafa geçmişti. Cigarayı aralarında dolandırıp dururken Kaan'la bağrış çağrış saçma bir muhabbete girişmişler, neden olduğunu ikisinin de anımsamadığı bir biçimde gülmekten soluksuz kalmışlardı.

İki gün sonra Kaan'ın "Arka odadaki sarışın kız abi, ya hani vardı ya, yeşil elbise giymişti," diye tarif etmeye çalıştığı kızın Ezgi olduğunu anladığında çok gülmüştü Özgür: "Oğlum o kızın saçları siyah."

Kaan böyle detaylara takılacak adam değildi Allahtan. Ezgi'nin numarasını Özgür'den almış, Ezgi'yi bir kadeh bir şey içmeye davet etmiş, ilişkileri de işte böyle başlayıvermişti. Kavgasız gürültüsüz, ortak zevkler, ortak alışkanlıklar, ortak arkadaşlar üzerinden akıp giden bir beraberlikleri vardı. Şimdilik ciddi bir şey düşünmüyorlardı ama zaten bu yaşta ciddi bir şey düşünüp de ne yapacaklardı?

[ward hunt buz sahanlığı]

Ward Hunt Buz Sahanlığı aşağı yukarı dörtyüzkilometrekarelik bir alan kaplar.

[gülendam] Gülendam'ın annesi Gülendam yedi yaşındayken bir sabah kalktı. Gülendam'ın yağsız tostunu hazırladı. Sütüne karıştıracağı kakao erisin diye biraz su ısıttı. Gülendam'ın uyuduğu odaya girip kızını yavaşça uyandırdı. Gülendam tostunu yerken annesi kakaosunu çıkkıdı çıkkıdı karıştırdığı ılık sütü Gülendam'ın önüne koydu. Bir tasa doldurduğu suyu getirip süt bardağının yanına yerleştirdi. Tastaki suda ıslattığı tarakla o esnada bir yandan kahvaltısını eden Gülendam'ın saçını güzelce taradı. Taranan saçı hassas hesaplar sonucu tammm ortadan ikiye ayırdı. Gülendam saçı tam ortadan ikiye ayrılmazsa mutsuz olurdu çünkü. İki yandan ördüğü saçların ucuna birer kurdele bağladı. "Bu kirlenmiş dur yenisini getireyim," diyerek Gülendam'ın el örgüsü yakasını çıkardı. İçeriden bembeyaz ve yine kendisinin ördüğü başka bir yaka getirdi. Gülendam aslında diğer kızların taktığı üzerinde çizgi film kahramanları olan yakalardan istiyordu ama istediklerini söylemeye alışkın bir çocuk değildi. Annesine "Bana şu yakalardan alın," demek aklının ucundan bile geçmezdi. Kahvaltısı bitip helada ağzını çalkaladıktan sonra kapının önüne gelen Gülendam'ın çantasını sırtına annesi geçirdi, "Okula geç kalıyorsun ama dönünce o ayakkabıları bir boya," dedi, Gülendam'ın arkasından dua okuyarak kapıyı kapattı.

İçeriye döndü, hazırlayıp yatağın altına sakladığı valizi çıkarttı, başörtüsünü aynanın karşısında özenle bağladı, telefon defterinden bir sayfa koparıp "Seni çok seviyorum kızım," yazdı, taşımakta zorlandığı valizi nedeniyle pek mağrur olamayan bir edayla on beş senelik kocasını, dokuz senelik evini ve yedi senelik kızını terk etti.

Gülendam bu nedenle yedi yaşında herkese ve her şeye küsmenin nasıl bir şey olduğunu, sekiz yaşında tost yapmayı ve anahtarını boynunda bir iple taşırsa kaybetmeyeceğini, dokuz yaşında yumurta ve makarna pişirmeyi, on yaşında her gece ağlanmadan da yaşanabileceğini, on bir yaşında halıya dökülen kolanın en iyi kosla ile çıktığını, on üç yaşında bacaklarının arasından geliveren kandan korkmamayı, on altı yaşında (okuldaki diğer kızların alay konusu olduktan sonra) bacaklarındaki kılları jiletle temizlemeyi, on yedi yaşında o kılların ağdayla alındığı zaman daha yumuşak çıktığını kendi başına öğrendi. Kızınca aynı anası gibi domuz domuz baktığını ise on beş yaşında halasından öğrenmişti.

Annesinin gidişi yüzünden önce kendisini (acaba köftelerimi nazlanmadan bitirmedim diye mi gitti, sokakta oynayıp eve gelince "elini yıka" diye banyoya gönderdiğinde üşenip ellerimi ıslatıp döndüğümü mü anladı), sonra babasını (annemi Ali Rıza amcanın torununun sünnetine göndermedi, üzdü, kaçırdı kadını), sonra annesini (ne biçim bir ana ki bu evladını bırakıp gidiyor), sonra tekrar babasını (kim bilir aralarında benim bilmediğim neler geçti) suçladı. Sonra bir gün kimi suçlarsa suçlasın annesinin geri gelmeyeceğini anladı.

Babasıyla kurdukları hayat yakınlarındaki insanları şu ya da bu şekilde hep rahatsız etti. "Bir kız çayı içelim," diye gelip salonun başköşesine kurulan halaları çay bardaklarını toplayıp mutfağa yollandığında peşinden gelip "Utanmıyor musun şu evin halinden, azcık babana sahip çık, kadın kadıncık bir kız ol, dolapta yemek yok, tozlar olmuş bir karış," diye onu, içeride kalıp "Bu kıza çok yüz veriyorsun, şımartıyorsun, tepemize mi çıkaracaksın?" diye babasını azarladılar.

Annesi gittikten sonra bir müddet bakıcı bir kadın ayarladı babası. Bakıcı kadın her gün evde başka bir grup kadın ağırladı, Gülendam salona girip çıktıkça kafasına pat pat vurup "Ah yavrum ah garibanım, anası sağken öksüz kalanım," demek haricinde Gülendam'ı kendi haline bıraktı.

Gülendam bir akşam babasına evde tek başına kalabileceğini, zaten bir aksilik olacak olursa halalarının hemen şuracıkta olduğunu söyledi.

O günden sonra evde tek başına kalan Gülendam ilk birkaç hafta babasının odasında karıştırılmadık dolap çekmece bırakmadı. Annesinin kimi eşarplarını kesip Barbielerine elbise yaptı, topuklu ayakkabılarıyla yürüyeyim derken bileğini burktu. Yarı kıymetli taşlardan oluşan kolyesinin taşlarını ayırıp (annesi herhalde çok para etmez diye yanında götürmemişti, çünkü bilezikleri, çeyrek altınları filan ortadan kaybolmuştu halalarının dediğine göre) mahalleden arkadaşlarına silahlarına mermi yapsınlar diye dağıttı.

Sonra yalnızlıktan sıkıldı. İzlediği bir Türk filminde canlandırdığı anne karakterini çok beğendiği Hülya Koçyiğit'in gazetenin televizyon ekinde yer alan hap kadar bir resmini kesti. Evin içinde sürekli onu yanında gezdirip her yaptığını, her düşündüğünü ona anlatmaya başladı. Hülya Koçyiğit böylece onun ne kadar çalışkaaaan, ne kadar tertipliiiiii, ne kadar iyi huyluuuu bir çocuk olduğunu anlayacak ve bu kız hemen benim kızım olsun diyecekti.

(Bugün derste yine beş aldım. Zaten Necla öğretmenim en çok beni seviyor. Çünkü ben çok ağırbaşlıyım. Sınıf defterini her gün müdürün odasına ben getirip götürüyorum. Tahtaya hiç adım yazılmıyor konuştum diye. "Sınıf başkanı kim olsun?" deyince Necla öğretmen, herkes "Gülendam," dedi. Öğretmenimiz kızının küçülen kazaklarını da bana vermişti zaten. Ben biraz üzüldüm ama sonuçta Ayşegül'e de verebilirdi ama işte beni daha çok seviyor. Işılay da dün beslenmesinden bana da vermek istedi. Annesi "Gülendam'ın annesi yok, ona kimse beslenme hazırlamıyordur," demiş. Ben de "Ben evde hamburger yedim, çok tokum," dedim. Ben zaten hamburger yapmayı da biliyorum, kola yapmayı da biliyorum...)

[sevim] Nermin Hanım, Sevim içeride mutfakta tabakları hazırlarken beğeniyle etrafı süzdü. Sevim nihayet dikkafalılık etmeyi bırakmış, "Bu masa böyle örtüsüz olmaz," telkinlerini dinleyip balkondaki masanın üstüne muşamba bir örtü sermişti. Birmilyoncuda görüp beğendiği rüzgâr çanı balkon kapısında asılıydı. Saksılarda çiçekler, bir kenarda duvara dayanmış çalı süpürgesi, hanım hanımcık yuvasını kurmuştu işte Sevim.

Hal böyleyken ne halt yemeye her gün yeni bir sıkıntı icat ediyordu anlamak mümkün değildi. Hele bu en son çocuk meselesine ne demeliydi? Kafasız kız "Aldıracağım bu çocuğu," diye tutturmuştu. Fırat yavrum, böyle bir şeye asla müsaade etmeyeceğini söyleyince Sevim özel bir kliniğe gitmek için Nermin Hanım'dan para istemişti. Günahsız bir sabinin kanına girmeye asla razı olamazdı Nermin Hanım. Kendisi az mı üzülmüştü Sevim'e hamile olduğunu öğrendiğinde. Ne güzel gül gibi bir anne olup çıkmıştı sonunda. Üstelik, ailelerine katılacak yeni bir üyenin Sevim'in kendisini toplamasına yardımcı olacağını düşünüp sevinmişti bile Nermin Hanım. Nikâhta keramet, çocukta bereket vardı. O bebeği gebeliğin üçüncü ayında kaybetmeleri büyük bir talihsizlik olmuştu. Talihsizlikten başka süreçlerin bu işe karışmış olma ihtimalini Nermin Hanım aklından bile geçirmemeye gayret ediyordu.

Bu gebelik hüsranından sonra Sevim kendini iyice salmış, Nazlı'nın demesine bakılırsa çoğu günler yataktan bile doğru düzgün çıkmaz olmuştu. Haliyle Nermin Hanım Sevim'in kendini böyle kapıp koyvermesinden hiç memnun değildi. Fikret Bey kızının bu şımarıklığa bir son verip kendisini toplamasını bekliyordu. Karıkoca Sevim'i eşe dosta karşı "Biraz üşütmüş de...Kayınvalidesi rahatsızlanmış, ona yardım ediyor," diye idare etmekten yorulmuştu. Nermin Hanım kızını karşısına alıp "Bak, genç kadınsın, kendini böyle salmak olmaz. Sonra Allah muhafaza Fırat'ın gözü bir dışarıya kayarsa çok üzülürsün," diye akıl vermeye çalışıyordu ama ana kız Sevimlerin evinin kışın rahat etmek için Fırat'ın önerisiyle kapattırdıkları mutfak balkonunda otururlar, Sevim'in elleri susuzluktan boynu bükülmüş fesleğenin üzerinde dalgınlıkla gezer iken Nermin Hanım Sevim'in kendisini dinlediğinden bile şüpheliydi.

Gözü bir anlığına mutfakta açık bırakıp sesini kıstıkları televizyona takılan Nermin Hanım farklı bir yöntem denemeye karar verdi: "Bak kızım, sen artık bir anasın. Hiçbir şey olmasa Nazlı'yı düşünmen lazım. Yazık değil mi ona? Çocukcağız anası babası başında, elleri ayakları tutarken, Allah'a şükür halleri vakitleri yerindeyken sefil oluyor. Önüne bir kap sıcak yemek çıkaranı olmuyormuş çoğu günler. Ben yine elimden geleni yapmaya çalışıyorum, dün akşam gece yarılarına kadar börek yaptım getirdim, baban kızdı o kadar, 'Uğraşma ne halleri varsa görsünler,' dedi ama benim yine içim elvermedi, ne de olsa ana yüreği. Peynirli soğanlı yaptım, Fırat'ın sevdiği gibi. Yarısını buzluğa kaldırdım, ihtiyaç olunca çıkarıp ısıtıp yersiniz ama bu böyle olmaz. Çocuk dediğin anasını babasını yerini yuvasını bilmeli. Kocan anlayışlı adam, sabahın köründen akşamın bir yarısına kadar çalışıyor. Nazlıcık anneanne babaanne elinde büyüyor," derken birden hınçlanıverdi Nermin Hanım. Sevim yüzüne bakmadan fesleğenle oynamaya devam ediyordu. Günlerdir yıkanmamış saçları yağdan yol yol olmuştu. "Bak hâlâ. Bari yüzüme bak. Ne derdin var kızım? Ne derdin var? Ne istiyorsun?" diye Sevim'i omuzlarından yakalayıp sarsmaya başladı. Sevim'in kendini korumak için içgüdüsel olarak bile en ufak bir hareket yapmaksızın yalnızca kafasını kaldırıp şaşkınlığa benzer tuhaf bir ifadeyle kendisine baktığını görünce bıraktı. "Gördün mü? Herkesi çileden çıkarıyorsun. Benim hoşuma gidiyor mu böyle otuz yaşında kadını hırpalamak? Konuşsana! Bok mu var susuyorsun?"

[nermin hanım] Nermin Hanım eve dönüş yolunda iki durak erken indi otobüsten. Evde doğru dürüst sebze meyve kalmamıştı, pazara uğrasa iyi olurdu. Akşam kalabalığı ıslak bir yorgan gibi çökmüştü pazarın üstüne. Meyvenin sebzenin iyisi seçilmiş, kalanlar da gün boyu beğenilip arzu edilmeyi beklerken gevşeyip kalmışlardı. Etrafında itişen, bağıran, omuz vurup dirsek atarak ilerlemeye çalışan kalabalığa bakıp içinden geçirdi: "Ne çirkin bir milletiz. Şu hale bak. Adamların Ruslara gitmesine şaşmamak lazım."

Laf olsun diye iki kilo elma alıp pazarcı paranın üstünü tam vermiş mi diye kontrol bile etmeden ayaklarını sürüyerek eve doğru yola koyuldu. Bu evi Fikret Bey'in emekliliğinden sonra almış, içini yeni baştan döşemişlerdi. Yıllardır onun eskisi, bunun elden düşme eşyası, şu eksiğin önüne muşamba gerelim, bu deliğin üstünü dantel örtüyle kapatalım derken hiçbir evinde huzurla, içine sinerek oturmamıştı Nermin Hanım. Bu ev hayatında yeni bir sayfa olacaktı ama şimdi de Sevim... Tam rahat edeceğim derken...

Elma poşetini elinden bırakıp çantasından anahtarını buldu. Kapıyı açıp içeri girince Fikret Bey'in ayakkabılarını yine ortada bıraktığını görünce kan beynine sıçradı. "Evi temizleyen kendin olmayınca bu ayakkabılar böyle holün ortasına bırakılıyor tabii!" diye salona doğru bağırdı. Fikret Bey ya avaz avaz bağıran televizyondan dolayı duymadı Nermin Hanım'ı ya da duymazdan geldi. Ayakkabıları portmantoya, elma poşetini buzdolabına yerleştiren, ellerini uzun uzun sabunladıktan sonra çantasını dikkatle boşaltıp bir askıya asan Nermin Hanım dolaptan ertesi güne çözülmesi için kıyma çıkardıktan sonra salona, kocası Fikret Bey'in yanına geldi.

Kahverengi ve bej tonlarında düzenlenmiş salonda Nermin Hanım ile Fikret Bey'in Sevim doğana kadar senelerce dirsek dirseğe çalıştıkları maliye dairesini andıran bir şeyler vardı. (Fikret Bey sonradan tek maaşla ev geçindirmek zor oluyor diye özel sektöre geçmişti). Duvarlar içinin resmiyle beraber bir çerçeveciden aldıkları bir yağlı boya tablo hariç boştu. Vitrine Mert'in lise mezuniyeti şerefine bir fotoğrafçıda çekilmiş bir resmi çerçevelenip konmuştu. Çerçevenin bir kenarına Nermin Hanım'ın bekârlık günlerinden kalma siyah beyaz bir gençlik resmi iliştirilmişti.

Nermin Hanım kendisini dikkatli, yavaş hareketlerle koltuğa bırakıp koltuğun bir ucuna uzattığı ayaklarını bir kırlentle destekledikten sonra "Televizyonu bağırtma bu kadar, kulaklarına yazık. Komşular da rahatsız oluyordur," dedi. Sonra Fikret Bey'in cevap vermesini beklemeden kumandayı eline alıp televizyonun sesini kıstı. "Of. Başım tuttu zaten pazarda."

Televizyonun sesi kısılınca, karısının eve döndüğünü yeni fark etmiş gibi baştan aşağı süzdü Nermin Hanım'ı Fikret Bey.

"Eee?"

"Ne eee'si?"

"İşin uzun sürdü sanki?"

"Pazara uğradım dönüşte."

Bu kelimelerin ne anlama geldiğini anımsamaya çalışır gibi durakladı Fikret Bey bir süre.

"Nasıldı?"

Elinde kumanda, kanallar arasında amaçsızca gezinirken yanıtladı Nermin Hanım kocasını. Bir yandan her gün izlediği evlilik programının bitip bitmediğini hesaplamaya, bir yandan da az önce "Kıs şu televizyonun sesini," diye kumandayı elinden aldığı kocasının bu programın açılmasına kızıp kızmayacağını kestirmeye çalışıyordu. Öbür kanalda da bir gün aniden ortadan kayboluvermiş genç kocasının bulunmasını isteyen yeni evli bir kadıncağız vardı. Yavrucak neredeyse bir aydır hafta içi her gün televizyonda gözyaşı döküyor, feryat figan kocasının bulunmasını talep ediyordu. Kocasının akrabalarının teselli ya da usturuplu azarları, bir türlü kadını sakinleştiremiyordu. Neyse, şimdi açsa o kanalı, kocası yine homur homur homurdanırdı. Lafa kaldıkları yerden devam edebilmek için sordu:

"Hı?"

"Nasıldı diyorum."

"Aman, çok kalabalık her yer. İtiş tepiş. Terli insanlar, kavga gürültü. İki kilo elma aldım ama bir şeye benzemiyor. Bir tatlı yapıp ona mı koysam?"

Yanı başında duran saksının toprağını eşeleyip inceleyen Fikret Bey sesini bir perde yükseltti.

"Sevim diyorum, Sevim nasıldı?"

"Hiçbir değişiklik yok. Hep aynı terane. 'Neyin var kızım?' diyorum, yüzüme bakıyor."

"O Fırat'ın bugün yarın canına tak ederse görür o gününü. Eloğlu bizim gibi çekmez kimsenin nazını. Gözünün yaşına bakmaz, kor kapının önüne."

Nermin Hanım kumandayı elinden bırakıp ani bir hareketle Fikret Bey'e döndü.

"Sen ne biçim babasın? Kız orada depresyona mı girmiş, bunalıma mı girmiş, kafayı mı oynatmış belli değil, sen hâlâ Fırat'ı düşünüyorsun."

"Ben ne diye Fırat'ı düşünecekmişim? Ama bu Sevim'in yaptığı düpedüz şımarıklık, uyuzluk. Bütün gün evde ne bok yediği belli değil. Fırat'ın bir istediği akşam eve gelince sıcak bir yemek, iki tatlı söz."

"Sen çok anlarsın ya tatlı sözden. Kızını bunca sene karşına alıp da bir kere insanca konuştun mu acaba? Evlilik eve ekmek getirmek demek değil bir tek. Akşam koltuğunun altına bir yoğurt bir gazete sıkıştırıp gelmekle iyi koca olunmuyor."

"Sen benim kocalığıma laf mı ediyorsun?"

"Senin kocalığına laf etmek ne haddimize? Kız ben evlenmek istemiyorum, sevmiyorum dedi. Sen bunca zaman gezdiniz tozdunuz, artık bu vakitten sonra ben bu aileye laf getirtmem diye zorla evlendirdin. Aile reisliği nasıl oluyormuş gösterdin."

"Akşam akşam çileden çıkartma beni. Ben öyle dedim de sen farklı mı dedin? Zaman içinde seversin, aşk dediğin iki günlük heves demedin mi sen kıza? Şimdi sıkıya gelince yalan yanlış konuşma, yürü git Allah aşkına."

"Burası benim de evim, ben niye gidiyorum sen git!" diye bağırırken Fikret Bey'in gerçekten ayaklanıp kalkmaya yeltendiğini görünce şaşaladı Nermin Hanım. Tartışmanın harareti içinde geri adım atıp "Dur saçmalama, nereye gidiyorsun?" diyemediğinden kocasının kalkıp evden gidiş seslerini salonda oturduğu yerden dinledi. Kapı, beklediğinin aksine çarpılmamıştı.

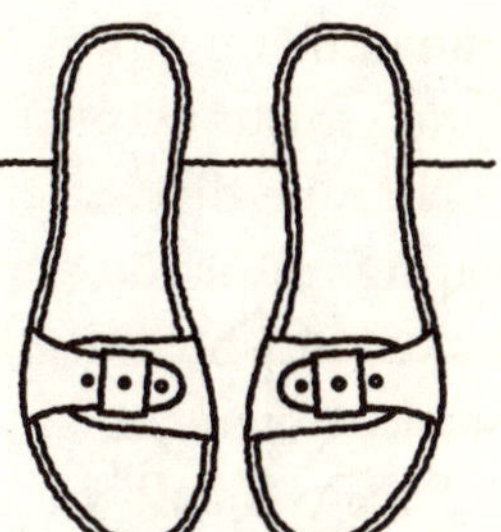

[sevim] Sevim bir sabah kalktı. Nazlı'nın peynirli yumurtasını hazırladı. Sütüne koyacağı şekerli toz karışımını dolaptan çıkardı. Dayanamayıp önce bir kaşık kendi ağzına attı. Nazlı'yı yavaşça uyandırdı. Nazlı yumurtasını yerken şekerli tozunu çıkkıdı çıkkıdı karıştırdığı ılık sütü Nazlı'nın önüne koydu. Bir tasa doldurduğu suyu getirip süt bardağının yanına koydu. Tastaki suda ıslattığı tarakla Nazlı'nın saçını güzelce taradı. Taranan saçı hassas hesaplar sonucu tammm ortadan ikiye ayırdı (Nazlı saçı tam ortadan ikiye ayrılmazsa mutsuz olurdu çünkü), iki yandan birer tokayla tutturdu.

Sevim Nazlı'yı okul servisine teslim ettikten sonra içeriye döndü, hazırlayıp kıyafet dolabının içine sakladığı valizi çıkarttı, aynanın karşısında baktığını görmeden uzunca bir süre durdu. Telefon defterinden bir sayfa koparıp seni çok seviyorum kızım yazmadı, taşımakta zorlandığı valiziyle dokuz senelik evini ve yedi senelik kızını terk etmedi.

Yuvası dağılmadı. Kocasıyla çocuğu aç biilaç yarı yolda ortada kalmadı.

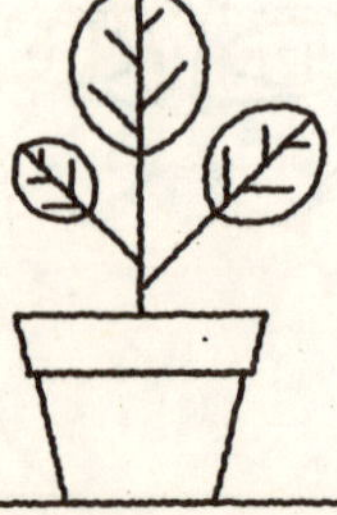

[nazlı'nın günlüğü]

S. N'ye vurdu. Ben büyüyünce kimseye vurmayacakım. Çünkü bu ÇOK yalnış.

[isimlerin hikmeti]

Eski usul çiftlerin birbirlerine isimleriyle hitap edemeyip falanca bey, filanca hanım demelerinin bir hikmeti var. Tanrı'nın doksan dokuz adının zikredilmesinin ibadet olmasının bir nedeni var. Durup dururken Allah'ın adını anmanın günah olmasının bir sebebi var. Tanrı'nın bilinmeyen yüzüncü adını söyleyenin her dilediğinin gerçekleşmesinin bir nedeni var. İsimlerin bir gücü ve sihri var. Sevilenin adını bir kâğıtta yazılı gördüğümüzde bile içimizin titremesi bundan. Heceler ağzımızdan çıkarken yüreğimizin de peşinden gelmesi bundan. O ismi söyleyecek kimsesi olmadığı için kendi kendine tekrar etti Gülendam: Mert. Mert. Mert.

[sevim] Bir şeyi beklerken, onun gelişini hızlandıracak bir şey yapamıyorsa insan, o zaman oyalanır. Vakit geçirir, sonra da sevinir beklenenle aramdaki mesafe azalmış diye. Ben bir şey beklemiyorum ama oyalanıyorum. Televizyon seyrediyorum mesela akşamları, televizyonda güzel bir film varsa, kafamı yormayacak, o kafanın yorulmaması lazım çünkü, gün içinde ne büyük işler başardı, akşam dinlenmeli, doktor da öyle dedi, hafif şeylerle kendini oyala dedi, güzel hafif bir film varsa televizyonda oh diyorum çok şükür bu akşamı da böyle aradan çıkardık.

Gündüz Nazlı'yı okula bırakıyorum her gün, sonra gidip okuldan alıyorum hiç gerek yokken, halbuki kendisi gelebilir. Ama bana da meşgale oluyor. Ben de evladımla gerektiği gibi ilgilenmeyi öğrendim nihayet.

Yerli dizileri zaten hiç kaçırmıyorum, onlar bitince de bazen filmler yetişiyor imdadıma ama yetmiyor. Mert yabancı diziler getiriyor artık, lost prison break heroes desperate housewives seinfeld hepsi benden soruluyor.

Çok güzel oyalıyorum kendimi ama "ne" ile aramdaki mesafe kapansın diye yapıyorum bunu bilmiyorum.

Hiçbir şey beklemiyorum çünkü hiçbir yere gitmiyorum. Kendim ölene kadar vakit mi öldürüyorum? Yeterince vakit öldürürsem bana ölümü getirecek kadar vakit kalmaz belki. Zincirlikuyu'dan silerler "Her canlı ölümü tadacaktır," yazısını. "Her canlının ölümü tatmasına yetecek kadar vakit kalmadı elimizde, canlılardan önce vakti öldürdünüz zira. Çevreye verdiğimiz rahatsızlıktan dolayı özür dileriz. Yeni şubemizle ilgili güncellemelerden haberdar olmak istiyorsanız lütfen mail listemize üye olunuz," yazar belediye. İşlemeyen, 1998'den kalma, midi'li bir web sayfasına yönlendiriliriz.

Ne mutlu ev kadınıyım diyene.

[melahatlar] O sıcak yaz gününde Ezgi ve arkadaşları, Karaköy'de bir çay evinde saatlerce çıkarmak istedikleri yeni dergiyi tartışmışlardı. Uğultudan, yorgunluktan ve gerilimden Ezgi'nin kafası şişmişti. Hal böyle olunca Ezgi, o durumda eve gitmek değil, Şişli tarafına çıkmak, teyzesini görüp onunla laklak ederek kafasını dağıtmak istedi.

Üstelik bu dergi tartışmalarının daha çok uzayacağı aşikârdı. İşin aslına bakılırsa derginin ne hakkında olacağı konusunda bile herkes ayrı telden çalıyor gibiydi. Dergicilik ölüyordu; bir tarafta eski köhne toz kokusundan insanı aksırtacak "köklü" dergiler vardı ki öksürükten olmasa da sıkıntıdan öldürebilirlerdi insanı. Diğer taraftaysa hep aynı boş lafları parlak kâğıtlara basıp yeniymiş gibi yutturan bullshit vardı. Basılı dergiciliği bırakıp internete bakınca da onca kakafoni içinde doğru düzgün içeriği ara ki bulasın. İşte onlar, Ezgi ve arkadaşları yani, tam da bu boşluğu dolduracak; genç, dinamik, yenilikten korkmayan, teknolojiyi kullanabilen, dünyadaki trendleri izleyebilen kişiler olarak eksikliği hissedilen kaliteli içeriği üreteceklerdi. Mizah, kültür sanat, alternatif akımlar – kendi okumak istedikleri ve hep yabancı mecralardan takip etmek zorunda kaldıkları her şeyi işte kendileri yayınlayacaktı.

Buraya kadar herkes hemfikirdi de, bundan sonrası için bir türlü bir yol haritası çizemiyorlardı. Basılı dergilerin modası çoktan geçtiğinden, online bir dergi yayınlamak en mantıklısıydı. Derginin aylık çıkması gündemi takip etmeyi zorlaştıracak, hiçbir yeniliğe yetişemeyeceklerdi muhtemelen. Onların dergisi çıkana kadar konular bayatlayacak, içeriğin modası geçecekti. İnternet demek hız demek, her an interaktif olarak okuyucu ile iletişim içinde olmak, sorularına cevap verebilmek, sosyal medyadan anbean haberleşebilmek demekti. Bütün bu fırsatları aylık bir dergi çıkararak çöpe atmak çok mantıksızdı.

İyi ama haftalık içerik de yazıların araştırılması, yazılması, düzeltilmesi bilmem ne derken bir dünya iş olacaktı. Üstelik dergi Vice'a mı benzemeliydi yoksa The Onion'a mı?

Hem cool hem kitleleri peşlerinden sürükleyecek bir şeyler yapmak istiyorlardı ama o şey tam olarak neydi ve nasıl yapılacaktı bir türlü anlaşamıyorlardı.

Teyzesinin evine vardığında bu dergi tartışmasını kafasından atmak istemesine rağmen Ezgi hâlâ bir türlü iç sesini susturamaz, kimin ne dediğini kafasında tekrar canlandırır, bir yandan da "Mine haklı bence, keşke Koray'a o kadar yazarı nereden bulmayı planladığını sorsaydım," diye ona buna içinden laf yetiştirir bir haldeydi. Zili çaldı. Kapıyı Melahat teyzesi açtı. Pınar yoktu ama İlhami eniştesi de oradaydı. Hemen bir çay koydular, Ezgi'nin getirdiği poğaçalar da tabaklara pay edilince karı koca tüm dikkatlerini Ezgi'ye yöneltebildiler. Dergi projesini, bu konu etrafında dönen tartışmaları user-friendly arayüz, katılımcı sosyal medya gibi terimleri çok anlamadan da olsa ilgiyle dinlediler. Derken söz dere tepe, eş dost, akraba dedikodularına kaydı, karşılıklı güle eğlene belki iki saate yakın oturdular.

Bardağının dibinde kalan soğumuş çayı da kafasına diktikten sonra Ezgi müsaade isteyip yola koyuldu, kafası cidden dergi tartışmalarından azadeydi artık. Zihnin yüzeyine çarpan her mesele bir öncekini süpürüp götürüyordu ne de olsa.

[nazlı] Anneannem bana sorular sordu büssürü annem balkondayken. Öğretmenini seviyor musun dedi, derslerine çalışıyor musun dedi, akşamları yemekte ne yiyorsunuz dedi, annenle baban birbirlerine bağırıyor mu dedi. Ben de geçen akşam kuru fasulye yedik dedim, turşu da yedik, babam yemedi, karnını ağrıtıyormuş dedim, annem dün hep yattı dedim, ben de bezi ıslatıp alnına koydum dedim. Sonra annem gelince anneannem afferin yavrum sen şimdi oyuncaklarınla oyna dedi. Ben ama salonda boyama kitabımı boyuyordum. Anneannem git odanda boya dedi. Sonra salonun kapısını kapattılar. Ben biraz merak ettim ama delikten bakmadım çünkü ayıp. Sonra zaten anneannem anneme bağırdı. Ben de duydum.

Anneannem gidince annem bana çok kızdı. Bir ailede olan biten her şey başkalarına anlatılmaz dedi. Sen niye evde olan biten her şeyi anneannene yetiştiriyorsun dedi. Ben bir gün bile Mert dayını dedenlere şikâyet etmedim, kimseyi ispiyonlamadım dedi.

Ben çok utandım. Demek benim yüzümden bağırdı anneannem anneme. Ben çenemi tutabilseydim. Ailede olan biten dışarıda anlatılmaz halbuki. Niye anlattım anneanneme, niye? Allahım ben bunu nasıl yaptım bunu nasıl yaptım bunu nasıl yaptım bunu nasıl yaptım bununasılyaptımbununasılyaptımbenkötübirçocuğumbununasılyaptımbununasılyaptımbenbununasıl.

[odalarında roman yazanlar]

Konuşacak kimsesi olmayanlar odalarında roman yazarlar. Yanlış hayat seçimleriyle (ya da belki doğru. Yaşanmamış hayatların hesabını kim tutabilir) dostlarından, ailelerinden, kendileri için yapılan planlardan, kariyerlerden, tüketim nesnelerinden, cuma akşamı çıkmalardan, başka tenlerden kopmuş insanlar cuma akşamları evde oturup (bu hesabın imkânsız olduğunu bile bile) yine de kendi yaşamadıkları hayatları, başkalarının yaşadıkları hayatları tasavvur edebilirler.

İstediği, aradığı, özlediği insanlarla ancak kitaplarda tanışabilmiş birinin edebiyata sığınması şaşırtıcı değil elbette. Peki dünyayı değiştirmek isteyip değiştirememiş bir insanın oturup kimsenin okumayacağı bir kitabı yazması mantıklı mı? Ancak bir seyircisi olabildiği hayattan bir de böylesi bir dolaylamayla kendini uzaklaştırması onu cidden hasretini çektiği şeylere yakınlaştıracak mı? Kendisiyle bile ilişkisi dolaylanmış, kendinden üçüncü şahısta bahseden kazık kadar bir adam...

Niye yapıyorum bunu? Kimi kandırıyorum? Böyle Demir cuma akşamı evde oturmuş çokça sarhoş bütün ümidini yitirmiş bozguna uğramış diye kendimi başka birisiymişim gi bi anlatınca roman mı yazmış oluyorum? Hayatı beceremeyen romanı becerebilir mi?

[mert] Mert aynı satırları bininci kez sıkıntıyla okumaya yeltendi. Okul değiştireli beri dersleri biraz daha ciddiye alması gerektiğini düşünüyor, ödevlerini üstünkörü de olsa yapmaya gayret ediyordu. Ancak önündeki cümleler zihninin kendilerine doğru her uzanışında idrakından balıklar gibi kaçışıveriyorlardı.

"Bir burjuva kurumu olan evlilik devletin özel hayat sahalarını daraltma ve kanun koyucu olarak bu alanlarda polislik ve regülasyon sağlama, normlaştırma eğiliminin doğal bir uzantısı olarak görülür ve devlet aygıtında bu şekilde formülize edilir. Kurum bireylerin iç dünyalarının kontratlar ile düzenlenerek hukuki düzleme taşınmasında aracı işlevi görür. Aile bireylerinin görev ve hakları yine devlet eliyle belirlenerek kayıt altına alınır ve gerektiğinde kendilerine karşı kullanılır.

Toplumsal düzlemde bu tür bir disiplin ediliş ve sistematizasyona tabi tutulan aşkın kendi gündelik pratiği de temelde onun bir mülkiyet ilişkisi olduğu bilgisinden ivmelenir. Sosyal kontrat gereği hiçbir zaman söze dökülemeyen bu bilgi yine de tarafların davranış, afekt ve taleplerini şekillendiren en önemli unsurdur."

Bıkkınlıkla kitabı kapadı. Olacak iş değildi.

Eline telefonunu alıp İlker'i aradı. Çıkıp iki bira içsinlerdi bari.

[herkesin bildiği ama kimsenin hakkında konuşmadığı gerçekler]

Demir çoğu akşam odasında boğuk hıçkırıklarla ağlıyor. Bu ağlamalar genelde Demir'in herkesin uyuduğunu düşündüğü saatlerde gerçekleşiyor. Sevim en çok bunların Nazlı tarafından fark edilme ihtimalinden korkuyor.

[mert ile gülendam] Mert ile Gülendam okulda tanıştılar, her akşam telefonda konuştular, okulda görüştüler, "Mert" ile "Gülendam" değil, "Mert ile Gülendam" oldular, ama rutinleri handiyse hiç değişmedi. Birbirlerine çok uzak semtlerde oturuyorlardı, Gülendam derslerini aksatmak istemiyordu, aileler tutucuydu, parasızdılar, yol yordam bilmiyorlardı. Okulda ya da telefonda konuşmuyorlarsa kırk yılda bir para denkleştirip börekçilerde yahut ucuz hamburgercilerde buluşuyor, olmadı saatlerce sokakları arşınlıyor, ama her hâlükârda hava kararmadan vedalaşıp ayrılıyorlardı.

Bir araya geldiklerinde ortak tanıdıklardan, hocalardan, derslerden konuşuyorlardı. Mert ailesinden, çocukluğundan bahsediyor; Gülendam ilgiyle dinliyordu. (Gülendam'ın ailesinden, çocukluğundan pek bahsetmemesi Mert'in hiç dikkatini çekmiyor muydu?) İkisi de hayatlarında bir şeyler yapmak, yaşamlarına bir yön vermek, içine doğdukları kozayı yırtıp çıkmak, başka oluşlar denemek istiyordu. Ki zannederim onları bir arada tutan en temel şey de içinde bulundukları bu arayış idi.

Bu arayış hissi beraberliklerinin ilk heyecanı yatıştıktan sonra, belki de kaçınılmaz olarak, zamanla ilişkilerinin niteliğini, doğasını da içine alır bir hale evrildi. İkisi de haftada üç gün kantinde oturup İlker'den, Ezgi'den, yaklaşan vizelerden ve Mualla Hoca'nın suratsızlığından bahsetmenin ötesine geçen bir şeyler istiyor, hayatı ve birbirlerini daha yakından tanımayı arzuluyor, ama bunu nasıl becerebileceklerini bilemiyorlardı.

Bu eksiklik, tatminsizlik duygusuyla, sözgelimi resim konusunda hiçbir şey bilmedikleri halde sırf Gülendam "Sanatla ilgilenmek iyi bir şeydir," gibisinden müphem bir düşünce taşıdığı için sağdan soldan sorup soruşturup ücretsiz sergilere gidiyor, bu sergilerde sıklıkla karşılaştıkları soyut eserlere anlamadan bakarak sırrına ermeye çalışıyorlardı. Mert'in içinde bir taraf bütün bu gayretlerde mizahi bir yön, kendilerine hiçbir anlam ifade etmeyen renklerde ve çizgilerde eğlenceli bir taraf bulmaya meyyaldi ama Gülendam'ın yaptığı şakalara bozulduğunu gördüğünden pek sesini çıkaramıyordu. Gülendam hayatını "tam" kılacak şeyi orada bulacakmışçasına bir dikkatle karşısındaki tabloları incelerken Mert bu tür sergilerin müdavimi olan son moda şalvarlı adamlar, papyonlu ve dövmeli kadınlar arasında ciddiyetini muhafaza etmeye, bu resimlerden Gülendam'a bir köprü inşa etmeye uğraşıyordu.

Yine de çok geçmeden bu eğreti âdetlerinden sıkılan Mert konuyu usturupluca kuzeni Ezgi'ye açtığında, Ezgi meselenin doğrudan kalbine nişan alarak, "Benim eve gelsenize," dedi. "Para harcamanıza gerek yok, gerekirse yemeği filan da beraber pişirip yersiniz, rahat rahat takılırsınız işte."

Mert her şeyin böyle kolayca çözülüvermesine şaşıp ne kadar olsa çekinerek konuyu Gülendam'a açtığında Gülendam bir an duraklayıp "Çok iyi olur," dedi. Neredeyse ağzından kaçırdığı bu cevabın ardından kısa bir tereddüt gölgesi yüzünden geçti, sonra Mert'in yüzüne bakmadan, bakamadan, sordu: "Ezgi de orada olacak mı?" Ne diyeceğini bilemeyen Mert, herhangi bir istikamet alamaksızın olduğu yerde saydı: "Sen nasıl istersen." Bir başka muğlak cevap: "Kızı rahatsız etmeyelim de."

Açıkça konuşamayarak, etrafından dolaşa dolaşa, nihayetinde, bir sonraki cumartesi günü sabah onda Beşiktaş'ta buluşup Ezgi'nin evine beraber gitmeyi kararlaştırdılar. Gülendam utancından Ezgi'nin evde olup olmayacağını bir türlü soramamış, yüreğinde yüzme bilmeden suya atılmış çocukların beceriksiz çırpınışlarıyla Mert'in peşine takılmış, onları Ezgi'nin evine götürecek otobüse binmişti. Aslını isterseniz Gülendam cesaretini toplayıp aklındakini Mert'e sorsaydı dahi bir cevap alamayacaktı, zira benzer ürkeklikler içindeki Mert de cumartesi geleceklerini haber verdiğinde Ezgi'ye bir şey soramamıştı.

Mert'te anahtar vardı ama ne olur ne olmaz diye kapıyı çaldı, içeriden ayak sesleri duyuldu (demek ki Ezgi evdeydi) sesler pıtır pıtır hızla yaklaştılar, kapı açıldı, Ezgi ikisini de ayrı ayrı sarılıp öptükten sonra içeri buyur etti. Ezgi'nin evi bir oda bir salon küçük bir apartman dairesiydi. Ezgi neşeli bir çoban edasıyla onları sağa sola yönlendirerek "Burası salon, şurası mutfak, banyo burada, arkada da ben yatıyorum," diyerek evi hızlıca gezdirdi. Gülendam Ezgi'nin düzenli bir işte çalışmazken, hele de ailesiyle aynı şehirde otururken, kendisine böyle tek başına ayrı ev açabilmiş olmasına içten içe şaştı, "Zenginler demek herhalde," diye geçirdi aklından.

Salona geçip oturduklarında, Ezgi "Ne içersiniz?" diye sordu, çay yanıtını alınca salondan alçak bir duvarla ayrılan mutfağa geçip su kaynatmak için ısıtıcının düğmesine bastı. Mert ile Gülendam geliyor diye alışkın olduğundan erken bir saatte kalkmış, iki sokak aşağıdaki pastaneden börek, kurabiye filan alıp gelmişti. Onları da tabaklara dizdi, konuklarına güzel bir çay sofrası kurdu, gidip gelirken bir yandan da "Evcilik oynar gibi," diye gülüyordu.

Ezgi girip çıktıkça Gülendam gözlerini kızın kıyafetlerinden, halinden tavrından alamıyordu. Ezgi altına Gülendam'ın giydiklerine, hatta mağazalarda gördüklerine hiç benzemeyen, yumuşacık olduğu karşıdan bakınca bile belli olan değişik, yünlü bir kumaştan bir etek giymiş; üstüne ipek bir gömlek (ipeği kendi tezgâhtarlık deneyimlerinden tanıyabiliyordu artık Gülendam), onun üstüne de bir kazak geçirmiş, kollarına Gülendam'a bedava verseler alıp yakıştırıp da kullanamayacağı bilezikler takıp şıkır şıkır olmuştu. Bu ancak aldığı bütün kıyafetleri sahip olduğu diğer kıyafetlerin tamamına uydurmak zorunda olmayan, şu pantolonu hem kışın hem yazın giyerim, hem her renkle de iyi gider diye düşünmesine, kışın saatler süren otobüs yolculuklarında kendisini sıcak tutmasına, çamurlu yollarda bata çıka yürürken aman üstümdekine bir şey olmasın diye endişelenmesine gerek olmayan, olur da münasebetsizin teki arabayla hızla yanından geçerken üstüne su sıçratırsa eli titremeden, düşünmeden bile, kıyafetini kuru temizleyiciye teslim edebilen insanların taşıyabileceği türden bir şıklıktı. Gülendam bir keresinde Ezgi'ye "Cildin ne kadar güzel, ışıl ışıl, pırıltılı. Hiç böyle bir şey görmemiştim," deyip de bu ışıltının kaynağının Ezgi'nin kullandığı bir krem olduğunu öğreneli beri bir başka pot kırma korkusuyla Ezgi'ye kıyafetleri hakkında bir şey diyemiyor, hele gururuna yedirip "Bu nasıl bir etek? Bu ne biçim kumaş? Bunların adı ne? İnsan böyle kıyafetleri nereden bulur?" diye asla soramıyor, hayran hayran kızı seyrediyor, Mert ile ilgili belli belirsiz bir kaygının yakasına yapışmasına izin vermemeye uğraşıyordu.

Ezgi Gülendam'ın düşüncelerinden habersiz pufu çekip karşılarına oturmuş, poğaçasını yiyordu. Azıcık havadan sudan (ama topraktan ve ateşten değil) sohbet ettiler, Ezgi sonra bir arkadaşıyla buluşması gerektiğini söyledi, nolur kusura bakmamalarını tembihledi, evde rahatlarına bakmalarını rica etti, akşam beş ya da altıdan önce dönemeyeceğini, ama isterlerse, duruma göre belki beraber bir akşam yemeği yiyebileceklerini araya sıkıştırdı ve ötekilere bir şey deme fırsatı bırakmadan kapıyı çekip gitti.

Yalnız kaldıklarında Gülendam ile Mert sanki birbirlerini ilk defa görüyormuş, ne konuşacaklarını bilemiyormuşçasına bir tedirginliğe düştüler. Gülendam çaresizce "Bir çay daha içer misin?" diye sordu Mert'e, sonra uzanıp bardaklarını sehpadan alıp mutfağa yollandı. Eğilince pantolonun belinden gözüken kırmızı külot. Belli belirsiz bir gıcıklanma.

Özenmiş demek. Mert aslında çok tecrübesiz de değil de işte, Gülendam'ın çekingenliği, ürkekliği ona da sirayet ediyor. Gülendam'sa mutfaktan dönerken yürümeyi unutmuş sanki. Öylesi bir acemilik.

Mert ne yapacağına karar veremediğinden vakit kazanmak için hep yanında gezdirdiği, burada da koltukta ayağının dibine bırakıverdiği sırt çantasını kucakladı, çantayı kurcalarken aklına gelen fikre sevindi. Gülendam'a dönüp "O geçen gün sana bahsettiğim filmi izlemek ister misin?" diye sordu. Gülendam Mert'le baş başa yalnız bir evde ikisi beraber gözlerden ırak olmanın baskısına daha fazla dayanamayacak gibiydi, kuruyan boğazını temizleyip "Hıhı, olur, evet," diyebildi. Kötü bir şey yapmadığına şahitlik edecek insanların, bir ekran üzerinde dahi olsa, varlığına ihtiyacı vardı.

Mert ellerinin titrediğini Gülendam'a sezdirmemeye çalışarak yavaş hareketlerle çantanın dikkatle kavradığı fermuarını açtı. Dizüstü bilgisayarını dokunmaya kıyamazmış gibi bir özenle kavrayıp çantadan çıkardı. Bilgisayarın dış yüzüne çantasına bir gün önce attığı kek sıvanmıştı, boş bulunup yalayacaktı, son anda kendisini durdurdu. Ölçülü, neredeyse okşar gibi hareketlerle uzun uzun keki temizledi. Sonra bilgisayarı çalıştırdı, bir müddet filme altyazı ayarlamakla filan uğraştı.

Mert bunlarla meşgul olurken Gülendam ise oturduğu yerde büzüşüp kalmıştı. Ezgi'nin dünyadaki varsıllığa aday tüm genç insanların ilk evlerini bir örnek dekore etmeyi kendine vazife bilmiş Avrupa menşeli bir mağazadan alıp koltuklara serpiştirdiği kırlentlerden birini bırakıp diğerini kucaklıyor, gergin bir edayla bir müddet didikledikten sonra gayriihtiyari koltuğun ortasına diziyordu.

Derken Mert'in işi nihayet bitti, önlerindeki sehpaya yerleştirilmiş bilgisayarda *Jules et Jim* oynamaya başladı. Gü-

bütüncül ve sistematik yönteminden uzaklaşıyor, ansiklopedi, bakmasını bilmeyen gözler için biraz gelişigüzel bir hal alıyordu.

"Atatürkümüz bize bu güzel ülkeyi arman etmişdir ve de o olmasaydı yurdumuzu düşmanlar basmıştı.

Aile, annelerimizin bizi dokuz ay karınlarında taşıdıkları, yemeyip yedirdikleri, giymeyip giydirdikleri, saçlarını bizim için süpürge ettikleri, babalarımız bizim için kar kış demeden uğraşıp didindiği kutsal bir yerdir.

Yunuslar aslında balık değildir vede penguğenler aslında kuştur.

Öğretmenlerimiz, gelecek aydınlık nesiller onların eseridir. Etimiz ve kemiklerimiz onlarındır.

Bir kadının en deyerli hazinesi namusudur.

Ançuyez yani hamsi demektir.

Koltukları kabarmış deyince evdeki oturduğumuz koltuk deyil o kabaran.

Bizim dinimiz kolaylık ve hoş görme dinidir. En son ve en mükemmel dindir.

Aşk, dörtnala giden at gibidir, ne dizginden anlar, ne söz dinler. (Konfüçyüs)

~~Elti= Kadına göre kocasının erkek kardeşlerinin eşlerinden her biri~~

Elti= Yani Demir amcam evlenince onun karısı annemin eltisi olacakmış.

Kola içen çocukların boyu çok uzamaz.

(ve en sonda, minicik harflerle) Annenin vurduğu yerde gül biter, artık kalmaz."

[pınar'ın kısmeti] Aile günlerden bir gün yeni bir krizle sarsıldı. Telefon trafiği birden hızlandı, büyükler bir araya geldiklerinde fısıldaşmaya başladılar, genç kuşağın gazabından çekindiklerinden odaya birisi girse gayet başarısız bir biçimde konuyu değiştirmeye çalıştılar. Ezgi annesini uzun ısrarlarla sıkıştırdıktan, sarılıp ayaklarını yerden keserek "Söyleyene kadar bırakmam," diye defalarca döndürdükten sonra "Ay belin çıkacak kızım," diye boyun eğdi Candan Hanım. Zaten bu ballı dedikoduyu birisiyle daha paylaşmanın zevki ihtiyatı elden bıraktıracak kadar büyüktü. "Bak anlatıyorum ama hemen gidip Mert'e yetiştirmek yok," diye defalarca tembihledikten sonra baklayı ağzından çıkardı.

Fikret eniştelerin üst komşusu Osman Beyler teyzesine gelip giderken gördükleri Pınar'ı oğulları için beğenmişler, "Gençler bir tanışıp konuşssa," diye haber göndermişler, Pınar da "Hayatta olmaz öyle şey," diye kestirip atmış, teyzesiyle eniştesi de bunu kişisel bir hakaret olarak algılamıştı. Tabii bu vakanın anlatılışı Candan Hanım'ın ağzında yaklaşık iki buçuk saat süren epik bir destan halini almış, kan! (da-dan) gözyaşı! (da-dan) ihtiras! (da-dan) ve entrika dolu modern bir tragedya olmuştu. Üstelik Candan Hanım'ın açıktan açığa Pınar'a arka çıkar şekilde konuşması Nermin Hanımların iyice tepesini attırmış, öfkelerinden Candan Hanım da gani gani nasibini almıştı.

Ezgi'ye göre olsa olsa bir durum komedisi olacak bu olaylar silsilesine kızının gülüp geçmesi Candan Hanım'ı iyice galeyana getirmiş, kadın ablasının sözlerini nokta virgül atlamadan nakletmeye girişmişti.

(Sesini ablası gibi tizleştirerek) Bir kere Pınar gelmiş otuz iki yaşına hâlâ ailesinin eline bakıyordu (Ay teyzem de amma sever abartmayı, çalışıyor ya Pınar abla) (Candan Hanım rolden çıkmadan) ama olsun kız çocuğunun sorumluluğu başkaydı, anası babası yorulmuştu artık, biraz da kocası çeksindi sıkıntısını, üstelik duba gibi şişmişti son zamanlarda Pınar, çok kilo almıştı, şu haliyle o yaşında hem de böyle zengin bir kısmet çıkınca anlamadan dinlemeden hemen kestirip atmak ne oluyordu, bir kere otursun konuşsundu beğenmezse zorlayacak değillerdi ya, hemen nikâhına mı gir deniyordu, gayet efendi, okumuş etmiş birisiydi, çocuklarımızın yeğenlerimizin rahat etmesini istemek suç muydu, bunca yıl biz para hesabı yaptık da ne olmuştu, siz ay sonunu rahat getirin istedik diye biz kabahatli olmuştuk, ev döndürmek gençken, toyken dışarıdan bakınca kolay görünürdü belki ama işin bir kere içine girince, doluya koyunca almayıp boşa koyunca dolmamaya başlayınca insan kafasını duvarlara vurmaya başlardı da iş işten geçmiş olurdu.

Ezgi'nin annesi de ablasına sinirlenmişti, orası aşikârdı. Ama Candan Hanım'ın iştahla birbiri ardına dizdiği fikirlerde öfkeden başka şeyler, sözgelimi kişinin hakikatini belli belirsiz sezdiği durumlar ile kendisine yakıştırdığı fikirler arasındaki uçurumdan da bir parça var mıydı, Candan Hanım sadece ablasıyla eniştesinin laflarını mı aktarıyor, yoksa bu esnada kendisine üstü kapalı bir şeyler mi söylemeye çalışıyordu anlamadı Ezgi, anlamak da istemedi.

Geç kaldığını bahane ederek arkadaşlarıyla buluşmak üzere çantasını kapıp ayakkabılarını giymeye koyuldu. Cep telefonunu masada unuttuğunu fark edip dönerken annesi "Bak akşam erken gel, herkes bizde toplanacak, işlere yardım ediver azıcık," diye tembihledi.

*

Bütün bu olayların Candan Hanım'ın bilmediği, bu nedenle de kızına aktaramadığı bir boyutu daha vardı. Kendisine arka çıkacak ya da en azından tarafsız kalacak yerde "Canım elleşmeyin kızı, zorla güzellik olmaz," deyişi Nermin Hanım'a nedense çok ağır gelmiş, kadıncağız bu lafı bir türlü hazmedememişti. O kadar ki, Pınar'ın kısmetini konuşmak için Melahatlara her gidişinde laf dönüp dolaşıp Candan Hanım'ın bu sözüne geliyor, küskünlüğün ateşiyle Candan Hanım'ın analığını ve hatta Ezgi'nin karakterini masaya yatırmaktan geri duramıyordu:

"Zorla güzellik olmaz da, kızı kendi haline bırakıp ardına düşmeden, ne yer ne içer diye düşünmeden güzellik olur mu acaba? Ben ne yaptım, ne istedimse evlatlarım için yaptım. O Candan gibi ne kızımı okul mokul diye bir başına ta nerelere gönderip de burada kendi keyfime baktım, ne de elense oh sağda solda fink atabildim. Kızım nereye, ben oraya. Musluğu mu bozuldu, Sevim bana telefon etti 'Anne yetiş!' diye. Yol demedim, tansiyonum var demedim, atladım otobüse, kalktım gittim Kocaeli'ne.

Çocuğum okulda ne yer ne içer diye gözüme uyku girmedi, buradan mantısını, sarmasını yaptım, meyvesiyle kuruyemişiyle koliye koydum gönderdim. Otobüs biletini bile buradan babası aldı telefonla, oralarda kız başına garlarda perişan olmasın çocuğumuz diye.

Ama ne oldu, sonunda bak tertemiz gelinliğiyle telli duvaklı çıkardım bu evden. Göreceğiz bakalım koluna nasıl bir zibidi takıp gelecek o Ezgi? Ya da belki hiç evlenmez, oh modern usul dost hayatı yaşarlar."

Kavga gürültüden hoşlanmayan, olan bitenin derisinin altına nüfuz etmesine nadiren izin veren Melahat Hanım Nermin Hanım'ın sözlerini ablasının öfkesini üstüne sıçratmamaya gayret ederek dinlemekten öteye gitmiyordu.

Bu kırgınlık ve kızgınlıkların unutulması ancak birkaç ay sonra, Osman Beylerin oğlunun başka bir kızla nişanlandığının duyulması ile mümkün oldu. Nermin Hanım kardeşlerine bir şey demeye cesaret edemese de, akşam televizyon karşısında meyve yerlerken Fikret Bey'e zaman zaman "Osman Beyler nişan yemeğini filanca otelde veriyorlarmış. Oğluna otursun diye Moda'da Boğaz manzaralı daire tahsis etmiş. Ah o akılsız Pınar," diye söylenmekten kendini alıkoyamadı.

[ward hunt buz sahanlığı]

Bundan yaklaşık yüz yıl kadar önce Ward Hunt Buz Sahanlığı'nda minik çatlaklar belirdi.

[nermin ile fikret] Nermin Fikret'in işten gelmesini kaygıyla bekliyordu. Komşusu Nilgün'ün bir katalogdan kendisine gösterdiği, beğenince de onun için postayla siparişini verdiği kolye, bileklik ve yüzük takımı bugün eline ulaşmıştı. Nilgün galiba bu tür satışlardan bir komisyon da alıyordu ama, Nermin tam bilmiyordu. Yüzüğün taşı katalogdakinden farklı bir renk çıkmıştı, takımın geri kalanı da niyeyse hayal ettiği gibi değildi. Bir anlık hevesle Fikret'e haber vermeden yazdırmıştı siparişini, şimdi Fikret'in ailenin mutfak harcamaları için kendisine verdiği paranın hatırı sayılır bir kısmını Nilgün'e teslim etmiş olmaktan doğan bir pişmanlık çökmüştü içine. Takımın fiziksel gerçekliği artık harcamayı Fikret'ten gizlemeyi olanaksız kılıyordu sanki. Fikret kesin sinirlenecekti, kesin.

Böyle süt dökmüş kedi gibi kocasını beklemek de haysiyetine, izzetinefsine dokunuyordu bir yandan. Kocasından bu denli korkuyor olmayı kendisine yediremiyordu. İşten ayrılmasaydım böyle olmazdı diye hırslandı. Kendine göre kariyerli, tahsilli bir kadındım. Eve kapattı beni... Başlarda bütün gün evde keyif çatmak fikrinin kendisine de cazip geldiğini unutmuş görünüyordu. Derken hırs yerini tekrar korkuya bıraktı. Çocuklar da anneannelerindeydi aksi gibi. Evde olsalardı, Fikret çok bağırıp çağırmaya cesaret edemezdi. Sevim olan biteni anlayacak yaştaydı. Yatana kadar yanından ayırmazdı. Gidip getirse miydi çocukları? Yok canım daha neler.

Kalktı, içinde bir sıkıntıyla, gönülsüzce hazırlanmaya başladı. Siparişi verirken "Yüzük hem onunla da uyumlu olur" diye düşündüğü mavi, yakası işlemeli bluzunu giydi. Normalde evde giymiyordu bu bluzu üstüne yemek yağı, çamaşır suyu filan sıçramasın diye, ama yeni aldığı takımın hakkının tam manasıyla verilebilmesi için bu bluz de lazımdı sanki. Aynanın önüne oturup dudaklarını, yanaklarını belli belirsiz boyadı; gözlerinin üstüne bir şey sürmekten çok abartılı olmasın diye vazgeçti. "Bence güzel oldu," diye geçirdi içinden aynaya bakarken. Fikret de beğenirdi belki. İşten gelince bir değişiklik, bir hoşluk olurdu karısını böyle hazırlanmış, süslenmiş görmek. Hazır çocuklar da yok.

Böyle erkenden giyinince evde normalde meşgul olacağı hiçbir şeyle ilgilenemiyordu. Odadan odaya anlamsızca gezindi, banyoya uğrayıp klozetin kapağını kapattı. Aynanın önünde durup kendini bir daha süzdü, kolyeyi çıkarıp sadece yüzükle bilekliği mi göstersem diye düşündü. Bütün takımı ortalıktan kaldırıp ileride uzun zamandır bir köşede duruyormuş zaten bu takım gibi de yapabilirdi, ama Fikret bu tür konularda oldukça dikkatliydi, muhtemelen daha çok kızardı. Hem kızacağı ne malumdu, belki hoşuna giderdi. Kırk yılda bir, bir hovardalık yapamaz mıydı insan, kendisi için bir şey alamaz mıydı?

Fikret'in eve varışı her an gerçekleşebilir diye kapının önünde dolanıp durduğunu fark etti. Bir şeyler yapmak için hiç lüzumu yokken sofrayı kurmaya başladı. Mutfaktaki dolaptan günlük yemek takımlarını çıkarıp mutfak masasına yerleştirmeye koyuldu, sonra tekrar banyoya gidip aynada bir kez daha kendini kontrol etti. İşi bitince mutfağa dönmek yerine salondaki vitrinden misafirlik yemek takımlarını çıkardı, gerisingeri yerine koydu, mutfak masasına koyduğu tabakları salona götürüyordu ki kapı çaldı. Elinde tabaklarla kapıyı açtı. Fikret.

Fark etti mi? Kızdı mı? Gülüyor. Ooo hayırdır? Derken suratı asılıyor, bunlar ne diyor. Eliyle gösteriyor. Göstermesine gerek yok. Nermin neyi kastettiğini biliyor. Nilgün, Nilgün verdi bunları. Verdi mi? Yani ben katalogdan baktım, beğendim, çok ucuzdu, Nilgün'e de ayıp olmasın diye. Portmantonun kapakları hırsla çarpılıyor. Çok sevdim, dayanamadım, taksit de yapıyor, bütün arkadaşlar aldılar, ben de mecbur kaldım. Yüzüne bakmadan salona gidiyor Fikret. Nermin'e sırtını dönüp camdan dışarıya bakıyor. Dışarı da bakmıyor aslında, perdeler çekili çünkü. Masaya geç istersen, yemek hazır. Ne var yemekte? Nohutla makarna yaptım. Yine mi makarna yaptın Allah'ın cezası, yine mi makarna? Evde doğru düzgün bir yemek pişsin diye bıraktığım parayı neye harcıyorsun sen? Benim cebimde sigara almaya para yok, kırk altı kişi işten çıkarıldı, bizim ne olacağımız belli değil, öğlenleri yemek yemeyi bıraktım para gitmesin diye (descrescendo)... Kendin zıkkımlan makarnanı (crescendo). Bir hışımla arka odaya gidiyor Fikret. Nermin elinde tabaklarla dikilip kalıyor.

[yurttan sesler korosu]

(Forumzzz.com kullanıcısı "8_inches," bekâr, kurumsal bir şirkette yönetici yardımcısı olarak çalışıyor.)

Gençler şimdi sizlere faydası dokunacağını düşündüğüm bir şeylerden bahsetmek istiyorum. Çoğunuzun, zamanında benim de düştüğüm hatalara düştüğünü, sonra da değmeyecek karaktersiz kadınlar için (orospu demek istemiyorum, sonra cinsiyetçi bilmem ne diye başıma üşüşüyorlar) perişan olduğunu görüyorum. Candan, maldan verdikçe vermeniz gerektiğini, ancak böyle yaparsanız güzel kadınları elde edebileceğinizi sanıyorsunuz. Ben de kısa bir süre öncesine kadar sizin gibiydim. Senelerce kadınları mutlu etmek, onlara kendimi sevdirebilmek için didindim durdum. Pahalı hediyeler aldım, iltifat ettim, evlerine bıraktım, başları sıkıştığında yardımlarına koştum. Hani klasik bir laf vardır ya, kadınlar efendi değil, piç erkeklerden hoşlanır diye. İşte o efendi erkek bendim. Tabii her zaman durum benim bir piç için terk edilmemle sonuçlanıyordu. Ta ki ben kadınların her zaman güçlüye gittiğini, güçlünün yanında olmak, alfa'nın kadını olmak istediğini anlayana kadar. Doğada da bu böyledir, ilgilenenleriniz evrim teorisine filan bakabilir. Şimdi çok ayrıntıya girmek istemiyorum ama kısaca şöyle söyleyeyim: Kadınlara iyi davranmakla onlara zaaf göstermiş oluyorsunuz; halbuki onlar sizin sert ve tavizsiz olmanızı istiyor, onlarsız da mutlu olabileceğinizi görmek istiyor. Bu parayla olur, kariyerle olur, bazen kaslı fit bir vücutla bile olur. Yeter ki "güç" gösterin. Emin olun ki hoşlarına gidecek.

Bunları da size havadan, hariçten gazel okuyarak değil, şu an jimnastikçi bir Rus sevgilisi olan bir adam olarak söylüyorum (İnanmayanlara fotoğraflarımızı gönderebilirim). Sevgilimin gerçekten değme mankenlere taş çıkaracak bir vücudu var ve hayatımın merkezinde olmadığını, ilk yanlışında kapının önüne konacağını biliyor. Bu nedenle de bana daha sıkı sıkıya bağlanıyor, benden çok o bana "aşkım, canım" filan diyor.

Özetle, genç arkadaşlarım, kadınlar karşısında omurganız sağlam olduktan sonra kadınların ne kadar güzel olduğunun neredeyse hiçbir önemi kalmıyor, istediğiniz güzellikte kadın sizin olabilir. Yeter ki siz dik durun.

(Merak edenlere mesajla daha ayrıntılı da yazabilirim.)

[demir] Dante *İlahi Komedya*'sında cehennemin kapısına "Buraya giren herkes bütün umudu geride bıraksın," yazar. Bu cümle bize Dante'nin insan psikolojisini anlamaktan ne kadar uzak olduğunu açıkça gösterir. Çünkü umut, ümit etmek de cehennemin bir türüdür. Hiç ümit olmayan karanlık durumlarda hemen sezilmeyen bir rahatlık gizlidir. Olacak her şey olmuş, yapılacak her şey yapılmıştır. Artık çabalamaya, beklemeye gerek, belirsizliğe mahal yoktur. Hiç umudu olmayan yatalak hastalar bir bakıma ayağa kalkıp kalkmayacağı belli olmayan hastalardan daha mutludurlar. Umudu olmayan insan kaderin cilveleriyle yahut kendi yetersizlikleriyle yüzleşip bozguna uğramak zorunda değildir. Doctor Faustus'un umudunu tümüyle yitirdiği anda dünyanın bütün hazinelerinin önüne serilmesi boşuna değildir.

Umut her boşa çıkışında kahreder. Olmayan her *şey* ümidin öznesine yöneltilmiş bir suçlamadır: Ne yaptın da böyle oldu?

(Ümitsizliğe kapılmayı kullarına yasaklayan, umudunu yitirmeyi affedilmeyecek en büyük günah ilan eden Protestan tanrısı şüphesiz tanrıların en acımasız, en zalimidir.)

[necmettin bey] Ezgi'nin babası Necmettin Bey'in, kızının "konuştuğu oğlan"ların adını bir türlü aklında tutamamasını, hepsini birbiriyle karıştırıp durmasını sadece adamın dikkatsizliğine, ilgisizliğine vermek belki de haksızlık olur. Ezgi Kaan'dan ayrılıp Bora'yla, Bora'yı bırakıp Tarık'la gezerken bu hepsi birbirine benzeyen oğlanları birbirinden ayırmak, "Senin bıyıklı oğlan napıyor?" deyip de "Bıyıklı oğlandan ayrıldım ya baba," cevabını almak, "E şimdi gezdiğin hangisiydi?" diye sorunca "Evde bira yapan vardı ya hani," diye bu sefer onu ezbere almak belki de zaten bu kerli ferli, orta yaşlı, oturaklı beyden beklenmesi adil olmayacak bir zihin kıvraklığıydı. Adamcağız da baktı böyle olmayacak, bu her biri birbirinden kırmızı pantolonlu, oduncu gömlekli gençlere toptan "zıttırı zırtapoz" diye bir isim uydurdu, kızının gezdiği oğlanlardan hangisi vegan olandı, hangisi Norveç'e marangozluk öğrenmeye gidecekti diye tatlı canını sıkmak yerine "Döndü mü senin zıttırı zırtapoz?" diye yuvarlakça sorarak işin içinden çıkıverdi.

Ezgi, babasının böyle tatlı bir alaycılıkla karşıladığı bu ayran gönüllülüğünü annesinin içten içe tasvip etmediğini biliyor, ama ne gam. Böyle mevzuları rahatlıkla anlattığı Melahat teyzesi konu açıldıkça "Sefan olsun kız, gez toz gönlünü eğle, evlenme vaadiyle kandır, sonra kapının önüne koy," diyor, karşılıklı gülüşüyorlar.

[aile] Aile sevgi üretmek için bir araya gelmiş insanların durmadan hayal kırıklığı, fedakârlık, başa kakış ve öfke, ve ev işi ürettiği yerdir. Bir süre sonra her şey o koltuklar yeni ve temiz olsun, akşamları masaya üç kap yemek konsun diye yapılıyormuş gibi görünür. Her şeye, birbirine söyleyecek sözü olmayan insanlar beraber televizyondan söylenenleri dinlesinler diye katlanılır. Bir pipo hiçbir zaman sadece bir pipo değildir. Her pipo o pipo için o ailede o güne dek yapılmış bütün kavgaların, söylenmiş bütün kırıcı sözlerin (ve yutulan bütün diğer sözlerin de) insanın göğüs kafesine çöken bir toplamıdır.

Aileden kaçmak isteyen gençlere büyükleri korunaklı, camları pimapen kaplı misafir odalarından, büyük, heybetli, yirmi dört taksitle alınmış koltuklarından bazen anlayış bazen de endişeyle bakarlar. Koltuk ve masanın, ve günde üç öğün yemeğin, ve ütülü gömleğin, ve taksitin dünyasından giden, gitmeye çalışan dışarıda kurda kuşa yem olur çünkü. Kurda kuşa yem olmayan, en sonundan döner dolaşır, kardeşinin koltuk ve masasına (en azından arkadaki ütü odasına), yengesinin (her zaman olmasa da çoğu zaman) üç kap yemeğine sığınır.

[demir] Virginia Woolf sevmek insanı yalnızlaştırır diyor. Bu sözü ilk okuduğumda hiç anlamadığımı düşünüyorum. Bu cümleyi okuduktan sonra kafamdan "Halbuki sevdikçe birbirimize yakınlaşmamız, çoğalmamız gerekmez mi?" türü soruların geçtiğini hayal meyal hatırlıyorum. Sevginin değiştirici ve sağaltıcı gücüne kuvvetle inandığım dönemler.

Bu sözün tam manasını ancak şimdi kavradığımı düşünüyorum. Tabii ki bu kavrayış yine gülünç ve acınası bir duruma düşmüş olmamdan kaynaklanıyor. Gülünç ve acınası diyorum ama üçüncü sayfa haberlerinden fırlama cinai bir sebep olarak da görülebilir bu durum. Her şey nereden baktığınla ilgili.

[ilker] Mert'in arkadaşı İlker'i itici mi buluyordu yoksa garip bir çekim mi duyuyordu bir türlü karar veremiyordu Gülendam. Toyluğuyla, tecrübesizliğiyle o anda adını koyamasa da, sonraki yıllar başkalarında da görüp tanıyıp teşhis edebileceği bir titreşim yaratıyordu İlker etrafındaki havada. Hızla çekilip çekildikçe hırçınlaşan, bir bahane bulmayı bile beklemeden, yavaş yavaş alıştırmadan, aniden ortaya dökülen, dökülür dökülmez de kartlarını açık ettiği düşüncesiyle bambaşka bir yerden saldırıp güç dengelerini değiştirmeye kalkan adamların girdaplı arzusu. Böylesine istenmenin Gülendam'ın kendine bile itiraf edemediği baş döndüren cazibesi. İlker'e değil, İlker'de gördüğü kendisine yönelik bir şehvet.

Tabii bütün bunlar, böylesi bir berraklıkla çok sonraları yer edebildi Gülendam'ın kafasında. O gün İlker'in karşısında otururken Gülendam, bu sevimsiz adama neden katlandığını kendisine soruyordu sadece. İlker, hayatında kimseye "Tamam artık yeter, bunları dinlemek istemiyorum," diyememiş, kimseyi bırakıp gidememiş Gülendam'ı karşısına almış, güzel kadınların neden doğaları gereği yüzeysel olduklarını, bundan kaçınmalarının niçin imkânsız olduğunu anlatıyordu. Gülendam'ın yumuşak bir tavırla yapmaya çalıştığı itirazlar İlker'in kendi hitabetinden duyduğu sarhoşlukta kaybolup gidiyordu. İlker'in fikir treni gelip gelip Gülendam'a çarparken kızı sersemletmişti, Gülendam lafın nasıl kendisine geldiği anlayamamıştı bile. İlker kaşları çatılmış, göz teması kurmadan önemli bir davayı sonuca ulaştıracak bir hâkim tonlamasıyla "Gerçi sen tanıdığım en güzel kadınlardan birisisin ama," diyordu. Bu lafın söylenişini "Şuradan tuzu uzatır mısın?" yahut "Bugün hava kapalı olacak," cümlelerinden ayıracak hiçbir bakış eda ilgi ya da sıcaklık yoktu İlker'in tavrında. Bana iltifat mı etti, yüzeysel bulduğunu mu ima etti, ben tanıdığı en güzel kadınlardan birisi miyim gerçekten diye bocalarken Gülendam, İlker çoktan Nietzsche'den Kierkegaard'tan alıntı yapma faslına geçmişti. Gülendam gerginlikle tırnaklarının kenarındaki etleri kemirmeye koyuldu. İlker sustu. Sonra uzanıp Gülendam'ın dişlediği elini tutarak kendine çekti. Gülendam'ın eli bir yumruk halinde kasılıp kalmıştı. İlker "Ellerin çok güzel, yapma böyle," dedi. Elindeki bileği kendine çevirip inceledi. "Bak buralar ne kadar kötü olmuş," diye parmağını ağır ağır tek tek bütün tırnaklarının etrafında dolaştırdı. Zaman karşı konulmaz bir rehavetle kıvrılıp kalmıştı. Patlamaya hazır bir gerilim toplanıp toplanıp havayı yırtmaya hazırlanıyordu. İradesi Gülendam'ın vücudunu ılık ılık akarak terk etmişti. İlker yavaşça Gülendam'ın bükülü parmaklarını açtı, avcundaki çizgileri takip edip bileklerine ulaştı. Oksijen atmosferden bir anda çekilmiş, Gülendam'ı daha sık, daha çok nefes almaya zorluyordu. İlker'in parmağı bileklerde bir iki saniye oyalandıktan sonra yoluna devam etti. Gülendam'ın ince derisinin altından görünen mavi damarlardan birini önce dirseğine, dirsekten de hayalî bir çizgi olarak omzuna doğru takip etti. Gülendam'ın tişörtünün koluna geldiğinde kumaşı bir yarım daire olarak parmağıyla izledi ve durdu. Bütün bunlar olurken Gülendam bu çok yanlış şeyi durdurması gerektiğini bilerek ve elinden bir şey gelmeyerek İlker'in parmağına bakıyordu.

İlker konuşmaya başladığında aradan seneler geçmiş gibiydi: "Neyse, bu tür konularda çok bilgisiz olduğun ortada. Sana bu iki kitabı bırakayım, oku da bir ara yine konuşuruz." Masanın üzerindeki kitaplardan ikisini ayırıp Gülendam'a doğru itti, hızlıca saatine bakıp gitmesi gerektiği söyledi. İlker kalkıp gittikten sonra Gülendam tırnaklarını kemirmek için düşünmeden elini ağzına doğru götürürken yarı yolda vazgeçti. Nabız gibi atan bir uğultunun içinde evine doğru yola koyuldu.

[fikret bey ile nermin hanım]

Fikret Bey dereotunu hiç sevmezdi. Nermin Hanım evliliklerinin ilk kabak yemeğini pişirdiğinde Fikret Bey hoşgörülü bir edayla dereotunu pek sevmediğini karısına iletmişti. İkinci kabak yemeği de dereotuyla pişirilip önüne konunca Fikret Bey Nermin Hanım'dan kibarca rica etmişti: Kendisinin dereotuyla pek başı hoş değildi, Nermin Hanım'ın yemekleri dereotsuz yapması mümkün müydü acaba? Nermin Hanım sakince açıklamıştı, kabak yemeği dereotuyla güzel olurdu. Konuyu daha fazla uzatmak istemeyen Fikret Bey gönülsüzce önündeki yemeği didiklemeye devam etmişti. Bir sonraki kabak yemeği büyük bir kavgaya neden oldu ama yemek sofraya konmadan önce de araları limoniydi, kavga için kabak yemeğini, daha doğrusu dereotunu suçlamak belki de yersiz olurdu. Bu kavgayı takip eden iki kabak yemeği olaysız geçse de üçüncü yemekte Fikret Bey kati ültimatomunu verdi, bu evde kabak yemekleri dereotsuz pişecekti. Nermin Hanım bu soruna dereotlarını ince ince, mikroskopik boyutlarda kıyarak bir çözüm buldu. Fikret Bey yemeği kaşıklayıp bunun tadında bir gariplik var, yoksa dereotu mu koydun diye şüphelendikçe Nermin Hanım ne alakası var canım, zaten dere otu öyle mi olur, nane onlar diye kocasını teskin ediyordu.

Benzer bir çözüme ne yazık ki çamaşır yumuşatıcısı konusunda varamamışlardı. Fikret Bey çamaşır yumuşatıcısının kendisini kaşındırıp rahatsız ettiğini iddia ederek çamaşırlara yumuşatıcı konmasına karşı çıkıyordu. Ama çamaşırın yumuşatıcısız yıkanmayacağı herkesin malumuydu. Bu takıntısı yüzünden neredeyse bir yumuşatıcı hafiyesine dönen Fikret Bey'in eziyetleri bazen Nermin Hanım yumuşatıcı kullanmadığında dahi onu yumuşatıcı kullanmakla suçlamak raddesine kadar varıyordu. Kokusuz, hassas ciltler için, bebekler için özel tasarlanmış, akla hayale gelebilecek her türlü formülü denemişti Nermin Hanım. Yine de kocasını bir türlü memnun edemiyordu.

[demir] Demir'in hikâyesinin parçalarını kimse bilmiyordu. Herkesi tanımak, herkese dokunmak, herkese ulaşmak, herkesi kurtarmak, herkesi mutlu etmek, herkesçe sevilmek isteyen birisi için bu muhakkak ki üzüntü vericiydi. Demir neden kimseye kendisini anlatmıyordu? Bir insan anlatmakla anlaşılmayacaktıysa nasıl anlaşılacaktı? Birisine, kendine dokunulmasına müsaade etmeden dokunmak olanaklı mıydı? Boşluğa bakınca boşluk da sana bakardı, dünyadan kaçınca dünya arkandan kovalamazdı.

Neyse, bunlar boş laflar nihayetinde. Ama Demir'i otuz altı yaşında getirip erkek kardeşinin evinde ütü odası olarak kullanılması düşünülen bir odaya tıkıştıran, Fırat bunun sözünü hiç etmese, Demir bunu aklına getirmekten elinden geldiğince kaçınsa ve bu durumu değiştirmek için gücünün yettiği her şeyi yapsa da onu küçük kardeşinden harçlık alan bir erkek konumunda bırakan olaylar zincirinin detaylarına kimse tam manasıyla vakıf değildi. Fırat bir zamanlar hayranlıkla baktığı abisinden artık utandığını, ona kızdığını, en önemlisi de onu hor gördüğünü kendisine itiraf etmeye hazır olmadığından abisi üzerine düşünmeyi bırakmıştı.

Demir'e gelince... Demir kendisi biliyor muydu acaba nasıl bu hale düştüğünü?

*

Üzerinde düşünülmesi gereken bir de Sevim vardı tabii. Ev sadece Fırat'ın evi değildi sonuçta. Medeni kanunumuzun ilgili hükmü uyarınca eşler oturacakları konutu birlikte seçer, birliği beraberce yönetir, birliğin giderlerine güçleri oranında emek ve mal varlıkları ile katılırlardı. Tüm bu laflardan "birlik" hakkında alınacak kararların beraberce alınacağı sonucunu çıkarmak pek de saçma olmazdı zannederim. Kanunumuz gerçi işsiz güçsüz, beş parasız sokakta kalan, babaevine öldürseler dönmeyecek olan (dönmeye kalksa da zaten nasıl karşılanacağı pek belli olmayan) kayınbiraderlerin konut hakkı konusuna bir açıklık getirmemişti ancak bir akşam Nazlı yattıktan sonra Fırat televizyonu kapatıp Sevim'e "Abim biraz zor bir dönemden geçiyor bu aralar. Bir süreliğine gelip bizde kalsa iyi olur. Hem oyalanır, hem de kafasını toplar diye düşündüm," dediği zaman, Sevim itiraz etmesinin pek de olanaklı olmadığı hissetti. Fırat'ın sözlerinden Demir'i evlerinde bir iki hafta misafir edecekleri gibi bir izlenim edinmişti ama bu konuşmadan üç gün sonra Demir içi tıklım tıklım dolu bir sırt çantasıyla yanlarına taşınmış (Sonradan bu eşyalar bir valize aktarıldı ve orada kaldı. Demir'in Karemin evinde –ki kendisi de bir Karemin değil miydi– kalıcı olduğu anlaşıldığında bile bir küçük dolap, olmadı etajer yahut komodin almak kimsenin aklına gelmedi.) Demir'in evlerine taşınışından bu yana da bir seneden fazla zaman geçmişti. Ha bugün ha yarın gider diye beklenen ama bir türlü gitmeyen Demir'in ne zaman gideceğini sorma gücünü hiçbir zaman kendinde bulamadı Sevim. Zaten bir süre hem Demir'in gölgemsi varlığına alışmış, hem de Demir'in içinden geçtiği zor dönemin öyle günlük, haftalık, hatta aylık bir şey olmadığını biraz da olsa idrak etmişti. Demir üstelik, Nazlı'yla ilgileniyor, Sevim'in sık sık başına geldiği üzere yataktan çıkma, alışverişe gitme, sofraya bir sulu yemek koyma gücünü kendinde bulamadığı günlerde bütün bu işleri üstleniyor, toz alıp cam bile siliyordu. Demir'le Fırat'ın aynı evde birbirlerinden kaçarak sürdürdükleri ortak yaşama baktıkça Sevim, Fırat'ı, Fırat'ın kendi ailesi ve özellikle abisiyle kurduğu tuhaf ilişkiyi biraz daha anlar gibi oluyordu. Fırat'la birlikte geçirdikleri nereden baksan on sene zarfında o anda önemsiz görünen ya da anlamlandıramadığı pek çok şey, mesela düğün gecelerinde Fırat'ın tedirgin bir biçimde abisinin gelmesini bekleyişi, sürekli etrafındakilere Demir'i soruşu, Demir geç de olsa kapıdan girince öfkeyle karışık bir rahatlama hissettiği o hengâmede bile belli olan Fırat'ın tüm davranışları, şimdi yeni bir anlamla ışıklanıyordu.

İki kardeş de birbirinden ketum olduğundan Sevim'in onların hayat hikâyelerini kavrayışında bir sürü gedik ve yama vardı ama Sevim, nedendir bilinmez, kafasında Demir'in bu hayatın merkezinden uzağa fırlatılma, bağsız yersiz yurtsuz bir adam olarak kalıverme sürecini Demir'in zamanında kayıtlı olduğu ve bitiremediği mimarlık fakültesinde zorlanmasıyla ilişkilendirmişti. Bu nedenle Demir'i çok nadiren ziyarete gelen eski arkadaşlarından biri Demir'e Mine Hoca'nın geçenlerde onu sorduğunu, mimarlıkla alakası kalmadığını öğrendiğinde de çok üzülüp "Yazık etti kendine. Çok parlak bir çocuktu halbuki," dediğini anlatırken Sevim şaşıp kalmıştı. Demir Sevim'in yanında bu lafların açılmasından rahatsız olmuş, hemen konuyu değiştirmişti. Sevim sonraları zaman zaman bu konu hakkında düşünürken bulmuştu kendisini. Bir işi beceremeyeceği için yarım bırakmak Sevim'in anlayabileceği bir şeydi. (Anlayabileceği bir şey miydi? Sevim hayatında herhangi bir şeye karar verip yarıda bırakabilmiş miydi?)

Peki ama bir insan, başarıyı neden yarım bırakırdı?

[mert] Mert akıllı, güzel çocuktu. Neşeliydi, şakacıydı. Üstelik vicdanlı, merhametliydi. Dostlarına körcesine bir sadakatle bağlıydı. Yaptığı her işe bir kolaylık ve hafiflik duygusu getirirdi. Hoşa giden ve bunun gizli gizli farkında olan insanların hep yaptığı gibi kendisini çok zora sokmasına gerek olmadığını bilmenin verdiği rahatlıkla hayatın üstünden neşeli bir taş gibi sekerek kayardı.

O nedenle Mert Ankara'da kayıt olduğu Maliye bölümünde epeyce bocaladı. Mesele derslerin zorluğu değildi tam olarak, oturup kendini verse iki günde baştan aşağı gerekli her şeyi öğreneceğine emindi ama işte bir türlü kendini veresi gelmiyordu. Sabahın köründe soğukta yollara dökülmek, kalabalık ruhsuz derslikler, monoton bir sesle elindeki kâğıttan dersi okuyan bezgin hocalardan hepsi birbirine karışıp bulamaç olmuş kamu maliyesi, borçlar hukuku ve genel muhasebe dinlemek... Hangi aklı başında insan bunları arkadaşlarıyla sabahlara kadar öğrenci evlerinde sohbet etmek, gerektiğinde karşılıklı iki tek atmak, ertesi gün öğlene kadar uyuyup dolapta ne kaldıysa, Allah ne verdiyse dostlarla gırgır şamata bölüşüp yemeye tercih ederdi ki?

Mert de etmedi. Seneler geçti ama Mert'in aldığı dersler neredeyse hep yerinde saydı. Kimi arkadaşları ailelerinin baskısıyla birer ikişer okulu bitirdiler, üçüncü sınıfta çıkmaya başlayan bir çift herkesi şaşırtarak okul bitmeden son sınıfta evlendi; okulu bitirenler bankaların, devlet dairelerinin sınavlarına girip memur oldular, bir memuriyete yerleşemeyenler "Bari o aradan çıksın," diye askere gidip geldiler, ehliyet aldılar, banka hesapları açtırdılar, krediler çekip otomobil aldılar. Mert bunlara imrenerek, ilgiyle değil; anlam veremeden, handiyse korkuyla baktı. Hayat bu muydu yani, kimsenin umurunda olmayan kuralları ezberlemek, ezberlemek, hiç olmadı sınavda kuralları ezberlemiş bir arkadaşın yanına oturmayı becerebilmek, bu sayede aldığın bir kâğıt parçasıyla kendini muvaffak saymak, sonra o kâğıt parçasının yardımıyla ömründe giymediğin, alışık olmadığın, beğenmediğin kıyafetler satın alıp her sabah erkenden kalkıp bunları giyerek kendin gibi bezgin onlarca insanla bir otobüse yahut minibüse doluşma imkânına kavuşmak, haftanın beş altı gününü içinde bulunmak istemediğin bir odadan çıkabilmek için dakika sayarak geçirmek, o esnada bilgisayarı açıp bir kâğıt oyununu araya sıkıştırabilmeyi ya da birtakım internet sitelerinden başkalarının tatillerinin, başkalarının yediği yemeklerin, gittiği yerlerin fotoğraflarına bakabilmeyi kâr saymak, iki sene sonra seni hâlâ orada tutup tutmayacaklarını bilmediğin işlere güvenerek on senelik borçların altına girmek, elinde kendine ait tek şey olarak kalmış pazar günlerini alışveriş merkezlerinde internete koyacağı resimleri daha afili gösterecek teknolojik aygıtlar yahut internete resmi konmaya değecek tecrübeler peşinde geçirmek...

Hayat buyduysa bile buna hiç direnmeden teslim olmak, koşa koşa saflara katılmak ayıp değil miydi? İnsan bunu nasıl kendine yedirirdi?

Mert de kendine yediremedi. Okulu bırakıp kuyruğunu kıstırıp İstanbul'a, anasının babasının evine geri döndü. Arkasından eş dost akraba konu komşu fısır fısır "Bu çocuk daha ne kadar böyle annesine babasına yük olacak," diye endişe ve kendi haklılıklarını bir kez daha teyit etmişlik karışımı bir duyguyla birbirlerine sordular.

[demir] Demir Fırat'ın evine seve isteye taşınmış değildi elbette. Senelerce örgüt evlerinde yaşamış, örgüt çökertilince bir müddet sağda solda kalmış, sonra o keşmekeş içinde nasıl düzen tutturduğuna hâlâ şaştığı ve seneler boyu örgütte aralarından su sızmamış, "can dostum, kardeşim" dediği Osman'la karısının evine sığınmıştı. Osman'ın karısı Figen'in örgütle mörgütle alakası yoktu ama Demir saatler boyu oturdukları yemek masalarında, birlikte sakince söyledikleri şarkılarda örgüt günlerinin saadetini bulmuş, kendini yeniden erganun kokulu o günlerin içinde sanmıştı. O böyle çoktan çökmüş bir hülyayı tekrar yaşar sanırken kendini, can dostu Osman bir akşam ezile büzüle Demir'e kendisini kardeşten ileri gördüğünü, gerekirse Demir için canını vereceğini, ama evde devamlı kalan üçüncü bir kişinin Figen'e haksızlık olduğunu söylemişti.

Demir de el mahkûm, bir haksızlıktan çıkıp diğerine girmiş, Osman'la Figen'in yanından Fırat ile Sevim'in yanına taşınmıştı.

[nazlı] Bağzen akşamları uyumadan önce hayal kuruyorum. Hayal kurmak hayal gücümüzü geliştirir ve yani iyi birşeydir. Ozan'la ben evlenmişiz mesela, Allah'ın kalbi ve peygamberin emriyle düğün yapmışız. Ben ona mesela işten gelince hoş geldin kocacım diyorum çünkü ben köfte yapma uzman şampiyonuyum ve o eve koşarak geliyor köfte yemek için. Yani o beni gördüğüne çok seviniyor ben de onu çünkü Ozan benim canım kocacım.

Bağzen de mesela annem mesela benim ajan polismiş. Ve uzaya göreve gitmiş. Araştırma yapıyor. Dünyamızı kurtaracak. O nedenle uzayda. Ama sonra geri geliyor ve bana uzay pastası getirmiş. Okulda herkes biliyor, ne şanslı kızsın Nazlı diyor, annen sana ne güzel pastalar getiriyor uzaydan. Ben pastamdan herkese veriyorum çünkü paylaşmak iyi bir şey, Gizem'e vermiyorum bir tek, şaka şaka ona da veriyorum çünkü zaten benim milyon kilo pastam var.

İşte eskiden böyle hayaller kuruyordum ama artık büyüdüğüm için derslerime odaklanmam lazım. Bu deftere de Türkçemi geliştirmek ve duygu ve düşüncelerimi en iyi biçimde ifade edebilmek için yazıyorum.

[mert ile demir] Mert Sevimleri ziyarete geldiğinde Demir odasında saklanma gereksinimi duymaz. Başka zamanlar dizinin dibinden ayrılmayan Nazlı'nın Mert uğruna pabucunu dama atıvermesini, başka herkesin varlığını neredeyse tamamıyla unutarak kahkahalar eşliğinde dayısının kâh kucağına tırmanışını, kâh omzundan sarkışını hiç gocunmadan şefkat ve hoşgörüyle izler.

Nazlı fırsat verirse, Fırat ile Sevim'in kendileri yahut dikkatleri başka yerdeyse, Mert'in "siyasi faaliyetlerini" çekinmeden açıkça konuşabileceği ailedeki tek insan olan Demir, oğlanın anlattıklarını ilgiyle dinler, görüşlerini kendine saklayarak çocuğun şevkini kırmamaya çalışır. Mert'e okuması için kimi kitaplar tavsiye eder, hatta bir koşu odasına gider, üç beş tanesini getirip Mert'e ödünç verir. (Mert bu kitapları okumaya o anlarda tüm samimiyetiyle niyet eder. Ancak daha bir tanesini bile okuyabilmiş değildir.)

Başka şartlar altında karşılaşsalar birbirlerini muhakkak teğet geçecek olan, buna rağmen benzer hassasiyetler taşıyan bu zıt mizaçlı iki insan o evde hayatın ve seçimlerinin bir cilvesi olarak bir tür yoldaşlık içerisinde karşı karşıya gelirler, iki kader mahkûmunun kuracağına benzer bir ahbaplık aralarında süregider.

Aileler böyle sürprizli bağların da zeminidir.

[gönüldendir şikâyet; kimseden feryadımız yoktur.]

Demir Fıratların evine taşındığının ikinci günü birinin usul usul "Sendedir avare gönlüm sendedir," diye şarkı söylediğini duyunca şaşırdı. Bu şarkıyı üyesi olduğu örgütten arkadaşları hariç hiç kimseden duymamıştı o güne denk. Kaldı ki şarkı örgütten arkadaşları için bile alışılmadık bir seçimdi. Normalde o türden dost meclislerinde, sabaha sarkan akşam yemeklerinde Ahmet Kaya'lar, Köroğlu'lar filan söylenirdi. Bu içli aşk şarkısının o toplulukta ve o amaçta yeri yoktu ama Okan nedense bu şarkıyı çok sevdiğinden gür sesiyle muhakkak bir noktada "Sendedir avare gönlüm sendedir," diye yanık yanık başlardı. Okan sayesinde örgütten herkes iyi kötü ezbere bilirdi bu şarkıyı, ancak bu toplantılar, buluşmalar, görüşme ve iç çekişler hariç hiçbir yerde denk gelmemişti Demir "Sendedir avare gönlüm"e.

Haliyle uyanalı birkaç saat olmasına karşın bir türlü çıkamadığı yatakta uzanırken cılız bir kadın sesinin "Sendedir avare gönlüm sendedir," diye mırıldanmaya başladığını duyunca şöyle bir doğruldu. Sesin geldiği yönü ilk anda kestiremedi. İnce duvarlar nedeniyle komşuları olan herhangi bir apartman dairesinden geliyor olabilirdi ses. Ama kaldığı evin, Fırat'ın evinin mutfağından geliyordu galiba ses. Parkelerin üstünden ses çıkarmayan çoraplı ayaklarıyla geçip mutfak kapısının az berisinde durdu. Fırat'ın karısı Sevim mutfak masasının dibindeki bir tabureye ilişmiş, başını eline dayamış, camdan dışarıya bakarken bu türküyü söylüyordu. Sevim'in sesi nefesli, hışırtılıydı; tizlere pek çıkamıyor, oraları kendi kafasına göre uydurup daha pesten söylüyordu, ama orada dikilip kendi varlığını hissettirmeden Sevim'i dinlerken Demir'e öyle geliyordu ki bu ses onu bildiğimiz dünyadan başka yerlere götürecek, en umulmaz emellere kavuşturacak.

Birden bir ah, yaprakların içinden rüzgâr geçmesine benzer bir ses işitildi. Sevim hafifçe titreyerek başını çevirdi. Orada dikilen Demir'i görünce şaşaladı "A, sen kalktın mı Demir abi? Gel otur da çay koyayım," dedi. Demir oturup kendisine hizmet edilmesini beklerken Sevim de sersem sepelek "Yumurta kızartayım mı? Ya da sosis haşlayayım?" diye dolanıyor, buzdolabını açıp kapatıyordu. Önüne konan bayat ekmeğin kızartılması teklifini geri çeviren Demir Sevim'i utandırmama kararını bir anda unutup "Sendedir avare gönlüm"ü nereden öğrendiğini sordu.

Şey, Sevim orta sonda okul korosuna yazılmıştı, lise ikiye kadar da biraz alışkanlıktan, biraz da hafta sonları evden çıkmasına bahane olsun diye devam etmişti. Sonra tabii lise son sınıfta dershane, mershane, zaten babası da istememişti, tüm dikkatini derslerine, üniversite sınavına vermesi lazımdı. Neyse o koroyu da çok iyi, çok ilgili bir adamcağız çalıştırıyordu, onun bulup geldiği şarkılardan biriydi "avare gönlüm."

Sevim lafını bitirince bir sessizlik oldu. Demir bu sessizliği kırmak için mi yoksa zaten başından beri buna niyet ederek lafı dolandırıp durduğunu bilmeden mi "Bir daha söylesene," deyiverdi.

"Neyi, şarkıyı mı?"

"Evet, lütfen."

"Benim sesim pek şey de değildir aslında," dedi Sevim ama Demir'in hiçbir şey söylemeden kendisine bakmaya devam ettiğini görünce son derece kısık bir sesle, parmaklarıyla masada kırık belirsiz şekiller çizerek, sesi mahcubiyetten titreyerek, kâh ellerine kâh camdan dışarıya bakarak bir yerde sözleri karıştırıp baştan alarak şarkıyı sonuna kadar söyledi.

Şarkı bitince Demir kalktı, odasına gitti, kapıyı kapattı. Yapılmamış yatağına tekrar uzandı. Gözlerini sımsıkı yumdu. Öylece bekledi kaldı. O anda aklından neler geçtiğini muhtemelen kendisi bile bilmiyordu.

[mert'in ailesi] Mert akşam eve geldiğinde annesiyle babasını âdetleri olduğu üzere televizyon karşısında buldu. Odasına geçmeden önce hal hatır sormak için yanlarına uğramıştı ama gözü ister istemez seyrettikleri programa takıldı. Ekranda heyecan, dram ve sansasyon dolu olduğu belli bir haber vardı. Acıklı kemanlar büyük harflerle yazılmış "şok" yazılarına eşlik ediyordu. Bir bağrış çağrış, patırtıdır gidiyordu.

Nermin Hanım Mert'in de odasına gitmekten vazgeçip kanepeye ilişerek onlarla televizyona baktığını görünce, oğlunun olanı biteni takip edebilmesi için hızlı bir izahat vermek ihtiyacı duydu. Mert'in dikkatini çekmiş miydi, bilmiyordu ama bütün televizyonlar kaç gündür bangır bangır kayıp kocasını arayan genç ve güzel yeni evli kadının haberini veriyordu. Gündüzleri yayınlanan kayıp arama programlarından birine katılan bu genç kadın her gün feryat figan kocasının bulunmasını talep ediyor, içli müziklerin biri susup öbürü başlıyor, arada kadın fenalıklar geçiriyor, üstünü başını yırtıyor, kâh kaynanasının, kâh boynunu büküp oturan mahcup tavırlı kayınbiraderinin eline sarılıp ağlıyor, ağlıyor, ağlıyordu. Bütün ülke gözleri yaşlı bu trajediyi takip ederken işte tam da bugün beklenmedik bir gelişme olmuş, galiba komşulardan birinin ihbarıyla baskın düzenleyen polis, kayıp adamın cesedini, adamın karısı, kardeşleri, ana babasıyla beraber cümbür cemaat oturduğu evin arka bahçesinde bulmuş, paniklеyen gelin sorgusunda kayınbiraderiyle birbirlerini sevdiklerini ve cinayeti beraber işlediklerini hemen itiraf edivermişti.

Bunları dizginleyemediği bir teessürle anlattığını, kendini anlattığı hikâyeye fazla kaptırdığını fark edince toparlandı Nermin Hanım: "Aç mısın oğlum?"

Mert oturduğu yerden "Çok aç değilim, sen zahmet etme, ben hazırlarım bir şeyler," diye usulen yanıtladı annesini. Nermin Hanım hemen "Olur mu öyle şey!" diye ayağa fırladı. Mert de peşinden mutfağa gelince yemekleri dolaptan çıkaran, hangisinden ne kadar ısıtması gerektiğini kararlaştıran ve o esnada televizyondaki kanlı cinayeti çoktan unutmuş olan Nermin Hanım Mert'e şöyle bir baktıktan sonra oğluyla nadir yakalayabildiği bu mahremiyet anını değerlendirmesi gerektiğini, ne zamandır Fikret Bey'le aralarında kararlaştırdıkları konuyu nihayet Mert'e açabileceğini düşündü.

Yoğurttan çabucak bir ayran çırparken alelade bir konuymuş, öylesine aklına gelivermiş gibi sordu:

"Senin kız. Neydi adı? Gülfidan mı?"

"Gülendam."

"Hah, Gülendam." Tezgâhta laf olsun diye yapılan bir iki iş daha. Dolap kapaklarını lüzumsuz açış kapayış.

"Ne iş yapıyordu anası babası?"

Annesinin ne düşüneceğini önceden bile bile, tam da o yüzden hatta, neredeyse hırçın bir tavırla: "Babası bakkal. Annesi yok."

"Allah rahmet eylesin. (Es). (Ne olur ne olmaz diye azıcık daha bekleyiş. Ve) Durumları çok iyi değil o zaman herhalde, değil mi?"

"Değil pek. Gülendam bir yandan mağazalarda filan çalışıyor."

Bir müddet düşünüp ekmek kesmek için arkasını döner gibi yapıp: "Sen ciddi düşünüyor musun peki bu kızla?"

Annesini kızdırmak, kadının damarına basmak isteyerek, ama alenen yalan da söyleyemeden: "Bilmem ki, daha erken değil mi böyle şeyleri düşünmek için?"

Durumu hızlıca değerlendiriş. Geri çekilir gibi yapan tuzaklı bir soru: "Ezgi tanıyordu değil mi; o ne diyor? Beğenmiş mi?"

"Seviyor evet."

–Sus.–

–Pus.–

Nermin Hanım baktı bir yere varamıyor, Mert'in tepesi attı atacak, oğlundaki gönülsüzlük karşısında daha açık konuşmasının belki de daha iyi olacağını düşündü. Fazla yüz göz olmayı da istemeyerek, cesaretini toplayıp bir nefeste "Bunlar muhafazakâr insanlardır oğlum, dikkatli ol... Başımıza iş almayalım," dedi.

Başka bir şey söylemeye gerek yoktu. Mert de sinirlense de, "Hı hı" diyebildi bir tek.

Bu mühim konu da böylece paldır küldür, yalapşap ele alınmış; bir dalga gibi kabarıp kabarıp kıyıya vurmuş, anında geri çekilmiş oldu. Aile meseleleri böyledir zaten, dan diye vurup, sonra hiç vurmamış gibi yapmak gerekir. Ah diye vurulup, ayırdına varmamış gibi yapmak gerekir. Bu işlerin böyle yürümesi gerektiğini, hiç üstüne kafa yormadan bile, herkes bal gibi bilir.

O esnada yemek de hazırlanmış oldu, Mert de oturdu yemeğini yedi. Ayranı bir dikişte bitirip odasına gidecekti ki gerisingeri dönüp salondaki annesine "Eline sağlık," diye seslendi.

Odasının kapısında, annesi koşup arkasından yetişti, artık babasıyla o kısacık zamanda ne konuştularsa, "Gülendam'ı yemeğe getir haftaya, biz de tanımış oluruz," dedi fısır fısır.

*

İşte Gülendam'ın heyecandan ayakkabılarının içinde titreyerek tam da şu anda uzanıp Bozoğlu ailesinin ziline basmasına yol açan olaylar zinciri, aşağı yukarı böyle vuku buldu.

*

Din dan don.

*

Elinde bir demet çiçekle Gülendam. Mert'in babasından ve annesinden ölesiye korkan, ama sadece onlardan değil, evdeki eşyaların olası ihtişamından, yanlış bir hareketten, oturmaması gereken bir yere oturuvermekten, nasıl yeneceğini bilmediği bir yemekle karşılaşmaktan, kılığının kıyafetinin yetersiz bulunmasından, memnun edememekten, beğenilmemekten, hoşa gitmemekten, konuşurken bir kelimeyi yanlış söylemekten, aklına gelen her ihtimalden, aklına getiremediği ihtimallerin varlığından... korkan da korkan Gülendam.

Mertler hazırlanmış, giyinmiş kuşanmış konuklarını bekliyorlar, zil sesini duyunca kapıyı hep beraber ailecek açıyorlar. Gülendam kime baksın, kiminle konuşsun, el mi öpsün, tokalaşsın mı, sarılsın mı bilemiyor. Teyze mi desin, siz mi desin, soğuk gibi mi olur, yağcı gibi mi olur, Allahım yetiş.

Neler yaşadığını idrak etmesine olanak vermeyen bir kaygı bulutunun içinde salona doğru yol alıyor, bir anda kendini koltukta buluyor. Oturduğu yerde ellerini iki dizinin arasına sıkıştırmış, küçüldükçe küçülüyor. Nermin Hanım getirdiği çiçekleri salondaki masanın üzerine bırakmış, Mert'le babası dün akşamki maçı konuşuyor. Konu nasıl buraya geldi?

Gülendam'ın akşam babasından izin alıp gelmesi zor olacağı için en sonunda böyle bir gündüz oturmasında karar kılınmış. Nermin Hanım "Durun çayı demleyeyim," diye mutfağa geçiyor. Gülendam da peşinden geliyor elbette, Nermin Hanım'a yardım etmek için. Nermin Hanım'ın üst üste dizip önceden hazırladığı tabaklar karşısında kararsız kalıyor Gülendam, Mert'ler masada mı yemek yiyorlar yoksa herkes tabağını kucağına mı alacak? Sorup da iyice beceriksiz görünmek istemiyor Gülendam, zaten akıl yürütecek durumda değil. Alıp tabakları salona götürüyor, bir tanesini Mert'in, öbürünü Fikret Bey'in eline tutuşturuyor. Baba oğul ellerine verilen boş tabaklara bakarken Nermin Hanım salona girip "Dur kızım, masada servis yaparız," deyip tabakları geri topluyor. Gülendam perişan olmuş bile. Sınavı geçemedi, maçı şimdiden kaybetti. Nermin Hanım'la beraber mutfağa geri döndüklerinde bu sefer daha ihtiyatlı Gülendam, "Ne yapmamı istersiniz?" diye soruyor. Kendisine teslim edilen domatesleri özenle yıkayıp doğrarken Nermin Hanım "Aaa, ama olmaz ki böyle. Sofraya konan domates söğüş doğranır. Bak, böyle. Bu yaşa gelmişsin, bunları öğren artık yavrum. İleride bana dua edersin," diyerek Gülendam'ın elinden aldığı domatesleri hızlı hızlı dilimliyor. Gülendam bakakalıyor. Haksızlık mı duydu, isyan mı var, gayreti incindi, duyguları kırıldı, kendi annesi öğretmedi tabii, elinde domates tabağı, yanında ömür boyu minnettar kalacağı becerikli Nermin Hanım, tin tin salona dönüyorlar. Gülendam'ın bir şey belli etmemesi lazım. Mert'le Fikret Bey de sofranın hazır olduğunu görünce kalkıp geldiler. Gülendam'ın bir şey belli etmemesi lazım. Sofrada ne zıkkımlanıldı, ne konuşuldu Allah bilir. Gülendam'ın bir şey belli etmemesi lazım. Çay bardağını tabağına bile denk getiremiyor halbuki. Belli belirsiz bir biçimde önündekilerden az yerse "beğenmedi, nane molla" çok yese "kıtlıktan çıkmış gibi" olacağını düşünüp tam kararında yemeye, göz göze geldiği herkese gülümsemeye uğraşıyor. Ne ara Mert'in bardağını aldı çay doldurmak için, Mert ne zaman böyle geh geh arkasına yaslanıp Gülendam'dan çay bekler oldu?

Bir sonraki sahnede Fikret Bey'le salondalar, Mert nerede? Nermin Hanım mutfakta herhalde. Bulaşıklar! Gidip yardım etmesi lazım. Fikret Bey sesini alçaltıp kendisine doğru eğiliyor, Gülendam bir anda silkinip kendine geliyor gibi, içinde yüzdüğü uğultulu havuz duruldu, renkler şekillerin içine geri yerleşti.

"Gülendam kızım," diyor Fikret amca, "sen aklı başında birine benziyorsun. Bizim bu Mert dernek mernek diye nereye gidiyor, kimlerle arkadaşlık ediyor, sen biliyor musun?"

Dernek mi? "Yok bilmiyorum Fikret amca. Okulda da işte, sınıf arkadaşlarımızlayız. Derneğe mi gidiyormuş?"

Fikret amca şöyle bir süzüyor Gülendam'ı, adsız sıcak hisler kabarıyor yüreğinde. Temiz, efendi bir kız bu, belli.

"Dersler nasıl gidiyor?"

Gülendam daha emniyetli bir konu bulmanın verdiği rahatlıkla, âdetinin üzerinde bir gevezelikle anlatıyor. Dersleri iyi, belki bir dönemliğine Avrupa'ya gidecek. Çift anadal yaptığı için ders programını ayarlaması lazım yalnız. Bir de tabii biraz daha para biriktirmesi (Hay Allah, pot mu kırdı?).

Gülendam duraklayınca, Fikret amca asıl aklındakini soruyor: "Bu Mert okulunu bitirecek mi sence? Onun dersleri kötü herhalde epey, değil mi?"

Gülendam Mert'e ihanet edemez, yalan da söyleyemez.

"Onun hayalleri farklı," diye bir şey geveliyor.

"Neymiş onun hayalleri?" diye sertçe soruyor Fikret Bey. Gülendam biraz düşünüyor, "Bir şeyleri değiştirmek. Dünyaya bir faydasının dokunması," diyor sonunda.

"Bırak kızım Allah'ını seversen, onun daha kendine faydası yok."

Gülendam sessiz kalınca Fikret Bey hıncını kızdan çıkardığını fark ediyor, sesini yumuşatarak devam ediyor. "Bak evladım, sen aklı başında birine benziyorsun, senin aklın kesiyor mu Mert'in bir şeyleri değiştirebileceğini? Ben sana bir şey söyleyeyim mi, kendine hayrı olmayanın kimseye faydası olmaz. Onun peşinden koştuğu hayaller, o büyük büyük laflar bana yabancı mı sanıyorsun? Beni seksenden sonra içeri aldılar da çıktığımda bir ay ayaklarımın üstüne basamadım. Üstelik ben ucuz kurtuldum... Neyse lafı karıştırmayayım şimdi. Bizi dinlediği yok, sen de azıcık konuş, örnek ol ona, bu işler öyle ekmek anadan, su babadan, yan gel yat, olmaz. Baksın eniştesinin ağbisine, eniştesi ev açmasa kazık kadar adam sokakta kalacaktı. O mu millete akıl öğretecek?"

Gülendam bir yandan ne olursa olsun sevgilisinin arkasında olması gerektiğini düşünüyor, Mert'in güzel fikirlerinin, yüksek ideallerinin kıymetini iliğinde kemiğinde, olandan daha iyisini kurmaya çalışmanın kanı tutuşturan aciliyetini damarlarında hissediyor ama bir yandan da bir tür hayat acemiliği içinde olduğunu, Fikret amcanın da haklı olabileceğini düşünüyor, içten içe kıvranıyor. Zihninin gerisinde kendini duyuran kötücül bir ses Mert'in nasıl olsa dernekten de sıkılacağını, hiçbir şey için kendisini fazla zora sokmayacağını, bu nedenle Fikret Bey'in endişelerinin yersiz olduğunu söylemeye davet ediyor Gülendam'ı, Gülendam bu ne idüğü belirsiz kötü niyetli sesi hemen kovalıyor aklından.

Allahtan zil imdadına yetişiyor, bir koşu bakkala gitmiş olan Mert eve geri dönüyor, herkes cümbür cemaat salonda geri toplanıyor da bu konu nihayete eremeden kapanmış oluyor. Bir müddet sonra Gülendam müsaade isteyip kalkıyor. Kapı arkasından dikkatle kapanıyor. Kim bilir arkasından neler konuşuluyor.

[demir] Demir o akşam kapıları kapayıp odasında sessizce ağlamadı. Onun yerine balkona çıkıp gecenin bir yarısı uzun uzun uluyup içeri girdi.

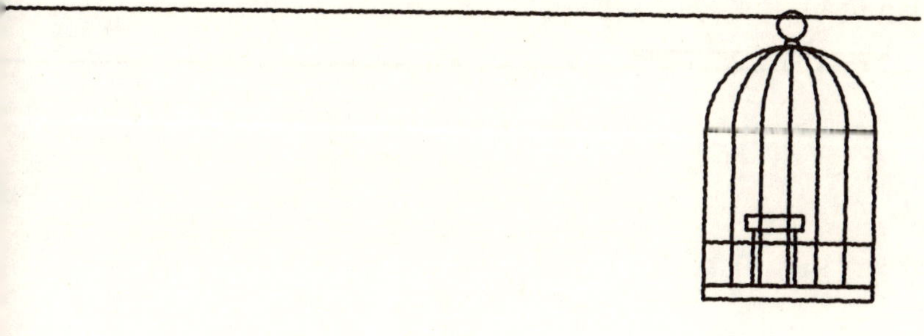

[ezgi'nin sergi için fikirleri]

Ezgi bir galeriye bir oda enstalasyonu fikri satmak istiyordu. Odada yer alacak işlerden birinin adı "Koltukla da iyi gitti" olacaktı. Alt kısmı asimetrik kırılmalardan oluşan monokrom bir tablo, bu kırılmaların içine âdeta bir yapboz parçası gibi uyacak bir koltuğun üzerine asılacaktı.

İkinci parça edepsiz bir kahverengi tonunda, yine monokrom bir tablo olacaktı ve adı "Aman ne biçim renk" olacaktı.

Son tabloyu ise baştan aşağı siyah bir tuval olarak düşünmüştü. Otuz bin dolar fiyat biçtiği tablonun adı "Kim buna bu kadar para verir?"di.

[ilker] Gülendam'ın ağzı, burnu, kaşı gözü tek tek bakıldığında biçimli, düzgün şekillendirilmiş uzuvlardı. Ama bir araya gelişlerinde bir fevkaladelik, insanı cezbediveren bir şey yoktu.

Peki, hal böyleyken İlker Gülendam'ı niçin dayanılmaz buluyordu?

*

(Arzunun izahı ahmaklıkta yatar.)

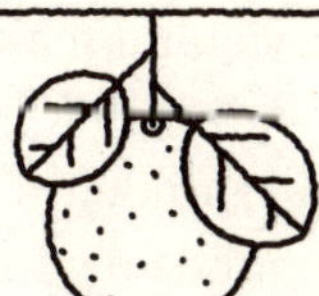

[fırat] Fırat Sevim'in aynı anda hem ağırbaşlı hem güleryüzlü halinden etkilendi ilkin. Daha sonra kendileri de evlenip çoluk çocuğa karışmadılarsa evliliklerinin ilk yıllarından sonra görüşmeyi yavaş yavaş, özel bir karar almadan kestikleri ortak arkadaşlarına anlattığı gibi Fırat Sevim'i görür görmez "Tam çocuklarıma annelik edecek bir kız," diye düşündü mü gerçekten, yoksa bu da her çiftin çift olmasının harcı ve parçası olan ortak bir mitoloji yaratma sürecinin zararsız yalanlarından biri miydi, çok da önemli değil herhalde. Daha belirleyici olan o ilk anda öyle düşünsün ya da düşünmesin, Fırat'ın Sevim'in bu vasfını hikâyeleştirmeye değer bulması, bunu birlikteliklerinin çimentosuna karmasıydı muhakkak. Anlatılan her hikâye gibi bu hikâye de son tahlilde Sevim'in anaçlığından ziyade Fırat'ın kendisi ve dünyayı kavrayışıyla ilgili. Bu hikâyeyi Fırat'tan her dinleyişinde Sevim'in kendisini tam da Fırat'ın çocuklarına annelik edecek bir kız olarak duyumsaması, bu hikâyenin doğruluğuna iman ve biat etmesi ise... neyse efendim, hikâyenin gücü hakkında böyle iddialı laflar etmek bir romancı için çiğlik olarak görülebilir. Doğru olan takdiri okuyucuya bırakmaktır.

Kendisini ilk bakışta çarpan, çarpan demeyelim de görür görmez dikkatini çeken (insanın hayat arkadaşı söz konusu olduğunda o gün ilk olarak masada Sevim'in yanında oturan Çisil'i beğendiğini, derken kızın Kenan'ın elini tutuyor olduğunu fark ettiğini, gözlerini alamadığı gösterişli Suna'nın gevşek küfürlü konuşmasını itici bulup Sevim'e yöneldiğini hatırlamaması doğal) Sevim'in tam ciddi düşünülecek kız olduğuna ikna olunca Fırat, ciddi planlarına yönelik ciddi bir strateji izledi.

[alışveriş listesi]

biber salçası
selpak
detarjan

~~demir~~

[fırat] Fırat niyetinin ciddiyetine yakışır bir biçimde hareket etmek için kaleyi içten fethetmek lazım geldiğini biliyordu. O nedenle tanışmalarının daha birinci ayında Sevim "arkadaşlıklarını" ailesinden gizlemeyi beceremeyip babasından "Getir bakalım şu oğlanı, neyin nesiymiş biz de görelim," ültimatomunu alınca bu yükümlülükten hiç gocunmadı; çiçeğini yaptırıp tıpış tıpış el öpmeye gitti. Beklenmedik bir biçimde Fikret Bey'le birbirlerine kanları bir anda kaynayıverince, biraz da daha fazla göze girme gayretiyle, Fikret Bey'e maç bileti bulmaya, Fikret Bey'in müsait olduğu her hafta onunla beraber Galatasaray maçlarına gitmeye başladı. "Oğlan bu kadar ilgili, bizim de bir karşılık vermemiz lazım," diye kimi akşamlar yemeğe davet edildi. Fırat bu yemeklere Nermin Hanım seviyor diye iki kilo lüfer yahut bir demet çiçek almadan elini kolunu sallaya sallaya icabet etmedi hiçbir zaman. Fikret Beylerin evine gidip geldikçe zaman zaman karşılaştığı Mert tarafından çok dikkate alınmayan, Mert'in iyi huylu bir kayıtsızlıkla üstünden akıp geçmesine müsaade ettiği yakınlık gösterilerinde bulundu; Mert ile iki el tavla oynadı ara sıra.

Ailesinin dâhil olmadığı nadir görüşmelerinde Sevim'le konuşacak konu bulmakta zorlandı. Sevim'in sessizliğini utangaçlığına verdi, hoşuna gitti.

[ward hunt buz sahanlığı]

Ward Hunt Buz Sahanlığı'ndaki minik çatlaklar diğer minik çatlaklarla birleşip daha büyük çatlaklar oluşturdular.

[dudu hanım ile abdullah bey]

Dudu Hanım ailenin toplamda on yedi kız torunu arasından Abdullah Bey'e iki tane aslan gibi erkek evlat vermiş olmakla ne kadar iftihar etse azdır. Ama Allah'ı var, Abdullah Bey de oğullarına gözü gibi bakmış, senelerin aşındırdığı o deyimin de öğütlediği gibi, gerçekten yememiş yedirmiş, giymemiş giydirmiştir. Nitekim gelişme çağındaki oğulları yesin diye eve güçbela alınabilen iki yüz gram kıyma senelerce Dudu Hanım'ın da Abdullah Bey'in de kursağından geçmemiş, bir işçi maaşıyla ev geçindirmeye çalışan Abdullah Bey aynı çorapları artık yama tutmaz hale gelinceye kadar giyip durmuştur.

Bu fedakârlığın sonucunda ailenin tek arzu ve temennisi oğullarının kendileri gibi eza çekmemesi, sürekli üçün beşin hesabının yapıldığı dar bir hayatın içinde debelenip durmamasıdır.

Oğlanlar da sağ olsunlar nankörlük etmeden her akşam okuldan çıkar çıkmaz kafalarını önlerine eğip sağa sola bakmadan eve koşmuş, küçücük bir masaya sıkışıp gık demeden derslerini çalışmışlardır. Ne var ki çocukların birinin mühendis öbürünün mimar çıkması an meselesiyken Demir denen hayırsız bu düşü, okulu bırakıp ne idüğü belirsiz işlerin peşine takılarak bozmuştur.

Bu nedenle Dudu Hanım ile Abdullah Bey ne zaman Fıratlara ziyarete gidecek olsa minik bir kuş gizlice Demir'e haber uçurur, Demir "Benim bir işim var," diye evden çıkar gider, sabaha karşı döndüğü eve kapıyı sessizce anahtarıyla açıp girer, bazen yatmadan camdan dışarı bir iki dakika bakar, sonra yatar.

[yurttan sesler korosu]

Aile ve Sosyal Politikalar Bakanlığı – 20.. Yılı İdare Faaliyet Raporu

D) TEHDİTLER

·Türkiye'nin coğrafi konumu nedeniyle doğal afetlerin yaşanması ihtimali bulunmaktdır.

[melahatlar] Mert annesinin dürtüklemesiyle akşamüstü ders çıkışı Melahat teyzesine uğradı. Teyzelerinin içinde en sevdiği Melahat'tı halbuki, teyzesini görmeye gitmesi için annesinin ısrar etmesine lüzum kalmasına Mert'in kendisi de şaşıyordu. Ama bir şey kendiliğinden, doğallıkla, o anda içinden akmıyorsa; bir vazife, bir beklenti halini alıyorsa bu duruma varlığının her zerresiyle karşı koymak istiyor, beraber mutfak masasında çay içip aile dedikodusu yaparken gülmekten karşılıklı birbirlerinin gözünden yaş getirdikleri halde Melahat teyzesinin evine ayda yılda bir uğruyordu.

Zile şöyle bir dokundu, sanki Pınar kapının önünde Mert'in gelmesini bekliyormuşçasına anında açtı kapıyı. "Ooo, ablacım, özlettin kendini valla," diye içtenlikle sarıldı Mert'e. "Anneeee, Mert gelmiş."

"Ay, ay, ay kimleri görüyorum? Bu ne saadet! Hoş geldiniz efendim, yüzünüzü gören cennetlik," diye eli ayağına dolaşarak, terliklerini bir türlü ayağına geçiremeyerek, ıslak ellerini üstündeki gömleğin eteklerinde kurulayarak balkondan koştu geldi Melahat. "Pınar hemen bir çay koy kızım."

Mert bir an hafta içi Pınar'ın nispeten erken bir saatte evde olmasına şaşarak "Sen işe gitmedin mi bugün?" diye sordu.

"Üst katta boru mu patlamış, ne olmuşsa bizim şubeyi su bastı. Mecbur erken çıktık bugün."

"Aman, her gün yaptırdıkları fazla mesaiye saysınlar bunu," diye lafa karıştı Melahat. "Bundan sonra mesai işini abartırlarsa elime bir çekiç alıp ben patlatacağım borularını ona göre. Neyse ayakta kalmayalım, salona geçelim," diye buyur etti Mert'i.

Mert salona girip de içeride kimseyi göremeyince "İlhami enişte yok mu?" diye sordu.

"İlhami enişten okuldan arkadaşlarıyla buluşmaya gitti. Böyle ayda bir toplanıyorlar. Balığa mı gidiyorlar, ava mı çıkıyorlar, bir şey yapıyorlar da, ben çok ilgilenmiyorum, içim şişiyor. Herif orta yaş bunalımına mı girdi nedir?" diye bir kahkaha patlattı Melahat.

Bir müddet havadan sudan konuştular. O esnada çay demlendi. Pınar bardakları bir tepsiye dizip servis yaptı. Bir sandalye çekip oturduktan sonra lafa pek karışmadan annesiyle Mert'in konuşmalarını dinlemeye koyuldu.

Tam o esnada Melahat, sanki deminden beri konuşmuyorlarmış gibi teatral bir edayla:

"Eee, anlat bakalım Mert, ne var ne yok?" diye sordu.

"İyilik be teyze, yeni bir şey yok."

"Oğlum anlasana, sebeb-i ziyaretini soruyoruz şurda."

"Özledim, bir göreyim dedim."

"Hadi, hadiii."

Pınar dayanamadı:

"Anne rahat bıraksana çocuğu. Geldiğine geleceğine pişman edeceksin. Kalkmış gelmiş, sen de habire sorguya çekiyorsun niye geldin diye. Ayıp, ayıp."

"Gelmiş, gelmiş de insan merak ediyor, hangi dağda kurt öldü." Mert'e teyzesinde bir gariplik varmış gibi geliyordu. Teyzesinin her zamanki şakacılığında sanki farklı bir perdeye geçilmişti; kuralları, dekorları ve oyuncuları bilmediği bu yeni düzende kendisine biçilen yeni rol neydi, Mert tam olarak emin olamıyordu.

Neşesi gerçekten de biraz sönerek sitem etti. "Aşkolsun teyze. Size de insan gelse bir türlü, gelmese bir türlü."

"Peki, peki. Azıcık takılalım dedik paşamıza. O kadar da nazımız geçmeyecekse... Tamam bak şimdi gerçekten soruyorum. Ne var ne yok?"

Mert'in cevapları istemediği halde gönülsüzleşmişti.

"N'olsun be teyze. İş güç."

"Gidiyor musun okula?"

"Eh."

Mert'in durumunda bir fevkaladelik, daha doğrusu bir burukluk sezmeyen, belki de sezse de üstünde durmayan Melahat devam etti: "O nasıl cevap öyle. Gidiyor musun gitmiyor musun?"

"İdare ediyoruz bir şekilde teyze, merak etme sen."

"Senin kız ne yapıyor? Adı neydi?"

"Gülendam."

"Hah, Gülendam ne yapıyor?"

Pınar uzayıp giden bu sorular karşısında bir şeylerden şüphelenir gibi dikkatli dikkatli annesine bakmaya başlamıştı.

Mert teyzesini kısa cevaplarla yanıtlamayı sürdürüyordu "İyi, ne yapsın."

"Eee, niyetler nasıl? Ciddi mi?"

Mert birden şaşaladı "Hayırdır teyze nereden çıktı şimdi bu?"

"Ne var canım. Aşkolsun. Teyze ana yarısıdır. Merak ediyoruz. Bizim oğlumuz kıymetlidir. Etrafındakiler hırlı mıdır hırsız mıdır bilmemiz lazım. Sonra elâlemin kızı evlilik vaadiyle kandırmasın oğlumuzu."

Mert teyzesi tarafından böyle şımartılınca gevşeyiverdi. Eski bilindik hallerine geri dönüşün bir işareti saydı bunu.

"Korkma teyze, ben hep tetikteyim."

"Ee, kimin nesiymiş bu kız?"

"İyi bir kız. Çok akıllı. Üniversitede uluslararası ilişkiler okuyor. Notları filan bayağı iyi."

"Anası babası ne iş yapıyormuş?"

"Babası esnaf. Durumları çok iyi değil sanırım, Gülendam hem çalışıyor hem okuyor."

"Nerelilermiş peki?"

"Bilmiyorum ki nereli, hiç aklıma gelmedi sormak. Bildiğim kadarıyla kendisi İstanbul'da büyümüş ama."

"Annenler tanıştılar değil mi onunla?"

"Evet, bize geldi bir kere."

"Annen ufak tefek, esmer bir şey diyordu. Doğulu filandır belki."

"Dediğim gibi, bilmiyorum tam nereli."

Bu eziyetin daha fazla sürmesine katlanamayan Pınar nihayet atıldı.

"Anlasana oğlum, annem kız Kürt mü diye sormaya çalışıyor."

Mert hayretle teyzesine baktı. Elbette. Zihnin bir köşesiyle, her zaman (elbette gizliden gizliye) kendisinden biraz daha kavrayışsız gördüğü, hayalsiz ufuksuz bulduğu, etrafına bigâne Pınar ablasının neler olup bittiğini kendisinden çok daha açıkla tahlil edebilmesine şaştı.

"Kürt falan değil de, Kürt olsa ne olacak?" diye öfkeyle sordu. Mert'in aniden parlayıveren ölçüsüz bir yanı olduğunu biliyordu Melahat, ama bu öfkenin kendisine yöneltilmesi çok nadirdi, belki de bir ilkti. O lafı nasıl toparlayacağını düşünürken Mert birden berraklaşan idrakiyle "Annem sorduruyor değil mi bunları?" dedi.

"Annen sorduruyor, ne var? Sen de beni mi azarlayacaksın şu yaşımda?" diye yarı umursamaz yarı alıngan, ama içten içe sevildiğine ve muvaffak olacağına dair bir inancın verdiği neşe ve kuvvete benzer bir hisle yanıtladı yeğenini Melahat. "O gün görüştüklerinde annenin aklına takılmış. Merak etmiş. Ne var bunda? Kürtlük illa kötü bir şey diye değil de, annen sana sorsa kızarsın diye. Bak bana bile ne kadar sinirlendin."

Hakikaten sinirlenecek bir şey yoktu belki de. Annesi de böyle birisiydi işte. Şimdi Melahat teyzeye annesi yüzünden kızmanın, herkesin ağzının tadını kaçırmanın lüzumu yoktu. Eve gidince bu konuyu annesiyle konuşmanın da faydası yoktu. Daha önce de annesinin kendi hayatına yönelik müdahalelerine şiddetli tepkiler göstermiş, annesi de önce içli

içli gözyaşı döküp bir tek oğlunun iyiliğini istediğini söylemiş, sonra kafasındaki bu iyilik algısı doğrultusunda bildiğini okumaya devam etmişti. Annesinde herhangi köklü bir davranış, tutum ya da fikir değişikliğine yol açamayacağını bilen Mert de artık bunu böyle kabullenmiş, hayatını annesinin gözlerinden ve etkilerinden uzak yaşamaya gayret ediyordu.

Mert sakinleşince hiçbir şey olmamış gibi kaldıkları yerden devam ettiler. Bir yarım saat daha havadan sudan sohbet ettiler, sonra Mert müsaade isteyip kalktı. Kapı kapanır kapanmaz Melahat müjdeli haberleri vermek üzere telefona koştu.

[demir] Demir sıkıntısından odasına sığamıyordu. Odasına sığamıyordu da içinde yaşadığı eve sığabiliyor muydu? Demir'e kalırsa bırak kendisini, o eve Nazlı, Sevim ve Fırat da sığamıyordu. Sevim evdeki boş vermişlik havasını dağıtmak için belki de, zaman zaman "Bıktım senin bu dağınıklığından," diye söylenerek Nazlı'nın eşyalarını sağa sola tıkıştırıyor, Fırat o meslek içi eğitim senin, bu fazla mesai benim gezinip eve ayda yılda bir uğruyor, Demir pek ortalıkta dolanmamaya ve sağı solu karıştırır görünmemeye gayret etmesine rağmen yatak altlarından çekmece kenarlarından kapı arkalarından baş gösteren bir naylon poşet, kelepir denk gelmiş nevresim takımı ve mukavva kutu imparatorluğunun evi sessizce ele geçirmeye gayret ettiğini görüyor; bu imparatorluğun dördünü birden kapı dışarı edip salonun başköşesinde hüküm sürmeyi dört gözle beklediğini seziyordu.

İkisinin de yaşanır yaşanmaz unutur göründükleri "Avare gönlüm" faslından sonra Demir'in Sevim ile konuşmak için pek fırsatı olmadı bir müddet. İkisinin de bir şey yapmadan bütün gün evde oturdukları göz önüne alınırsa bu şaşırtıcı bir durumdu elbette.

Demir bir türlü sığamadığı odasında yataktan kalkıp sandalyeye oturuyor, oradan kalkıp yere halının üstüne bağdaş kuruyor, olmadı sil baştan yatağa yüzükoyun kapaklanıyordu. Cesaretini toplayıp odadan çıkabilirse, bilgisayarı Sevim ondan önce kapmamışsa bazen tanımadığı sanal rakiplerle okey yahut tavla oynuyor, bazen de forumlarda, bloglarda, sosyal paylaşım sitelerinde hâlâ önemsediği konular hakkında uzun tartışmalara girişiyor; dünyadaki ahmaklığın, cahilliğin ve kötücüllüğün sonu olmadığına bir kez daha emin oluyordu. Emin oluyordu da ne demeye her gün bilgisayarın başına geçip bu çamur dolu havuza bir kez daha atlıyordu? Bilgisayarı Sevim ondan daha önce kaptıysa belli belirsiz huzursuzlanıyor, dünyaya duymaya hazırlandığı öfke hissettirmeden yer değiştirerek Sevim'in düşük omuzlarına, bir hastalığı yahut alerjisi olmamasına rağmen çekip durduğu burnuna, ara sıra muhtemelen etrafa rahatsızlık vermemek için ağzının içinde patlattığı sakıza yerleşiyordu.

Böyle anlarda Sevim bir türlü sığamadığı odanın da suçlusu, konuğunu evinde rahat ettirmeyi beceremeyen gönül cimrisi bir ev sahibi, her yeri ele geçirip Demir'e nefes aldırmayan tekstil ve yedek üçlü priz imparatorluğunun, poşet ve havlu kutsal ittifakının hain bir işbirlikçisi gibi görünüyordu gözüne.

Yine böyle bir kendinden nefret anında Sevim'in bütün gün internette ne aradığını merak etti Demir. Sabahları alelacele hazırlanmış bir kahvaltıyla, çoğu zaman yanmış yahut vıcık vıcık yağ içinde kalmış iki dilim kızartılmış ekmekle Nazlı'yı okula uğurlayıp, gün içinde çocuğun sorularını başım ağrıyor diye geçiştirip, Nazlı ödevlerine yardım istedikçe "Akşam babana sorarsın, benim aklım ermez," deyip yine bilgisayar ekranına dönüyordu çünkü Sevim. Demir'in görebildiği kadarıyla Sevim sürekli basit, pek dikkat gerektirmeyen oyunlar oynuyordu ama Demir emin olamıyordu.

Nazlı'nın bu kendi haline bırakılmış, el yordamıyla büyür gider hali içine dokunduğundan (Fırat da bütün gün ekmek peşinde koşmaktan Nazlı'nın derslerine yardım edemiyordu akşamları) Nazlı'nın okuluyla dersiyle ilgilenmek yavaş yavaş Demir'e düştü. İlk başlarda Nazlı defterini ve renkli oyunlu kalemlerinden birini alıp Demir'e tavşan gibi gözlerini dikip bir şeyler sordukça Sevim bilgisayar ekranından gözlerini ayırmadan gevşek gevşek "Nazlı rahat bıraksana kızım amcanı," diyordu ama kısa sürede ailenin işbölümünde Nazlı'yı Demir'e delege etmek herkesin doğallık ve biraz da ferahlamayla karşıladığı bir durum oldu.

[ilker] İlker'in kendisine ve hayata karşı duyduğu öfke ve şüphecilik her zaman aynı seyirde izleyen, kendisini hep aynı şekillerde dışavuran bir duygu durumu değildi. Nitekim İlker'in hayatının belirleyici unsuru haline gelmiş bu hissiyatın, bilinmez, anlaşılmaz bir nedenler ağından ötürü, sadece birbirinden farklı değil, önceki halleriyle de tamamıyla tezat kabul edilebilecek biçimlerde zuhur ettiği dikkatli gözler tarafından tespit edilebilecek bir durumdu.

İlker'i senelere yayılmış bir dikkat haliyle izleyecek birisi bilirdi ki (ki senelere yayılmış bir dikkatle izlemenin ya da izlenmenin ne kadar nadir rastlanan bir durum olduğu hepinizin malumu) bu tezahürlerin bir veçhesi de, kadınlara karşı acımasız ve oyunbaz bir iştah haliydi. İlker, mutat olarak insanlardan kaçan, kendini açmaktan geri duran, yakınlık aramayan bir adamdı. Kadınlar hakkındaki dillendirilmemiş, yüzeye çıkamamış, adı konmamış fikirlerini derleyip toplamaktan, dillendirmekten, yüzeye çıkarmaktan İlker'i tam bir canavar gibi göstermemek için bir ihtimal özellikle geri durmak gerekir belki, o nedenle kısaca şunu demek kâfi: İlker kadınları istiyor, ama sevmiyordu. Kadınlar akılsızdı, güce tapardı, kaypaktı, güvenilmezdi, adamı yarı yolda bırakır da arkasına dönüp bir bakmazdı.

Yine de kadınların ahmaklığına, duygusuzluğuna, yüzeyselliğine iyice ikna olduğu kimi günlerinde İlker, kalbinin tuhaf bir inadıyla bütün kadınlara bayılan, tüm kadınları baştan çıkarmaya ant içmiş bir Kazanova gibi davranmaya kalkardı. Böyle günlerinde İlker, ele avuca sığmaz bir flört ustası halini alır, esasında hiçbir ilgi ya da arzu duymadığı kadınları romantik bir vaat diyarına sürüklemek için elinden geleni ardına koymazdı. Öğrenci işlerindeki nemrut kadın, on beş on altı yaşlarındaki kafasız kikirdek kızlar, hocalarının eşleri ya da kız arkadaşları, kim varsa büyülemeye, başlarını döndürmeye, iltifatlarla serseme çevirmeye girişirdi.

Bu işin ne kadar hınç ve nefretle yapıldığı göz önünde bulundurulduğunda, şaşırtıcı derecede başarılıydı İlker.

Ne var ki gücünü, cazibesini, etkileyiciliğini bu şekilde sürekli bir sınava tabi tutmak İlker'i kendi varlığından, değerinden daha emin kılmaz, sadece bu "ucuz numaralara" kanan kadınların ahmaklığına sinirlendirirdi; günün sonunda İlker, kendi değersizlik duygusunu karşısındaki kadınlara da sirayet ettirmiş bir biçimde savaş meydanından çekilmiş olurdu.

En nihayetinde İlker bilirdi ki flört de bir dolayımlama mekanizmasıydı; eninde sonunda arzunun, beklentinin, isteğin, hazzın ve tatminin dolaylandırılmasıydı. Her an inkâr edilebilir, gücünü muallaklığından alan bir ilişki kurma biçimiydi. Cesaretmiş gibi yapan temkindi. Ortada kuyu var yandan geçti.

Öte yandan kırk yılın başı yanılır şaşar da birini gerçekten beğeneceği tutarsa da izlenecek kurallar belliydi; o zaman da işleri başka türlü yokuşa sürmek lazımdı. Kural kitabında neler yoktu ki: ilk randevudan sonra üç gün aramıcaksın oğlum vardı, bir sıcak bir soğuk vardı, klark çekmek vardı, onu çılgına çevirmenin on bir yolu vardı, var oğlu vardı.

Ne var ki en derinlerde bir yerlerde İlker numaralar oyunlar taktiklerle değil kendi benliği ile, kendisi olarak baştan çıkarmak, özel bir çaba göstermeden tam da kendisi gibi olduğu için arzulanmak istiyordu. Oyunlar oynayan belki günü kurtarıyordu; ama onlar da oyunu hep devam ettirmek, her zaman kural kitabını takip etmek zorunda olan zavallı yorgun ruhlardı. İpi ellerinden bıraktıkları anda avları şöyle bir silkinip kendine gelen, eninde sonunda çekip giden bu acınası adamlardan biri olmaktansa beğendiği kadınlara hep uzaktan bakan, mesafeyi hep kendi isteğiyle koruyan yalnız bir adam olmak daha evla değil miydi?

Bir kadını stratejilerle, ufak hesaplarla, önceden hazırlanmış laflarla tavlamaya kalkanlar birbirine doğru hızla hareket eden trenlerin baş döndüren gerilim ve cazibesinden kendilerini ömür boyu mahrum bırakanlardı. İlker istese de öyle bir adam olamayacağını biliyordu. Hayatın diğer alanlarında olduğu gibi burada da aslolan ya hep ya hiçti.

*

Ama tabii, hayat bazen karşımıza öyle iyi, öyle net, öyle dosdoğru ve hesapsız insanlar çıkarırdı ki, bütün flörtümüz elimizde budala bir balon gibi kalıverirdi.

[demir] Demir ve Fırat'ın anne ve babasının zihinlerini uzun zamandır meşgul etse de, Demir'in Fıratların evine taşınmasıyla daha görünür hale gelen önemli bir problem vardı: Demir işsizdi. İşsizlik hemen tamir edilmesi gereken bir kusur olduğuna göre bu kusurunu tamir yahut en azından telafi etme gayretinde bulunmayan kişilerin ahlaki konumlarının şaibeli olduğu açıktı.

Hal böyle olunca da, bir ofise gidip sabah sekiz akşam beş çile doldurmanın kendisi için şu anki yaşamından bile katlanılmaz olacağına ikna olmuş Demir en azından görüntüyü kurtarmak için sabahları (ya da öğleleri, hatta kimi günler öğleüzerleri) kalkıp (eğer Sevim kendisinden önce halletmemişse o işi) kapının yanındaki dolabın üstünde duran çanaktan aldığı bozuk para ile yayınladığı hiçbir haberi beğenmediği bir gazete alıyor (lazımsa eve ekmek filan da getirmeyi ihmal etmiyor), sonra oturup uzun uzadıya bu gazetenin eleman aranıyor sayfalarına bakıyordu. Dikkatini sayfada, 10 yıllık iş tecrübelerinde, ekip çalışmasına uygunlukta prezantabllıkta tutmakta zorlansa da, annesine ve babasına ve Fırat'a ve herkese, en azından bu kadarını borçlu olduğunu hissediyordu. Toplumun asalak bir bireyi olmanın da bir haddi hududu vardı.

[gülendam] Gülendam'a hiç kimse hiçbir şey öğretmediği için her şeyi kendinden, kendiliğindendi. Evde yemekler hep "yanlış" tabaklara konur, tatlılar çorba kâselerinden yenir, kıyafetleri hep üstünden dökülürdü. İçtiği kahvenin ışığı nasıl süzdüğünü görmeyi sevdiği için Türk kahvesini hep çay bardağıyla içerdi Gülendam. İnsanı limana bağlayan aktarılmış usuller, hep öyle yapılageldiği için öyle yapılan şeyler olmadı mı, insan hayatı havada uçuşan polenler gibi ne olduğu bilinmeyen ama var olduğu bilinen amacına hiç yaklaşamadan, varması gereken adresin üstünden kayıp giden bir şeye dönüşürdü.

(Polenler bize yersiz yurtsuz süzülür görünüyor diye nihai hedeflerine varamıyorlar mı gerçekten?)

*

Gülendam o gün de çay demlemeye üşendiği için biraz su kaynatıp içine bir çay poşeti bıraktı, tabağa koymak yerine avcuna doldurduğu bademlerle çayını alıp pencere kenarına oturdu ve kendisinden önce milyonlarca kadın, erkek ve çocuğun yaptığı gibi (aynı kelimelerle olmasa da) sevginin boş bir vaat, karşılıksız bir senet olduğunu düşündü.

Sonra kimi can sıkıntısı anlarında yaptığı gibi tıkıştırıldıkları çekmece köşelerinden çıkardığı eski resimlere bakmaya karar verdi. Babasının evde olmamasının verdiği rahatlıkla resimleri yere yaydı, belirli bir sıra gözetmeksizin incelemeye koyuldu.

Gülendam'a ait iki üç tane bebeklik resmi. Zihninde kendisini ne fotoğrafta gördüğü kişi ile özdeşleştirebiliyor, ne de resme objektif bir mesafe alıp gördüğü bebeğin güzel mi çirkin mi olduğuna, bakanda ne tür duygular uyandırdığına dair bir kanıya varabiliyordu.

Şimdi de mesela... İşte annesiyle babasının nikâh resimleri. Düğün yapmamışlar galiba. Düğünü bırak, annesi gelinlik bile giymemiş, üstünde günlük kıyafetleri ile dimdik bakmış fotoğrafı çeken kişiye. Para mı yetirememişler acaba gelinliğe? Cevabını asla öğrenemeyeceği bir soru daha.

Güzel mi annesi? Sahiden benziyor mu annesine? İlk gençlik yıllarında babasına daha çok benzemediğine, annesinin esmerliği, buğday benzi yerine babasının yeşil gözlerini taşımadığına üzüldüğünü hayal meyal hatırlıyor. Babasının boylu boslu halinin yanında kendisi hepten ufak tefek kaldığına göre boyunu da annesinden almış. Elindeki resimde oturduklarından boy farklarını tespit etmek güç zira. Başka? Sorumluluk duygusunu annesinden almadığı aşikâr.

Annesiyle babası. Niye evlendiler? Niye ayrıldılar? Annesi şimdi nerede, ne yapıyor? Gülendam'ı dünyaya bir meteor gibi fırlattılar, babası yorgunlukla olduğu yerde çöktü kaldı, annesi yola devam etti.

Ne için ya Rabbi, ne için?

[demir ile sevim] Böyle herkesin anlamsızca odadan odaya dolaştığı, bir o ekrana bir bu ekrana baktığı günlerden birinde kendisine daha fazla tahammül edemeyeceğini hisseden Demir nereden geldiğini bilmediği bir ilham ve nereden geldiğini çok iyi bildiği bir iç sıkıntısıyla "Deniz kenarına inelim mi?" diye sordu Sevim'e. Sevim'in gidesi yoktu, zaten iki saat sonra oynadığı bilgisayar oyunundan sanal hasadını toplaması gerekiyordu ama Demir sanki bütün gün ne yaptığını bilmiyormuş gibi bunu Demir'in önüne bir bahane olarak sunmaya utandı. "Bir saat sonra 'üşüdüm' derim, döneriz," diye düşündü. Bu planlı yalanına yardım ve yataklıkta bulunması için üzerine ince bir hırka alıp bir elinde anahtar, bir elinde içinde doğru düzgün para bulunmayan cüzdanı Demir'in iki adım ardından tıngır mıngır yola koyuldu. Sahilde bir bankta hiç konuşmadan kâh denize bakarak kâh hayatlarına bakmayarak oturdular. Eve döndüklerinde iç sıkıntılarının renginde şeklinde şemailinde bir değişiklik yoktu. Sevim'in tarladaki ürünleri çürümüştü, epey para kaybetmişti ama varsıl bir çiftçi sayılırdı, bunu da atlatırdı.

*

Ertesi gün... Ertesi gün niye gittiler deniz kenarına? İnsan aynı iç sıkıntısını ha evde yaşamış ha dışarıda bir bankta. Yine de aşağı yukarı aynı saatte hazırlanıp sahile indiler. Bir müddet konuşmadan oturduktan sonra Sevim "Bak," dedi, "şuraya bak." Demir ilk önce Sevim'in neyi işaret ettiğini anlamadı. İleride bir adam bir çocuğu kolundan tutmuş tartaklıyordu. Hoş bir görüntü değildi ama Demir Sevim'in bunu neden kendisine gösterdiğini çözemedi. Yuvarlakça "Adam, değil mi, napıyor çocuğa?" demekle yetindi. Demir'in tam olarak neyi göstermek istediğini anlamadığını sezen Sevim "Sokak lambasının kollarına bak. Adamın boynuzuymuş gibi duruyor," dedi. Sevim izah edince neyi görmesi gerektiğini sonunda anlayan Demir daha dikkatli bakınca çocuğu hırpalayan adamın gerçekten de kafasını sinirle sallayan bir boğaya benzediğini idrak etti. Bir iki saniye daha baktı, sonra bir kahkaha koyverdi. Güldükçe gülesi geliyor, soluğu tıkanıyor, dizlerinin bağı çözülüyor, oturuyor olmasa yere yığılıverecek gibi oluyordu. Yanında kendi gülmediği bir şeye gülünen her insan gibi Sevim de Demir güldükçe bütün varlığının anlamsızlaştığını hissetti, kendisiyle paylaşılmayan bu neşeye bozulur gibi oldu. Ama Demir öylesi bir saffetle gülüyordu ki bir süre sonra Sevim de gülmesini tutamaz oldu, "Ay Demir ağbi, ay vallahi yeter," diye diye, gözlerinin yaşlarını sile sile güldü. Gülmeleri dindikten sonra yine bir müddet konuşmadan oturdular. Sonra yine konuşmadan aynı anda ayağa kalkıp eve doğru yola koyuldular. Demir Sevim'in üç adım gerisinden geliyordu.

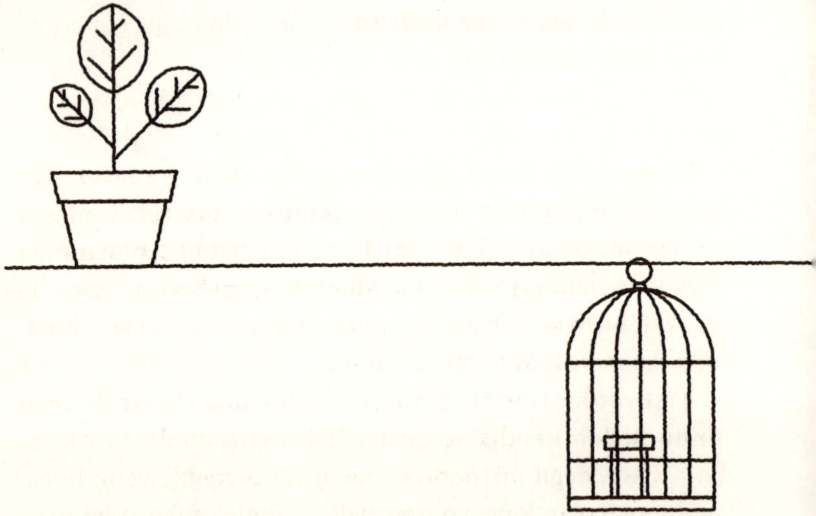

[gülendam] Gülendam, çocukluğunda başından geçenlerden sonra karamsar, kötümser, şüpheci bir insan olabilirdi. Acılaşmış, küskün, saldırgan, yırtıcı, yıkıcı bir insana dönüşebilirdi. Yaşadıklarından katılaşmış, herkese ve her şeye kuşkuyla bakan, hayata öfkeli, her an başkalarından yeni bir kazık bekleyen, kimseye güven duymayan birisi olabilirdi. Kendi öz çocuğunu el kadar bebeyken bırakıp giden, bir kez olsun arayıp sormayan, ne halde olduğunu merak etmeyen annesine bakıp dünyanın acımasız, zalim, kötü bir yer olduğuna hükmedebilirdi.

Ama tüm bunların yerine Gülendam (yıllar, yıllar süren acılı bir sürecin sonunda da olsa) annesinin iyi bir insan olduğuna inanmayı seçti. İyi insanlar da bize anlamsız, acımasız, vicdansızca gelen şeyler yapabilirlerdi. Bu onların kendilerince haklı nedenleri olmadığı anlamına gelmezdi. Bir an'dan, bir durumdan, bir davranıştan bir kural çıkarmak, herkesi yaptığı en kötü şeyle değerlendirip yargılamak yanlıştı muhakkak. Onları anlamaya gayret etmek, neden öyle yaptıklarını kendimize (kızmadan, kolaycı cevaplar peşinde haklı çıkma gayesiyle değil ama) en azından bir kere sormak hem onlara hem de kendimize karşı bir görevdi belki de.

İşte Gülendam'daki bu annesini bir nebze de olsa anlayabilme ve bağışlama gayreti onu olabileceği pek çok şey yerine yumuşak, şefkatli, hoşgörülü, neredeyse her şeyi bağışlamaya hazır bir insan yaptı. Her an herhangi bir yerden gelebilecek bir kazığı bekleyip kendine eziyet etmek yerine Gülendam, insanların iyi olduklarına, göründükleri gibi olduklarına inanmayı seçti.

Bu inanç sayesinde Gülendam kimle karşı karşıya olursa olsun kendini doğru, dosdoğru, sakınmasız ve hesapsız ortaya koydu. Gülendam'ın açıklığı, nasılsa tam öyle oluşu başlı başına öyle kuvvetli bir mevcudiyetti ki onunla karşılaşır karşılaşmaz bunun farkına varmamak, adı konulamasa da Gülendam'da başka şeylerle bulandırılmamış saydam ve temiz bir şeyler olduğunu sezmemek imkânsızdı.

İlker de işte Gülendam'ı *öyle* yapan şeylere vakıf olmasa da Gülendam'daki bu berraklığı görüyor, etrafta o kadar hoş kız varken o *kadar* da hoş bir kız olmayan Gülendam'da ne bulduğunu Gülendam'ın bu kendini koruyup kollamayan, ne varsa insanın önüne seriveren halleriyle izah etmeye çalışıyordu.

Mert'in düz, dümdüz bir su yüzeyi olarak görüp dalgalandırmaya çalıştığı şey İlker'e duruluğundan dolayı ne kadar derin olduğu anlaşılmayan bir göl gibi geliyor, orada her ne varsa bulup çıkarmak için İlker o gölün en dibine dalmak istiyordu. Bu derine inme arzusu, ne kadar ilerlerse ilerlesin orada kendisini hayal kırıklığına uğratacak, yukarıda gördüklerinden şüpheye düşürecek ya da onlarla çelişecek istenmedik bir şeyle karşılaşmayacağına duyduğu sarsılmaz bir inançla el ele gidiyordu.

Gülendam ve Mert hakkında beraber düşündüğü nadir anlarda İlker, Mert'in Gülendam'ın tecrübesizliğinden, kimseye kendini taşıtmak isteyemeyen, muhtemelen kendisinin bile farkında olmadığı yürek hafifletici hallerinden istifade ettiğini; bunları belki görme, adını koyma zahmetine bile katlanmadığını, daha kötüsü görüp fark edip kıymetini bilemediğini, "Gülendam da böyle bir insanmış," diye kaldırıp bir kenara fırlattığını düşünüp çileden çıkıyordu.

Ama tabii, elden gelen bir şey yoktu (yok muydu?).

[sevim ile demir] Artık her gün deniz kenarına gidiyorlardı. Sevim bazen Demir'e "eski hayatı," eskiden yakın olduğu insanlar, okuduğu kitaplar (Sen tabii bizden çok okumuşsun Demir ağbi, sen iyi bilirsin) hakkında sorular soruyor, Demir'in yanıtlarını başını öne eğip kıpırdamadan dinliyordu. Sevim'in samimi bir merak, öğrenme ve anlama isteğiyle sorduğu sorular Demir'e tarifsiz bir heyecan veriyordu. Bazen Demir'e hayatında kimse ona bu kadar dikkat etmedi, onu böyle anlamadı gibi geliyordu. Bu nihayet tanınma ve bilinmekten, unutulduğu köşeden alınıp cilalanıp göz önüne koyulmaktan aldığı tadı (Ben de varım! Ben hiç değilim! Tümden yanlış değilim!) her zaman gizleyemiyor, duyduğu minnetle Sevim'e beceriksizce yollardan teşekkür etmek istiyordu.

Sevim, diğer hemen herkesin başkaları üzerindeki tesirleri söz konusu olduğunda olduğu gibi, Demir üzerinde yarattığı etkiyi tam olarak anlıyor değildi. Demir'de yerinden oynattığı taşların büyüklüğünü, kendini koyverip yuvarlana yuvarlana inen taşların beraberinde ne çalılar ve ufak hayvanlar sürüklediğini kestiremiyordu. Ancak hayatında ilk defa birinin hoşuna gitmenin, çok hoşuna gitmenin nasıl bir şey olduğunu gözlemleme fırsatı oluyordu. Demir sorularını heyecanla karşıladıkça, bir şakasına güldükçe, eski bir anısını anlatış biçimini takdir ettikçe hayata daha çok dikkat etmek, daha akıllıca şakalar yapmak, daha ilginç sorular sormak istiyordu.

Bir öğleden sonra yine sahilde bir müddet oturup eve döndüler. Dışarıda uzun süre hareketsiz kaldıkları için üşümüşlerdi. Sevim ısınmak için hemen bir çay koydu. Demir üşenmeyip ayakkabılarını tekrar giydi, fırından tahinli açma alıp geldi. Üstlerinde sinmiş deniz kenarında rüzgâra maruz kalmış insanların uğultulu hali kalorifer kenarında kafa kafaya oturup bir yandan camdan dışarıyı seyreder bir yandan ayaklarını ısıtırken yavaş yavaş çözüldü, uzun tüylü uysal bir kedi gibi ayaklarının dibine kıvrıldı.

Sevim liseden bir öğretmenini anlatıyordu, adamın kimi tuhaf hallerini Demir'i gülmekten kırıp geçiren bir tavırla taklit ediyordu. Demir'in Sevim'de şaşkınlıkla karışık bir hayranlıkla seyrettiği bir yöndü bu. Sevim en savruk en dalgın en dikkatsiz en anlamaz göründüğü anlar ve durumlarda bile olayların, kişilerin özünü bir bakışta görüyor, o özü bir söz, bir mimikle toplayıp insanın önüne koyuyordu. Ondan sonra insanın elinden bir tek "A değil mi gerçekten? Hakikaten o da hep böyle yapıyor sanki değil mi?" diye hayret etmek geliyordu.

Bu öğretmenin ukalalığını, sevimsizce tepeden bakan tavrını taklit edeyim derken Sevim'in ağzından "Bu bence yanlış, ben uzman değilim tabii de," diye bir laf çıkıverdi. Bir anlığına ikisi de durup kaldılar. An bile denemezdi buna, o kadar, o kadar kısa sürdü ki bu duraklayış, bir mahkeme kurulsa kimse delil gösteremez, bir şey ispatlayamazdı orada bir şeyler olduğuna dair. Ama ikisi de fark etmişti o ana denk sorunsuzca akan bu konuşmanın hangi duvara tosladığını. "Bence bu yanlış, ben uzman değilim tabii de," yaşadıkları evde sıkça kullanılan, her tekrarlanışında –görünürdeki iddiasının aksine– evde inşa edilmekte olan otorite duvarına yeni bir tuğla ekleyen tanıdık bir cümleydi. Bu cümlenin kimi işaret ettiğini bilmenin suç ortaklığı Sevim'i "Neyse," deyip yarı dolu çay bardağıyla mutfağa yolladı. Demir kalkıp camı açtı, yüzünü tırmalayan soğuk havayı fark edince hemen geri kapadı.

Neşe, sönmüştü.

[mert] Mert Gülendam'dan sıkıldı. Bunu farklı şekillerde ifade etmek veya nedenleriyle nasıllarıyla çekiştirip anlamlı bir vaka haline getirmeye çalışmak mümkün elbette, ama basitçe ve sadece sıkıldı demek de durumu anlatmaya yeter. Biz de öyle yapalım: Mert yalnız kalmayı, bazı şeyleri kendi kendine yapmayı özlüyor. Gülendam'ın sürekli beraber vakit geçirmek istemesi bazen boğacak gibi oluyor Mert'i. Okulda mecburen beraber oldukları zamanlar haricinde Gülendam'la yapacak bir şey bulamıyor artık. Bulmak da istemiyor. Gülendam ona kendisiyle, ailesiyle, duygularıyla ilgili sorular sordukça, şu ya da bu konuda ne hissettiğini, farazi filan ya da falan durumda kalsa ne yapacağını sordukça canı çekiliyor, göğsünün üstüne dev bir ağırlık çöküyor gibi geliyor Mert'e.

Bunu düşünmek Mert'in içini suçluluk duygusuyla doldursa da Gülendam varlığıyla sadece bezginlikle karışık bir gerginlik yaratıyor Mert'te. Bu suçluluk duygusuyla Gülendam'a öfkeleniyor, öfkelenince hırçınlaşıyor, hırçınlaşınca karşısında savunmasız kırılıp dökülen Gülendam'a üzülüyor ve haksızlık ettiğini düşünüyor, suçluluk duyarken birden bunca duygusal yükün saçmalığının farkına varıp tekrar Gülendam'a kızıyor.

Gülendam'ı yeni tanımaya başladığında Gülendam'da ona cazip gelen her şey şimdi birer urgan olup Mert'in boynunu sıkıyor. Gülendam'ın her şeyi ciddiye alışı, kendisine sorgusuz sualsiz bağlanışı, bu konuda kendisine bir şey söylemediği halde Mert'in adı gibi bildiği bir an önce evlenip çoluk çocuğa karışma isteği, durmak bilmeyen Mert'i memnun etme gayreti. "Bu yaşta bu ne ciddiyet kızım!" diye silkeleyip kendine getirmek istiyor Gülendam'ı, "Bırak da azıcık gençliğimizi yaşayalım."

Gülendam'ın yanında olmak için neden delice bir arzu duyduğunu hatırlamıyor artık. Arkadaşlarıyla halı saha maçı yapmak, bira içip film seyretmek daha cazip geliyor.

Gülendam şaşkın. Kabahatini anlamaya çalışıyor. Ortada bir kabahat olmadığından, meseleyi Mert'in üstüne daha çok düşerek çözebileceğini sanıyor. O düşüyor, Mert kaçıyor, Gülendam'ı tutacak kimse kalmıyor.

[demir] Demir odasının duvarında asılı duran kare şeklindeki, küçük, çerçevesiz aynanın karşısına geçti. Kollarını hızlı hızlı kaldırıp ellerini kafasının üstünde birleştirdikten sonra indirmeye başladı. Bir yandan içinden sayıyordu: Bir, iki, üç... On'a gelince bıraktı. Ses çıkarmamaya gayret ederek hafiften yaylanıp dizlerini karnına doğru çekti birkaç kere, gözü hareketin ivmesiyle hoplayan göbeğine takıldı, eğlenir gibi oldu. Sonra durdu. Aynadaki aksiyle göz göze geldi, bir an hareketsiz kaldı, gözlerini kaçırmadan "Pu senin suratına!" dedi.

[ward hunt buz sahanlığı]

Ward Hunt Buz Sahanlığı çatırdamaya, inleyip ah etmeye, olduğu yerde huzursuzca kıpırdanmaya başladı.

["mecmua"] Epey patırtı kütürtü, toplantı üstüne toplantı, üç kişilik bir grubun gidişattan memnun olmayarak ekipten olaylı bir şekilde ayrılması, uykusuz geceler, para pul meselelerinde sezdirilmemeye çalışılan çekişmeler, ardı ardına içilen sigaralar sonunda Ezgilerin dergisi (internet sitesi mi demeli yoksa) yayın hayatına gümbür gümbür başladı. Sağa sola flyer'lar bırakılmış, sitenin tasarımı için paraya kıyıp profesyonel bir dizaynırla çalışılmıştı. Vuruculuğu artırmak için siteye girer girmez kolektif olarak yazdıkları ve bu siteyle ne hedeflediklerini bildiren bir manifesto karşılıyordu okuyucularını. Üstelik emekleri meyvelerini kısa sürede vermiş, ılk aydan Utkan'ın geçen yaz staj yaptığı yayınevi sayesinde bir iki kültür sanat bülteninde haber olmuşlar, Pelin'in ablasının yöneticilik yaptığı bir kitap zincirden ufak da olsa bir reklam geliri üretmeyi bile başarmışlardı.

Gülendam Ezgi adına (yahut Ezgi gibi dergi filan kurmalara kalkan önemli birini tanıdığı için kendi adına) kıvançla dolarak siteye girdiğinde biraz kafası karıştı, çokça da yüreği buruldu. Yazıların uzayıp giden cümlelerinden bir şey anlamıyor, İstanbul'u salladığı iddia edilen müzik gruplarının adını hayatında ilk defa görüyordu; Ezgilerin "Mecmua"sına baktıkça (derginin adı buydu) ait olmadığı bir dünyaya zorla girmeye çalışan bir sahtekâr gibi hissediyordu kendisini. (Sahtekâr da değil, beceriksiz).

Arayı kapatmak, eksikliği örtmek için ana sayfaya geri dönüp manifestoyu iyice dikkatini vererek bir kez daha okumaya çalıştı. Yazının ortalarında bir yerde Ezgi'den "öncü fotoğraf sanatçısı" diye bahsedildiğini görünce şaşaladı; burnunun dibindeki Ezgi'nin böyle önemli bir isim olduğunu fark edemeyişine hayıflandı. Bu meseleye o kadar kafası takıldı ki, bu tür konularda ister istemez bir uzman olarak gördüğü İlker'e danışma ihtiyacı hissetti.

Evet, Ezgi ortalara dökülüp kendini övmeyi sevmezdi ama İdillerin blogu geçen sene onu "izlenmesi gereken on genç sanatçı" arasında göstermişti.

Sergi filan açmış mıydı yani?

Hayır, daha değil, ama işlerini sergileyeceği bir portfolyo sitesi açmaya uğraşıyordu İlker'in bildiği kadarıyla.

İlker görmüş müydü peki Ezgi'nin fotoğraflarını?

İlker daha ziyade Ezgi'nin sosyal medya hesaplarına koyduğu kadarıyla biliyordu fotoğraflarını, ama kendisine sorarsan epey iyiydi cidden işleri.

Demek böyleydi. Uzaktan büyülü bir masal dağını izler gibi izlediği kültür sanat dünyası burnunun dibindeydi de Gülendam'ın haberi yoktu meğer. Kendisini başka bir hayata taşıyacağını umarak ziyaret ettiği sergilerin, izlediği filmlerin, okuduğu kitapların o aradığı muhtemel hayatla beraber bir anda kendisinden uzaklaştığını, her şeyin dışında ve gerisinde kaldığını hissetti Gülendam. O kitapları yazanlar, o şarkıları besteleyenler bilinmez gizemli kişiler iken değil de, Ezgi ile İdil oluverince esas, varmak istediği durak erişilmezleşmiş, yabancılaşmıştı Gülendam'ın gözünde.

Böyle düşünmek çocukçaydı belki, ama Gülendam yeni hayatını Ezgi'nin feysbuka koyduğu fotoğraflarda, İdil'in blog yazılarında, Pelin ile Utkan'ın manifestosunda bulmak istemiyordu. Ezgi'ye nezaketen "Elinize sağlık, bayıldım!!!" diye bir mesaj attı, sonra da inadından bir daha açıp bakmadı "Mecmua"ya.

[demir'le nazlı]

Sevim evin arka tarafından gelen boğuk sesten şüphelenip yavaşça, ses çıkarmamaya gayret ederek koridor boyunca ilerledi. Ses, kapısı kapalı olan Nazlı'nın odasından geliyordu. Sevim kapıyı aralayınca içeride yatağına oturmuş sessiz sessiz ağlamaya uğraşan Nazlı'yı gördü. Hemen yanına oturup sarılarak "Ne oldu annecim?" diye sordu.

Bir müddet çocukça bir gurur duygusuyla yanıt vermek istemedi Nazlı; sonrasında ise anlattığı hıçkırıklarla bölünen hikâye o kadar kopuk kopuktu ki Sevim'in neler olduğunu anlaması biraz zaman aldı. Sonunda anlaşıldı ki, okuldan bir iki arkadaşı Nazlı'ya "Senin annen delirmiş. Baban anneni boşayacakmış," diye eziyet etmişler. Sevim bir yandan Nazlı'nın saçını okşarken bir yandan "Olur mu öyle şey annecim," diyordu, "biz babanla boşanmıyoruz; niye boşanalım?"

Nazlı'nın hıçkırıkları bir müddet sonra kesildi ama hâlâ küskün bir tavırla annesinin yüzüne bakmaktan kaçınıyordu. Sevim "Hadi elini yüzünü yıka da yemek yiyelim," deyince büyük bir insan gibi "Olmaz," dedi, "ben bu akşam yemek yemeyeceğim."

Sevim Nazlı'yı uzunca bir süre suzdu, ama kuşaktan kuşağa aktarılmış, çocukların iradesini ezip geçmeyi huy edinmiş, hatta marifet bilmiş ebeveyn reflekslerinin aksine hiç üstelemedi bu sefer. Gerisingeri dönüp Demir'i yolladı Nazlı'nın yanına.

*

Demir'le Nazlı bir müddet kuaförcülük oynadılar. Bu sık sık yinelenen oyunda Nazlı'ya esas cazip gelen birisinin saçlarıyla oynamak, ona yeni şekiller vermekten ziyade koskoca sakallı bıyıklı amcasını saçında pembe tokalarla, sesini inceltip "Ay önlere de fön mü çektirsem acaba şekerim?" diye konuşurken görmekti. O akşam da âdet bozulmadı, Nazlı kısa zamanda tasasını unuttu, amcasına bakarak kıkırdamaya başladı.

Kuaförcülük bitince sıra martıcılığa geldi. Beraber yaptıkları, tadı damaklarında kalmış bir vapur yolculuğundan mülhem bu oyunda Demir martı oluyor, Nazlı'nın ona fırlattığı simitleri (evde her zaman simit bulunmadığından çoğunlukla da ekmek parçalarını) ağzıyla yakalamaya uğraşıyordu.

Demir, oyunun ortasında bir an, zamanın âdeta yavaşladığı ve kavrayışın berraklaştığı tekinsiz bir an, odanın içinde ekmek kapmayı zorlaştırmak için sağa sola koşuşan Nazlı'nın çöp gibi kol ve bacaklarına, daracık, bir sıkımlık omuzlarına bakıp –doğru kişinin kendisi olduğu fikrine hiç kapılmaksızın– Nazlı'nın yanlış kişilere emanet edildiğini düşündü. Gerçi çocuklar gerçekten kime emanet edilebilirdi? Her nesil, bir öncekinin yaraları, hüsranları ve yetersizlikleriyle malul, birtakım kırık dökük şeyleri devralıyor, çoğu zaman bunları biraz daha kırıp aşındırıp, bir sonrakine miras bırakıyordu.

Ağzını açtı, gelen ekmeği yakalayamaması Nazlı'nın daha komiğine gittiği için ekmeği bilerek ıskalayıp "gaak gaaak" diye hüsranla kendini Nazlı'nın yatağına attı, Nazlı "İlahi amca," diye cıvıldadı.

[bir soru] Beni neden neden neden neden neden neden neden neden neden neden sevmiyorsun?

[demir] Demir'in yine pek iştahı yoktu. Sofraya laf olsun diye, evdekilere ayıp olmasın diye oturmuştu. İştahsızlığı da, her ruh hali gibi, zıddını tahayyülü imkânsız kılıyordu. Bu nedenle Demir, karşısında büyük bir şevkle çorbasına ekmek banan, kimi zaman acelesinden ekmeği eliyle değil dişiyle koparan Fırat'ı gizlemeye çalıştığı bir şaşkınlıkla izliyordu. Nasıl da ısırıyordu ekmeği Fırat. Yerinden ve sahip olduklarından emin, hakkı olanı söke söke alıyordu. Dişleri önüne getirileni anında öğütüyor, elleri önüne getirilmeyeni saniyesinde çekip alıyordu. Fırat bir ısırma parçalama ve sindirme makinesi olmuş tüm gücüyle çalışıyordu.

Dişleri... Fırat'ın dişleri... Demir gözlerini Fırat'ın dişlerinden alamıyordu. Sigarayı iki sene önce bırakmış, düzenli diş doktoruna giden, dişlerini temizletip cilalatan birinin muntazam dişleri. Bir diş hekiminin kapısından içeri ilk defa üniversitede giren Demir doktorun tüm uyarılarına rağmen tel takmayı reddetmişti; üniversiteli Demir, tel takacak adam değildi. Dış görünüşüyle ilgilenmek, dişlerinin düzgün olmasına ehemmiyet vermek yüzeyselliğin bir çeşidi gibi gelmişti ona. Onun başka meseleleri, başka kaygıları vardı – düzeltmek istediği başka şeyler. Şimdiyse o zamanlar önüne konmuş seçenekleri doğru anladığından emin değil. Sanki konuyu yanlış bir yerinden ele almıştı da bozuk dişleri bu temel, adını bir türlü koyamadığı hatanın birer işaretçisi olarak sık sık sızlayıp zonklayarak kendilerini hatırlatıyorlardı. Bu akşam da diğer her akşam gibi eğri büğrü, senelerdir doktor yüzü görmemiş dişleriyle Fırat'ın karşısında oturuyor, hipnotize olmuş gibi kardeşinin dişlerini izliyordu. Ya da biri yiyor biri bakıyordu işte.

(Şu saatten sonra tel taktırsa çok mu geç kalmış olurdu – ha ha, hangi parayla taktıracaktıysa diş telini?)

[yurttan sesler korosu (bayram ziyareti)]

Zaten otomatik vitesli arabalarda öyle bir sorun oluyor. Benim mesela eski araba. Bana hep diyorlar zaten, sen çok güzel selfi çekiyorsun diyorlar.

Geçen gün bizim Tuğsu ne diyor biliyor musunuz? Anne diyor benim feysbuk hesabım ne zaman açılacak diyor. Senin telefonda mekantumaüç özelliği var mıydı? Aaa Ahmet sabahtan beri kafanı kaldırmadın ordan. Edirne'ye gidelim, orda meşhur ciğerci Ahmet usta varmış. Meşhur köfte de yiyelim. Ben tiyatrocu arkadaşlarıma sorayım. Malum en iyi onlar bilir bu işi. Ya bana şu instegram şeyini bir daha göstersenize. Yok abim bana bir harita attı. Ordan çok iyi oluyormuş. Ben niye bu konuşmaların dışında kalıyorum? Hayatım ben sana vatsapdan yazdım ya? Senin telefonun aykılauduna bakayım mı o zaman?

Epıl yeni model de çıkardı. Bizim okulun velileri çok fena, her akşam yazışma dönüyor, bugün ne ödev var diye. Bir de ödevin resmini çekip koyuyorlar.

Resim mi çektin, getir bakalım. Börek açmak nedir ki? Ben sonuçta mantı açmış adamım. Ama Ozan bana destek olmadı işte. Ben valla hayatımda elime oklava almadım. Annem her şeyi biliyorsun, bunu da bilmeyiver dedi.

[dost meclisi] Mert ile İlker'in yıllar süren dostluğunda şaşırtıcı bir şeyler var mıydı? Bilmiyorum. Sanıyorum ki bu konu hakkındaki yargınız, birbirine benzemeyen iki insanın arkadaş olmalarını şaşırtıcı bulup bulmamanızla ilgili. Birbirlerini ortaokuldan bu yana tanıyan Mert ile İlker arasındaki, ilerleyip derinleşmeyen, ama seneler boyu sekteye uğramayan bir arkadaşlıktı. Mert'ten çok daha köşeli, sosyal ilişkilerde başarısız İlker'in her daim popüler, ışıltılı, sevilen, cazip Mert'te ne bulduğunu anlamak nispeten kolaydı belki. Mert'in İlker'de ne gördüğü ise daha alengirli bir mevzuydu. Bu, cevabını Mert'e sormakla bulabileceğiniz bir soru değildi maalesef. Çünkü bu tür suallerin yanıtlarına genelde sadece sosyal ilişkilerin içinde değil, kenarında varlık gösterebilen romancı adayları kafa yorarlar. Benim teorime göre de Mert'i İlker'e çeken şey, Mert'in taşıdığı bütün o ışıltı ve cafcafın, yüzeydeki parlak varlığının bir tür derinlik eksikliğine işaret ettiği kaygısıdır. Bu yüzleşmesi istense şiddetle karşı çıkacağı kaygı onu ciddiyete kendisinden çok daha kabiliyetli, ciddiyete meyyal olduğu için tavizsiz, neredeyse takıntılı İlker'e yönlendirmiş, İlker'in karakterinde kendini temize çekmeye itmiştir. Sosyal hayatın içinde kendisinin çok daha geçer akçe olduğunu bilmenin verdiği rahatlıkla zamanı ve ilgisinde İlker'e hep bonkör davranmış (bu bonkörlüğün de sosyal piyasalarda bir getirisi olduğunu sezecek kuvvetli güdüleri var Mert'in nihayetinde), bir yandan da kendisinden daha derin, daha zeki, daha bir şey olduğundan şüphelendiği İlker'in onayını aramaya devam etmiştir. İlker'in kendisini dikkatle dinlemesinin Mert'in ruhunda yarattığı yankılar yüzeye çıkamasa da saklandığı yerlerden aklının, bilgisinin, hoşsohbetliğinin bir tasdiki olarak ona mesafeli, temkinli bir huzur vermiştir.

Bu nedenle o akşam İlker'in bütün dikkatini kendisine vermediğini fark edince bozuldu Mert. İlker her zamanki alışkanlığının aksine gözlerini Mert'e dikip her kelimesini bütün vücuduyla takip etmek yerine dalgın dalgın camdan dışarıya bakıyordu. Ezgi'nin evindeydiler. Yalnız Servi Sokak, Ali Geri Apartmanı, Daire 35. Ezgi Amerika'da cilaladığı duyarlılıkları uyarınca (çoğunlukla da karşıda dairenin içini seyredecek kimsenin olmamasının verdiği güvenle) camlara perde takmamıştı. İlker'in ilgisini kendisinden daha fazla neyin çektiğini merak edip dışarı baktığında içerinin ışıklarının yer yer aynalaştırdığı camlarda kendini, kanepelere yayılmış biralarını yudumlayan Özgür, Dilek ve Irmak'ı, cips tabaklarının tekrar doldurulması için Ezgi'ye yardım eden Gülendam'ı gördü Mert. Dışarıda bir şeye bakıyor değildi o halde İlker, kendi iç dünyasına dönerken bakışlarının camda sabitleneceği tutmuştu.

O esnada, yerinden doğrulur gibi yaparken "Ben bir Corona daha alabilir miyim?" diye sordu Dilek. Ezgi "Corona bitti maalesef, bir tek Efes kaldı, hepimiz Efes'e talimiz artık," dedi. Ezgi mutfaktan yeni bir bira açıp getirdikten sonra Özgür, Dilek ve Irmak arasında Türkiye'de iyi bira bulmanın imkânsızlığını, pale ale mi lager mı tartışmalarını, Avrupa'da içtikleri ve çok memnun kaldıkları çeşitli biraların karşılaştırmalı analizlerini ele alan hararetli bir tartışma başladı.

Biraya özel bir düşkünlüğü olmayan, çoğunlukla sosyal ortamlarda sivrilmemek için içer gibi yapan, ömründe İstanbul ve Nevşehir hariç yer görmemiş olan Gülendam bu tartışmaya haliyle katılamıyordu. Babasına "Ezgi'yle ders çalışacağız," deyip ders çalışmadığı için duyduğu tedirginliği bir türlü üstünden atamadığından konuşulanlara zaten bir türlü kendini veremiyordu. İlker ve Mert de kendi aralarında mahrem bir konu konuşur göründüklerinden Gülendam boşalan şişeleri içeri taşımak, azalan fındık fıstık stoklarını tazelemek gibi işlerle oyalanıyordu.

Bir süre sonra malum üçlü biradan bu yaz nereye gitsek konusuna atlamıştı. Asos'un çok pahalanmış olması, Kelebekler Vadisi'nin eski tadının kalmaması gibi mevzular yine Gülendam'ın akıl yürütmelerine kapalıydı. Bir sandalye çekip Mert'in kısık sesle bir şeyler anlattığı, İlker'in de yüzünde ciddi bir ifadeyle, Mert'in yüzüne bile bakamayarak, bakışları uzak bir noktada sabitlenmiş onu dinlediği ikili koltuğun yan tarafına oturdu. Mert'in kendisini sıkboğaz ettiğini düşünmesini istemediğinden kapının ağzında, hemen kaçıp gidecekmiş gibi duruyordu. Ezgi Gülendam'ın kendisini dışarıda bırakılmış hissettiğinin farkındaydı. Bir yandan onu da konuşmalara dâhil etmenin bir yolunu ararken bir yandan da Gülendam'ın normalde de sessiz sakin bir kız olduğunu, her lafa dâhil olmamayı, ilgi merkezi haline gelmemeyi sorun edecek birisi olmadığını düşünüyordu. Gülendam'ı kabuğundan çıkartacak, Irmak ve Gülendam'ı ortak paydada birleştirecek bir konunun varlığından da emin değildi.

Gülendam Mert ile İlker'in ne konuştuğunu çok merak ediyordu ama onları gizliden dinlemeyi kendisine yedirecek bir insan değildi. Hiç kimseyi dinlemeyerek, geriden gelen müziği fark etmeyerek, zihnini olduğu gibi bir anda boşaltıp tüm konsantrasyonuyla tırnaklarını kemirmeye başladı. Neden sonra başını kaldırdığında camdaki aksinden İlker'le göz göze geldi. İlker hiç istifini, ifadesini bozmadan Gülendam'a bakmaya devam etti. Aynı anda hem iyi huylu hem yırtıcı bir kaplana benziyordu. Gülendam şaşalayıp elini ağzından çekti. Yüzünü ateş bastı bir anda, dalga dalga bir kırmızılık göğsüne doğru yayıldı. Başını yan tarafa çevirip Mert'e camdaki yansımasından değil doğrudan baktığında Mert'in de İlker'e baktığını gördü.

*

Aradan geçen birkaç saat içinde odanın konfigürasyonu birkaç kez değişti. Mert mutfaktan gelip Özgür ile Irmak'ın oturduğu kanepeye sığıştı, Ezgi Mert'in kalktığı yere oturup Gülendam'la ağır ritmli bir sohbete koyuldu, Derin kendisiyle şöyle ya da böyle ilgilenmeyen sahipsiz erkeklerin varlığına tahammül edemediğinden İlker'i yanlarına çağırıp onu da konuşmalarına dâhil etmek istedi derken yavaş yavaş bir çember halini aldılar. Çemberin tamamlanması Ezgi'nin "Gel yanlarına gidelim," diye ayaklanıp Gülendam'ı da peşinden sürüklemesiyle gerçekleşti.

Yerli bir yönetmenin son filmini beğendiğini, hatta o yönetmenin bütün filmlerini çok sevdiğini söylediği an bir falso yaptığını anladı Gülendam. Ezgi Gülendam'ın bu sosyal gafı için hemen imdadına yetişmek istedi, "Gerçekten başarılı bir yönetmen, izleyicinin duygularını yönlendirmeyi iyi biliyor," diye arka çıkmaya kalktı ama ortamdaki herkesin Gülendam adına utandığı açıktı. Irmak ve Özgür, "Yani aslında, o o kadar da değil de, bir de şey var tabii," diye diye malum yönetmenin filmlerinde sorunlu ve sıkıntılı buldukları yerlerin izahına giriştiler. Gülendam da dinledikçe onlara hak veriyor, iyi anlamadığı konularda ahkâm kestiği için mahçup oluyordu. İlker normal şartlar altında o yönetmeni hiç sevmezdi; hatta doğrudan Irmak'ın değindiği nedenlerden ötürü yönetmenin filmlerini hayranlıkla seyredenleri küçümserdi. Ama o gün nedense Irmak ve Özgür'e sinir olacağı tuttu. "Bunlar böyledir, sevgilerinin kendilerini zayıflaştırdığına inanırlar. Hiçbir şeyi çok sevip beğenmeyerek her eleştiriye kendilerini kapatırlar. Bir şeyi sevdiğini söylemeyegör, ilk refleksleri sana onu sevmenin neden yanlış ve kötü olduğunu açıklamak olur," diye söylendi içinden. Bu hayat düşmanlığının karşısında Gülendam'ın terbiye edilmemiş zevki çok daha masum bir kusur gibi kalıyordu. Gülendam İlker'in böyle düşündüğünü bilse çok kızardı ama.

Hoşgörüsündeki tepeden bakış Gülendam'ı bütünüyle çileden çıkarırdı. Bütün bu kişisel çekişmelerin arasında duygulu filmlerin yerli yönetmeni, konu değil olsa olsa üzerine görüşlerin asıldığı bir manken olarak yer alabildi. Mert konunun dışında kalmayı tercih etmiş cep telefonunu kurcalıyordu.

Konuşma biraz daha ilerledi, caminin oradan sağa saptı, çıkmaz sokaklardan toplayıp geldi, az önce buradan geçmemiş miydik, bu şişeler ne çabuk boşaldı. Gülendam ne içti, ne de konuştu. Sadece baktı ve dinledi. Laf Özgür ve Derin'in hayalini kurduğu ve Ezgi'yi de dâhil etmek istedikleri bir başka internet sitesine geldi. Site Gülendam'ın tam kafasının almadığı karmaşık bir algoritmalarla bir şeylerle şarkılarda sorulan sorulara gelişigüzel olarak esprili yanıtlar üretmek fikrine dayanıyordu. Yani sözgelimi siteye "Yanıyor mu yeşil köşkün lambası?" diye soruyordunuz, site de size saçma ve komik bir yanıt veriyordu. Bu yanıtların yazımında Ezgi'den yardım istiyorlardı. Bir de Hababam Sınıfı ve sevilen eski kimi Türk filmlerinden *meme* üretecek bir düzenek düşünülmüştü. Tabii bu fikirler daha gelişme aşamasındaydı, öneri ve görüşlere açıktılar.

Bunları büyük bir heyecanla, birbirlerinin sözünü kese kese anlatan Özgür ve Derin'i dinlerken büyük bir özlem ve heves duydu Mert. Bu tür şeylerin parçası olmak, bir şeyin peşinden böyle şevkle gitmek, ekibin neşesi, kendilerine olan güven ve inançları, Derin'in kararlı, kendinden emin halleri, hararetlendikçe onay ister gibi Mert'e doğrudan bakışı...

Ezgi o kadar emin değildi bu projede yer almak istediğinden. Böyle ısmarlama komiklik elinden gelir mi bilmiyordu, kendisinden tam olarak ne istendiğini anladığından emin değildi. Özgür ile Derin ısrar ettikçe kendisine sunulan şeyin, neden olduğunu anlamadan, uygunsuzluğuna daha çok ikna oluyordu.

Özgür Ezgi'nin gitgide daha gönülsüzleştiğini seziyor, bir yandan da geniş çevresinin işlerine çok yarayacağını düşünüyor, Ezgi'yi ikna etmek için aklına gelen her sebebi sıralıyordu. Ezgi'yi aralarına davet etmeden önce kafasında hazırladığı konuşmaya hiç benzemiyordu şu an içinde bulundukları konuşma.

İlker olan bitene kayıtsız, akşamın başından beri zihninin önünde dans eden, sadece kendi bildiği o şeyi izlemeye devam ediyordu.

Derin ilginin merkezi olmaktan memnun, gücünden ve etkisinden emin, Ezgi'den çok seyircisine, jürisine ve yargıçlarına konuşuyordu.

Tüm bunlar olup biter, Mert neredeyse Özgür'le Derin'in ağzının içine düşerken Gülendam bunca zamandır karşısında duran ve binbir izahla sarıp sarmaladığını sandığı şeyi bu sefer ilk kez tam manasıyla gördü. Anladım diye geçirdi içinden, sonunda nihayet anladım.

[fırat] Fırat futbolu bu kadar seviyor azimle takip ediyordu da, ne anlıyor nesini seviyor tam bilmiyordu galiba. Allah'tan kendisini didiklemekten hoşlanan, yaptıklarının nedenini nasılını arayıp duran huzursuz mizaçlı bir insan değildi. Bazılarımıza ömür boyu nasip olmayan bir kendini olduğu gibi kabullenme, o an nasıl düşünüyor nasıl hissediyorsa nasıl davranıyorsa onun en doğru düşünüş, hissediş ve davranış biçimi olduğundan emin olma hali içindeydi. Maçlara gidip gelirken, gidemediği zamanlarda evde televizyon başında maç izlerken ayağa fırlayıverdiğinde yahut goooool sevinciyle bağırdığında, uygun bir pozisyonu değerlendiremeyen forvete bakıp geri zekâlı, geri zekâlı, geri zekâlı, geri zekâlı, geri zekâlı diye tekrarladığında "Ben burada ne yapıyorum böyle!" diye düşünmez, öfkeyle sıkılı yumruklarına, her an yerinden fırlamaya hazır bacaklarına şöyle bir yabancılaşmazdı. Kimi zaman galibiyetle ayrıldıkları maçlardan eve dönüşünde bile niye yüreğini bir eziklik, bir sıkıntı kapladığını, ulaşmak üzere olup da erişemediği şeyin ne olduğunu kendine sormazdı. Mutluydu, sağlıklıydı, takım da yenmişti, daha ne olsundu.

Şimdi Sevim'in babasıyla gittikleri maçlarda yüreğini dolduran eksiklik duygusunu da sürekli ucuz olsun diye kötü yerlerde maç seyrediyor olmalarına yoruyordu.

Aslında gönlünden geçen davullu zurnalı, şenlikli taraftar gruplarının yakınında olmak, onlarla ağlayıp onlarla gülmekti. Kendi oturdukları yerde her şey daha bir gönülsüz yapılıyor, el çırparken ritm karışıyor, başlanan tezahürat ortasında yarım bırakılıyordu. Top ceza sahasına yaklaşıp yaklaşıp savuşturuluyor, tam yerinden fırlamaya hazırlanırken içinde serbest bırakılacak şeyler gerisingeriye diplere çöküyordu. O da herkesle beraber hakeme bağırıp çağırıyor, atılan kötü paslara Fikret amcayı rahatsız etmeyecek usturuplu küfürler savuruyordu ama olmayan bir şeyler vardı.

Fikret amcanın bir iki kere ağzını aramıştı belki o da kale arkasında oturmak ister diye ama Fikret amca yasak olmasına rağmen gizliden gizliye içtiği sigarasıyla, oyunun yavaşladığı anlarda Fırat'a fabrikada olan biten, üzerinde çalıştığı projeler hakkında sorduğu yalan yanlış sorularla halinden memnundu; izledikleri maçtan daha büyük bir beklentisi yoktu. Tabii bir de takımın altyapıya daha büyük önem vermesi, çekirdekten daha çok futbolcu yetiştirmesi...

Fikret amca istemiyordu, ilgilenmiyordu ama bu coşkunun bir parçası olma arzusu gitgide bir takıntı halini alıyordu Fırat için. Maç dönüşleri göğsünde bir yumruyla Fikret amcalara bir kahve içimi uğradıklarında, Sevim kahveyi bırakıp içeriye geçmeden önce göz göze gelebildikleri kısa anlarda hep maçı diğer gönüldaşlarla beraber seyretmenin nasıl da keyifli olacağına gidiyordu aklı.

Bu uğurda sonradan ahmaklığına şaştığı bir işe de kalkışmıştı bir keresinde. Baktı Fikret amca kendi gönlüyle razı olmuyor taraftar gruplarıyla maç seyretmeye, Fırat da kendince bir emrivaki yapmaya kalktı. Gitti şirketten kombine bileti olan bir arkadaşından iki hafta sonrası için rica mınnet bılet kiraladı, sonra Fikret Bey'e "Çok yakın bir arkadaşım, gidemiyormuş o hafta, çok ısrar etti, ben de 'Bilet yanmasın madem,' diye kabul ettim," diyerek durumu haber verdi.

Bir hafta sonra Fikret Bey, apartman merdivenlerini inerken düşüp bacağını kırdığını bildirmek için Fırat'a telefon etti. Fırat, konuşmaya makul olduğunu düşündüğü bir süre daha devam ettikten sonra "E o zaman ben biletleri başkasına vereyim bari," dedi, doğal olmasına gayret ettiği bir ses tonuyla. Fikret Bey güldü. "Yok oğlum, bu maç önemli, hayatta kaçırmam, koltuk değneğiyle de olsa gelip izleyeceğim, takımı yalnız bırakmayacağım," dedi. Fırat sevindi. Fikret amcanın kendisini maça gidecek kadar iyi hissediyor olmasına tabii.

Cumartesi akşamı geldiğinde Fırat Fikret amcayı arabasıyla evinden aldı, kolundan tutup koltuğuna oturmasına yardım etmeye çalıştı, koltuk değneklerini önce bagaja yerleştirmeye kalktı, baktı sığmıyor, arka koltuğa boylu boyunca uzatıp yerine, şoför mahalline geçti.

Arabayı park ettiler, turnikelerden geçtiler, önlerinden yürüyen adamların ceplerinde kalmış son bozuk paralarla fındık fıstık almalarını seyrettiler. Koltuk değneğiyle yürümek Fikret amcanın hâlâ zoruna gittiğinden Fırat'ın koluna girdi Fikret amca, Fırat'ın elindeki bilete bakıp bakıp tekrarladığı "Şuradan, şöyle gireceğiz, şu taraftaymış," yönlendirmeleriyle oturacakları yeri bulup geçip oturdular. Maçın başlamasına daha yarım saat vardı ama tribünler neredeyse dolmuştu. Isınan futbolcular için kesik kesik tezahüratlar yapılıyordu. Fırat sevinç içinde etrafına göz atıyordu, sağlarında sollarında flamalar pankartlar hazırlanıyor, davullar gümbürdüyor, buranın gediklisi oldukları, birbirlerini çok iyi tanıdıkları besbelli olan insanlar aralarında selamlaşıp hal hatır soruşuyorlardı. Fırat sırtını koltuğa dayadı, belli belirsiz gülümsüyor muydu ne, nihayet her şeyin tam merkezindeydiler, eğlenceden uzak kalmayacaklardı.

Omzuna dokunan bir elle irkildi "Hişt birader. Burası bizim yerimiz, sen şöyle az öteye geç." Öfke dalga dalga kabardı. Nasıl sizin yeriniz ya, işte bilet, işte numaralar... "Neyse oğlum, gel biz şu tarafa geçelim," dedi Fikret amca makul bir ses tonuyla, bir yandan da eliyle Fırat'ın koluna bastırıyordu. Fırat Fikret amcanın ne demek istediğini anladı, uzatmadı, kalkıp kendilerine gösterilen koltuklara geçtiler. Uzatmanın faydası yoktu, belli ki burası onların çöplüğüydü, Fikret amcanın yanında bir kavgaya karışmak doğru olmazdı.

Ama şimdi geçtikleri yer de... Önlerinde iki piç kurusu bacak kadar boylarına bakmadan püfür püfür sigara tüttürüyor, bir numaraya vurulmuş kafaları yara bere içinde. Fırat göz ucuyla kendisini omzundan dürtükleyen adamı izlemeye devam ediyor. Adamın kafasında dünyanın en çirkin beresi. Berelinin yanına az önce orada olmayan bir arkadaşı geliyor, aralarında konuşmaya başlıyorlar, bereli Fırat'ın kendilerinden yana baktığını fark etmesine rağmen eliyle onları gösteriyor, bir şeyler daha söylüyor, ikisi birden gülüyorlar. Fırat önüne, sahaya bakmaya çalışıyor.

Berelinin arkadaşı, İbo, accayip gıcık kapıyor az önce yanındaki kalantor tiple Seyit'e diklenmeye kalkan kılkuyruğa. İbnenin evladı iyice sinir etmek ister gibi dönüp dönüp onlara bakıyor bir de. Şeytan diyor... Sahi geçen haftaki kahvehane olayı ne oldu? Diklendi mi itler? Eee, sıkar biraz. Seyit'in kız kardeşi...

Neyse maç başlıyor, takım topu uyuz uyuz çeviriyor, kılkuyruk nazlı nazlı karı gibi burnunu silip duruyor. Ağbi inanılmaz kıl oldu yalnız İbo. Ulan sanki opera seyretmeye gelmişler, kılkuyruğun dedesi mi tokmakçısı mı ne sikimse tenezzül edip yerinden kalkmıyor bile. İbo dede mede dinlemez, bağırmayan taraftar siktirsin gitsin. "Ben dayanamıcam!" diye sıraları koşarak atlayıp kılkuyrukla emmisinin tepesinde bitiyor İbo. Kimse ne olduğunu anlamadan kafayı gömüyor dayıya. "Kıçını kaldırmaya üşeniyosan stadda işin ne. Ayağa kalkmayanı biz kaldırmayı biliriz." Yakasına asılıp ayağa dikilmeye zorluyor. O anda adamın ayağının alçılı olduğunu fark ediyor. Ama artık çok geç. Durması gerektiğini ve duramayacağını bildiği için daha bir hınçla indiriyor yumruğu. Tekmeyi bir anlık bir tereddütten sonra sağlam bacağa indiriyor.

Fırat ağzını balık gibi açıp kapıyor.

*

Sonra.

Sonra kepaze kepaze, başlar yerde, konuşmadan eve dönüş. Maç bitti. Onlar kazandı.

[gülendam] Ertesi sabah ağzında bir sümüklüböcekle uyandı Gülendam. İki bardak suyu ardı ardına kafasına dikmesine rağmen ağzının aynı anda hem yapış yapış hem kuru o tadı bir türlü geçmedi. Âdetinin aksine babasının pazar kahvaltısı için özel bir şey hazırlamadı; bir yumurta kırıvereyim yahut birkaç dilim sosisi salçayla çevireyim demedi. Babası bu durumdan ötürü hayalkırıklığına uğradıysa da bir şey demedi, önüne konan peynir zeytini yavaş yavaş çiğneyerek bitirdi. Gülendam bulaşıkları lavaboda suya bile tutmadan öylece mutfak tezgâhının üstüne bırakıp odasına geçti. Başlayan müzik sesinden Gülendam'ın mutfağa hemen dönmeye niyetli olmadığını anlayan babası, tezgâhtaki bulaşıklara bir iki saniye baktı. Birini eline alıp lavaboya doğru gider gibi yapıp vazgeçti. Bardağı aldığı yere bırakıp oturma odasına, gazetesinin başına döndü.

Gülendam'ın odasından Ebru Gündeş'in sesi belli belirsiz seçiliyordu. Yine de her ihtimale karşı tedbirli olmak adına Gülendam odasının kapısını açıp içeri seslendi "Babaa, müzikten rahatsız oluyor musun?" "Yok kızım," cevabını alınca içeri dönüp aynada kendini incelemeye devam etti Gülendam. Bu surata bakan ne görüyordu? Gülünce, kaşını çatınca neye benziyordu? Erkek olsaydı... Yandan bakınca... Suratını uzun uzun yakından incelemenin kaçınılmaz bir sonucu olarak siyah noktalarını sıkmaya başladı. Burnun tepesindekiler kolaydı. Ama yan taraftakiler... Onlara erişmek kolay olmadığından genelde yarı yolda sıkılıp vazgeçiyordu. Ama bugün değil. Bugün kararlılıkla kıyıda köşede kalmış ne kadar siyah nokta varsa açığa çıkartacaktı. Belirsizliğe, tembelliğe, korkaklığa yer yoktu. Görmezden gelinen yağ bezeleri canı ne kadar yanarsa yansın sıkılacaktı. Belki bir saat uğraştı. Ebru Gündeş yorulup susmuştu. Gidip korsan CD'yi baştan başlattı.

İşi bittiğinde yatağına uzanıp ayaklarını havaya kaldırarak duvara dayadı. Ebru Gündeş söyledikçe o zihnini boşaltmaya çalışıyordu. Bir müddet sonra kalktı, ağladığı içeriden duyulmasın diye müziğin sesini biraz daha açtı.

Liste yaptı, ona yardımcı olabilecek insanlar listesi.

[fırat] Fırat'a işkolik deyip geçenlerin gözden kaçırdıkları, anlamadıkları bir şey vardı. Fırat aslında çalışmayı, daha doğrusu makine mühendisi olarak senelerdir görev yaptığı fabrikada çalışmayı seviyor, bunu özel olarak arıyor değildi. Fırat akşamları sevgi ve mutlulukla karşılanacağı bir eve dönmeyi, biten günün ardından yuvasında özenle hazırlanmış sıcak bir çorba içmeyi, hayat arkadaşıyla gülüşerek o gün başlarından geçenleri birbirlerine anlatmayı elbette akşamın dokuzunda laftan anlamayan ustalarla boğuşmaya, on iki saattir bir şey yemediğini fark edip (açlığını vücudunun verdiği tepkilerle değil saatlerle ölçmeye alışmıştı o da) midesindeki kazınmayı zaman zaman midesini ekşiten poğaça ve meyve sularıyla bastırmaya tercih ederdi.

Ancak işine gelmeyen, zorlandığı her durumdan prensip adını verdiği kimi muğlak nedenlerle kaçan yahut hoşuna gitmeyen her şeyden bütün gün yatağından çıkmadan saklanan kimilerinin aksine Fırat sorumluluklarını bilen bir insandı. O da bal gibi biliyordu patron para kazansın diye çoğu zaman yaptığı fazla mesainin bile parasını alamadan günde on dört saat çalışmasının adil olmadığını. O da apaçık görüyordu insanların bir terfi için birbirlerinin kuyusunu kazmaya hazır olduğunu. Ahmak değildi ve neredeyse her Allah'ın günü hakkaniyetsiz talepler, itham ve suçlamalarla başa çıkmaya, yetişmeyen ve yetişmeyecek işleri yetiştirmeye uğraşarak; çoğu zaman gurur ve haysiyeti incinerek çalıştığını idrak etmemesi mümkün değildi muhakkak.

Ama... Yani çalışmayıp da ne yapacaktı? Sabah altıda kalkıp yola düşen, patronun oğlu kendisine her "Fruko" deyişinde dilinin ucuna gelen kelimeleri yutan, evin kirasını düzenli yatıran, ay başlarında büyük bir alışveriş merkezine gidip buzdolabını tıka basa dolduran, evin kış günü tişörtle gezilecek kadar ısıtılmasına gıkını çıkarmadan yakıt faturasını ödeyen başkası olunca çalışmayı, disiplin ve fedakârlığı küçümsemek daha kolay oluyordu muhakkak.

Çünkü Fırat adı gibi biliyordu ki küçümsüyorlardı onu. Muhtemelen sıkıcı ve kuralcı buluyor, arkasından çaktırmadan bıyık altından gülüyorlardı.

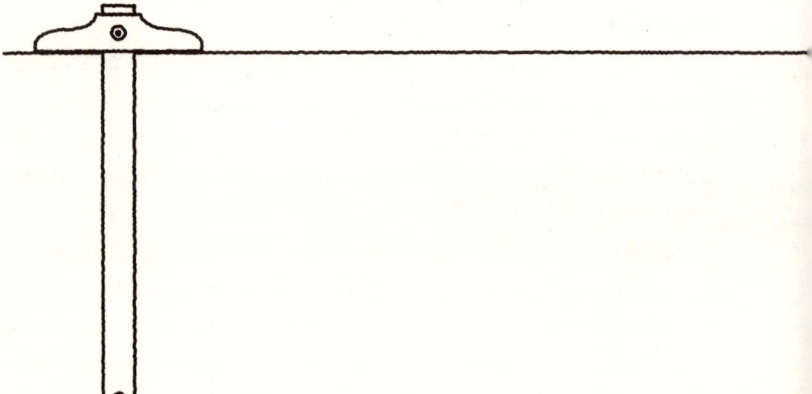

[ezgi] Ezgi sergi işi olmayınca bu sefer bienal için bir şeyler yapma hevesine kapıldı. Aklında siyah bir zemin üzerinde birkaç paslı çiviyi fotoğraflamak vardı. İşin adı "Dünyanın Çivisi" olacaktı. Hemen soruşturup sağdan soldan bir tanıdık aramaya, uygun bağlantılar bulmaya çalıştı. Utkan bir türlü verdiği sözü tutup da Ezgi'yi mühim bir yerde küratör olan teyzesiyle tanıştırmayınca, o iş de yattı.

[gülendam] Gülendam aramaya eski mahallelerinden başlamaya karar verdi. Babasından yardım isteyemeyeceği çok açıktı, bu konuda bir fikri olabilecek bir akrabası da yoktu. Bir cumartesi günü üç vasıta değiştirerek on sene öncesine kadar oturdukları mahalleye geldi. Civar çok mu değişmişti, yoksa her şeyi yalan yanlış mı hatırlıyordu bir türlü emin olamıyordu. Sağda solda bu kadar çok kilim desenli apartman var mıydı cidden? Okulu geç, kırtasiyenin oradan sola dön, dümdüz ilerle, Tekbir Market'in hemen yanındaki dik merdivenlerden yukarı çık... Ama merdivenler? Merdivenleri yıkmışlar mı? Eski devasa, gökyüzüne sonsuzcasına uzanan merdivenlerin yerini birkaç basamak almış, sonra hemen apartmanlar başlıyor... derken basamakların dibindeki cılız zakkumdan duruma uyandı Gülendam. Merdivenlerde bir değişiklik yoktu, değişen Gülendam'ın ebatlarıydı.

Önünde dikildiği apartmanın birinci kat balkonuna çıkan çakır gözlü kadın ortalık yerde dikilip binayı inceleyen Gülendam'ı fark edince şüpheyle ona bakmaya başladı. Gülendam emin olamayarak kadına doğru bir iki adım atınca kadın "Bir şey mi istediniz hanım?" dedi. Gülendam "Atene teyze beni hatırlamadın mı?" diye sorunca kadın boğuk bir feryat kopardı "Güzide, Güzidem gelmiş."

Ağlamaya başlayan kadın sakinleşip Gülendam'ı evine buyur ettikten, dolaptan getirdiği şerbeti ısrar kıyamet içirdikten sonra Gülendam'ın dizinin dibine oturdu, Gülendam'ın ellerini ellerinin arasına alıp Gülendam'ın mahcubiyetine ve itirazlarına aldırmadan parmaklarını bir bir öpüp okşadı. "Kusura bakma yavrum, seni görünce aklım karıştı. Bir an Güzidemi görüyorum sandım. Aynı Güzide'nin yirmi yaşında duruşu, çehresi" dedi.

Annesinin eski mahalleden arkadaşı, can yoldaşı, başı sıkışınca kapısına koştuğu, akıl danıştığı bir tanecik Atene teyzesi Gülendam'ın üniversitede öğrenci olduğunu öğrenince çok sevindi. "Daha şuncacıkken belliydi senin adam olacağın, gözlerin hep cin cin bakardı," dedi. İbrahim Efendi'nin de halini hatırını sormak istedi, az kalsın ağzından "Baban nasıl, rahmetli?" diye bir soru çıkacaktı, son anda tuttu kendini, onun yerine "Baban nasıl, özledik onu da," deyip ağzında eğreti duran bir laflar geveledi. Gülendam da sıra kendisine gelince nezaket icabı hatırlayabildiği kadarıyla mahalleden onu bunu sordu, bilmem kimin oğlu kimle evlenmiş, falanca nereye taşınmış, filancanın kardeşi hangi işe girmiş, bunları anlamadan dinledi.

En sonunda lafı istediği yere getirebildiğinde önceden hazırladığı sorular bölük pörçük, manasızca, birbirlerine rastgele eklenerek ağzından saçıldı. Diyeceklerinin sonuna geldiğinde ağzından dökülen endişe, korku ve ümitten müteşekkil laflarının bir anlamı olup olmadığından, Atene teyzenin dediklerinin başını sonunu bulabildiğinden emin değildi. Atene teyze bir şey söylemeden yüzüne bakarken Gülendam kendi sözlerinin başını hatırlamaya çalışıyor, derdini anlatıp anlatamadığını kestirmeye uğraşıyordu. Derdinin ne olduğunu kendisine anlatabilse Atene teyzesine de anlatabilirdi belki, ama iyice tam dibini eşelemeden hızlı bir kararla kalkıp gelmişti buraya Gülendam. O esnada bir iki kez seslice nefes aldı Atene teyze, balık gibi ağzını oynattı ama hiçbir şey demedi. Sonra "Bilmiyorum ki yavrum. Annen hiç öyle gizlisi saklısı olan bir insan değildi. İçten pazarlıklı değildi. Ne düşünse, aklına ne takılsa gelip bana anlatırdı," dedi. "Benim bildiğim pek öyle kimi kimsesi de yoktu. Hatırlıyorsundur belki, mahalleden en çok benimle görüşürdü. Yanisi, demek istediğim, benim bilmediğimi mahalleden başka birinin bileceğini hiç sanmıyorum. Necati'yi de severdi ama..." "Necati kimdi Atene teyze?" "Kim kimdi?" "Necati? Necati amca?" "Necati mi dedim? Ay akıl mı kaldı bende evladım. Sabahat'i diyecektim. Allah allah Necati mi dedim? Necati nereden çıktı acaba? Neyse, işin aslı gül yüzlü Gülendam yavrum, anan nereye gitti, bilemedik, bulamadık, akıl erdiremedik. Babacığın da çok düşmedi üstüne. Eh bir yerde haklı adamcağız, 'Madem gitmek, bulunmamak istedi, gitsin bulunmasın bakalım. Vardığı yerde iyi olsun, mutlu olsun başka bir şey istemem,' dedi."

O vakitler mahallede çıkan dedikoduları Gülendam'ın bilmesine gerek yoktu tabii. Erkek dediğinin gerekirse kadınını saçından sürükleye sürükleye evine getirip köşesine oturtması gerektiğini düşünenler çoğunluktaydı mahallede. Zavallı İbrahim Efendi büyük ihtimalle sokağa her çıktığında, kapısı her çalındığında, birisiyle her göz göze gelişinde mahallenin üstüne üstüne çaktığı o sessiz kınamaya katlanamadığı için bir süre sonra sessizce taşınmıştı mahalleden. "Bak, şimdi böyle diyorum da, Güzide seni çok severdi yavrum. Çok gerekli olmasa, başka çaresi olsa asla seni ardında bırakıp" derken Gülendam'ın ip gibi inen gözyaşlarını görünce durdu Atene teyze. Neredeyse zorla kucağına aldığı Gülendam'ın saçlarını "Ah yavrum, ah talihsizim, ah kınalı kuzum," diye uzun uzun okşadı. Gülendam oradan ayrılmadan önce bu şefkat ve muhabbeti hatıra mendillerde kalan kokular gibi uzun uzun içine çekti, yabancı bir memleketin karanlık ve soğuk bir odasında yalnız kalacağı vakitler için yüreğinin kıvrımlarının arasına sakladı. Bir zaman sonra bunlar hiç yaşanmamış gibi yapay bir neşeyle, beylik laflarla vedalaştılar, Gülendam yaşadığı yere, odasına doğru yola koyuldu.

*

Odasına gelip biraz sakinleştikten sonra ne yapması gerektiğine karar vermeliydi Gülendam. Ama bir güne bir önemli karar yeterdi herhalde. Evde bıraktığı telefonunda

Mert'ten cevapsız bir arama gördü. Mert ile konuşmak için doğru bir zaman değildi. Bu fikre üzülür gibi oldu ama böyle şeylere üzülmek için de doğru zaman değildi. El alışkanlığıyla düşünmeden "Canımmm <3" yazıp yolladı Mert'e. Mert'in telefonlarına özellikle çıkmadığını yahut başına bir şey geldiğini düşünmesini istemiyordu. Sonra amaçsızca telefon rehberindeki isimlere göz attı. Abbas ile başlayıp Yasemin ile biten bir yolculuk. Arada bir yerlerde İlker vardı. İlker'i arasa İlker sevinir miydi? Belki de rahatsız olur, çabuk çabuk ve kızgınca konuşup kapatırdı telefonu. İlker aradığına sevinse bile ne olacaktı ki? Ne verecekti İlker ona?

Üstelik esas Gülendam, Gülendam ne istiyordu?

[fırat] Fırat arıyordu aramasına ama bir çıkış yolu bulamıyordu. Sabahları serviste işe giderken etrafındakilerle konuşmak zorunda kalmamak için kulağına kulaklıklarını geçiriyor, hiçbir şey dinlemeden mütemadiyen dışarı bakıyordu. Aynı düşünceleri, aynı cümleleri, aynı argümanları arka arakaya kafasından geçirip duruyor, ama bir yere varamıyordu. Neredeyse ömrü boyunca yapılması gerekeni yapmış olmakla övünmüş bu adam ne yapması gerektiğini bilemediği için bir şey yapamıyor, çaresizlikle kafasının içinde bir o yana bir bu yana koşturup duruyordu. Ortada bir sorun vardı ama sorun tam olarak neydi, neyi yanlış yapmıştı ondan bile emin olamıyordu. Evdekiler olan bitenin pek farkında değillerdi ama işyerinde bir iki kişi "Ağbi iyi misin?" diye sormaya başlamışlardı bile. Bir insan hayatını düzeltmek için kime akıl danışır, kimden yardım isterdi?

Psikolog? Psikolojik bir sorunu yoktu çok şükür, ne diyecekti ki psikoloğa? Sevim'in kötü dönemlerinde psikolog psikolog dolaşmışlardı da ne olmuştu? Çok mu faydasını görmüşlerdi?

Annesi, babası? Onları endişelendirmek istemiyordu. Zaten derdini anlatabilir miydi onlara? Ben mutlu değilim. Kim mutlu? Ne yapacaksın? İşi bırakıp yanına taşınacağı bir erkek kardeşinin olmaması büyük şansızlıktı, ha ha.

Demir'den akıl almaktansa ölürdü daha iyi.

Konuşup dertleşebileceği, aklına güvendiği yakın bir arkadaşı da yoktu.

Sevim?

Sevim.

Belki de sorunu yalnız olmasıydı. Yalnız insan ne yapardı? Ne yapmalıydı?

Bir akşam herkes yattıktan sonra, Sevim'in solukları da derinleşip düzenli hale gelince kıpırtısız uzanıp gözlerini yumarak beklediği yerden kalkıp sessizce salona geçip yine aynı şeyleri aynı çaresizlikle kafasından geçirmeye başladı Fırat. Yalnız mıyım? Niye yalnızım? Yalnız olmak ne demek? Başka insanların bana verebileceği, benim sahip olmadığım ne var? Yalnızlıktan nasıl kurtulur insan? Yalnız, yalnız, yalnız.

Perdeyi açıp dışarı baktı bir müddet, dışarıda kendisini bir an olsun unutmasına olanak tanıyacak hiçbir şey yoktu. Mutfağa geçti, buzdolabını açtı, bir dondurma kutusunu açıp içindeki böreklere bakıp kapağını geri kapattı. Salon. Salonda Nazlı'nın ortalıkta bıraktığı eşyaları, balığı İsmet, akvaryumun karanlık odayı aydınlatan ışığı. Bu balık İsmet değildi tabii aslında, İsmet ölmüş, yerine Nazlı'ya fark ettirmeden rahmetli İsmet'e benzer başka bir Japon balığı getirilip konmuştu. Nazlı, Nazlı, Nazlı. Nazlı babası hakkında ne düşünüyordu acaba? Amcası Demir'i seviyordu muhakkak, peki babası? Korkuyor muydu babasından? Günde bir saat gördüğü, sürekli ödevini yapıp dersini çalışmasını söyleyen asık yüzlü bir adam. Mutsuz bir adam. Mutsuz ve yalnız bir adam.

Ne yapacağını bilemediğinden, düşünmeden, el alışkanlığı ile bilgisayarın açma kapama düğmesine bastı. Bilgisayarın önündeki sandalyeye oturup sağa sola dönerek bilgisayarın açılmasını bekledi. Yine otomatik hareketlerle bir tarayıcı sayfası açtı, bir süre ekrana boş boş baktıktan sonra yaptığından yarı utanarak yarı eğlenerek arama motoruna "Yalnızlıktan nasıl kurtulunur?" yazdı. Tam da onun mahallesinde yaşayan azgın dulların hemen o an sevişme taleplerini görmezden gelerek sayfalar arasında gezinmeye başladı. "Evcil hayvan besleyin." İsmet'ten başkasına ev müsait değil, Sevim istemez, insanlarda bulamadığımı hayvanlarda mı bulacağım bu yaştan sonra – geç. "Arkadaşlarınızla irtibat halinde olun." Kardeşim ben arkadaşım yok diyorum sen bana ne diyorsun – geç. "Bir hobi edinin." Takı tasarımı yaparak yalnızlığımı yendim – geç. "Kitap okuyun" – Gerçek insanlarla dostluk kuramadım, hayalî insanlar derdime deva olacak – geç.

Sıkıntıyla bilgisayarı kapatıp başından kalktı. Gidip yatsa... Uyuyamazdı ki. Sevim uyansa kırk tane soru. Hemen o an bir şey yapması gerekiyormuş gibi hissediyordu ama gecenin, dur bakayım, ikisinde ne yapacaktı? Köpek işini Sevim'le mi konuşsa? Nazlı'nın hoşuna gider herhalde. Kitap okusa... Evde kitap var mıydı ki? Demir'in masada bıraktığı ciltler. Hepsi birbirinden sıkıcı, hiç kimsenin hiçbir derdine deva olamayacağı apaçık, suratsız kalın kitaplar. Hem kelin merhemi olsa...

Az önce internetin yalnızlığını yenmesi için verdiği akıllardan çok memnun kalmış gibi bilgisayarı bir kez daha açmak için önündeki sandalyeye oturdu Fırat. Herhalde verilen tavsiyelerden en zahmetsizi, en masrafsızı kitap okumaktı. Ama hangisi? Her işini sistematik bir biçimde, araştırıp düşünüp taşınıp ölçüp biçerek yapan Fırat bu sefer de yine internete danıştı ve yazılmış en iyi romanın *Anna Karenina* olduğunu öğrenerek onu okumaya karar verdi. Bir karar almış, yapacak bir şey bulmuş olmanın verdiği rahatlıkla yatak odasına, Sevim'in yanına döndü. Şilteyi çok hareket ettirmemeye gayret ederek yatağa girdi, gözlerini sıkı sıkı yumup uykunun gelmesini bekledi.

["mecmua"] Ezgilerin dergisinin akıbeti, dergiyi çıkaranların annelerinin kuşağının deyişiyle "muvaffakiyetle" başarısızlığın, kimi yorgun metaforların dillendirmeye çabaladığı üzere saman alevi gibi parlayıp sönmenin, tek atımlık kurşununu ilk seferde hedef tahtasına isabet ettirip alınan neticenin devamını getiremeyişin bir karışımı oldu. Peki niye böyle oldu? Röportajlar verdiler, başka dergilerde kendilerinden söz ettirdiler, sağda solda "yeni bir soluk" olarak anıldılar... ve sonrasında niye akıp giden hayatın arka planında sesi kendileri gibi olandan başkasına ulaşmayan; varlığı kendi mevcudiyetlerini, kendi tüketim alışkanlıklarını, kendi önemlerini tekrardan başka bir amaca hizmet etmeyen kendileri gibi onlarca internet sitesinin, derginin, oluşumun, girişimin, kalkışımın ve inisiyatifin arasında vasat bir varoluşa hapsoldular?

Gülendam, kendi yoksunluk, gediklik hissinin dibini deşip de bir şeyler söyleyebilseydi bu konuda, muhtemelen bu yaldızlı başarısızlığın arkasında kendisine dünya ve ay ve güneş ve kozmos sunulan insanların, bu kadar çok alıp, böyle löp löp yutup geriye bu kadar az vermesinin kaçınılmaz sönüklüğü hakkında bir iki kelam etmeye çalışırdı. Ancak bu çocukların analı babalı evlerinde –dışarıda iştahla izleyen gözlere rağmen yemedikleri hep arkalarında–, kurslarda, özel okullarda, yurtdışı seyahatlerinde, babalarının ayarladığı stajlarda, parasını ödeyip iki ders gidip sıkılıp düşünmeden yarım bıraktıkları dil okullarında, alıp giymedikleri kıyafetlerinde, tatillerde, yazlıklarda, senede iki kere tımbırdatılıp yerine kaldırılan gitarlarında, varoluşlarının her sahasında iliğini kemiğini emdikleri bu dünyaya; kendileri nadide çiçekler gibi yeşerip serpilsin diye bütün imkânları önlerine serilmiş bu hayata, bunca yatırım, onca emek, bu kadar para, böyle ilgi, bu denli desteğin ardından birer instagram hesabı ve dinledikleri müziklerin "seçkinliği"nden başka bir şey sunamıyor olmaları, kendi kabahatleri değildi elbette.

İnsanın hayatta kendi yolunu, kendi sesini bulabilmesi, etraftan gördüğünü, babasının dediğini, filmin derginin gösterdiğini değil, kendine ait olanı, kendinden geleni yapması, hayatına kendi karakterinden, mizacından doğan içkin bir anlam yükleyebilmesi her baba yiğidin harcı değildi ne de olsa. Gülendam'ın halaları Gülendam ev işi öğrensin, hanım hanımcık olsun istiyordu; Mert'in annesi oğlu okulunu bitirsin, askere gitsin, bir an önce ekmeğini eline alsın, sonra da eli yüzü düzgün, oturmasını kalkmasını bilen, iyi bir aile kızıyla yuvasını kursun istiyordu; Ezgi'yle Utkan da bu şablonun hazırlığından, yaygınlığından ürküp ellerini atınca karşılarına çıkan ilk dala tutunup sanatçı, tasarımcı, yazar olmak istiyorlardı. Anneleri babaları maaşlı, unvanı titri belli bir işi tercih ederdi belki, ama "oğlum dergi çıkarıyor, kızım sergi açıyor" da yine anlaşılabilir, yine kabul edilebilirdi. İnsan kendine ait bir sözü, bir meselesi, bir istikameti olmasını beklemektense etrafta hazır bekleyen aidiyetlerden birisini üzerine giyiveriyor, varlığın en temel ve en yorucu meselelerine evlilikle, çocukla değilse kısa film yönetmenliğiyle, dj'likle bir yama yapıveriyordu. Nermin Hanım'la Fikret Bey'e ne kadar anlaşılmaz görünürse görünsün Ezgi'nin dergisi, "Mecmua" bir varoluş biçimi olarak aslında ne uçuk, ne alışılmadık, ne de anlaşılmazdı. Ezgi'nin seçimleri, dergisi, hayatı son tahlilde kendi evliliklerinin, kızlarına dayattıkları hayatın aynısının yurtdışı görmüşü, kolejde okumuşuydu. Eninde sonunda herkes kendini etrafına uyduruyor, yuvarlanıp gidiyordu.

[gülendam'ın annesi] Yoo hayır, Güzide. Güzide!

Elbette seviyorum kızımı, koca Kentiş Mahallesi'nden kimseye değişmem yerimi, memnunum halimden, yok bir şikâyetim. Ama güller? Ya güller?

Merhamet! Biraz merhamet! Güllerin kaybı için merhamet!

[fırat] Fırat o gün işe arabayla gitti, öğleden sonra Sevim'e telefon edip biraz gecikeceğini haber verdi, evin bir ihtiyacı var mı, gelirken kaç ekmek alsın, bunları sorup öğrendi. İş çıkışı bir alışveriş merkezine çekti arabayı, kapıdaki güvenlik görevlisine kitapçının hangi katta olduğunu sordu. Kitapçıya girip kasada duran görevliye bu sefer de *Anna Karenina*'yı nerede bulabileceğini danıştı. Kitapçı son heceyi uzata uzata "*Anna Kareninaaaa, Anna Kareninaaa*" derken önündeki bilgisayara bir şeyler yazıp ekrana baktı, sonunda "*Anna Kareninaaaa, Anna Karenina* şu karşıki rafta olması lazım," dedi.

Fırat işaret edilen rafın önüne yanaşıp başını yana eğerek kitapların sırtlarını okumaya koyuldu, nihayet *Anna Karenina*'yı bulduğundaysa kitabın cüssesinden biraz ürktü. Tamam, sonuçta Rus klasiği mus klasiği ama, neredeyse 900 sayfalık kitap. Fırat en son üniversitede ödev olarak okutulan *Araba Sevdası*'ndan bu yana bir romanın kapağını açmış değildi, romanı eline alıp tartarken kalkıştığı işin saçmalığına ayar gibi oldu; sonra aldığı kararları uygulaması gerektiğini, zora düştüğünde hemen giriştiği şeyi yüzüstü bırakıp gerisingeri etmenin kendisine göre olmadığını düşünerek kasaya yöneldi. Kredi kartını görevliye uzatırken kasanın kendisine bakan ekranında yazan miktara bakıp "Amma pahalıymış," diye içinden geçirdi.

Kitabı satın alırken Fırat'ın kendine hatırlatmak zorunda kaldığı başladığı işi yarım bırakan bir insan olmadığı düşüncesi akşamları herkesten gizli, yorgunluk ve sıkıntıdan gözleri kapanarak romanı okumaya çalıştığı dakikalarda da sık sık Fırat'ın imdadına yetişmek zorunda kaldı. Herkes yattıktan sonra kalkıp (ya da en azından herkes odasına çekildikten sonra; çoğu zaman Demir'in odasının kapısının altından sızan ışığı görüyordu çünkü – ama iki kardeş tuhaf bir centilmenlik anlaşması uyarınca hiç belli etmiyorlardı birbirlerine "Yatıyorum," dedikten sonra kalkıp oturduklarını bildiklerini) salonda *Anna Karenina*'yı okumaya çalışırken karşılaştığı ve bir türlü aklında tutamadığı tuhaf Rus isimleri zaten gün boyu işyerinde serseme dönmüş kafasının üzerinden bir buldozerle geçiyordu sanki, sürekli başa dönüp Stepan Arkadyaviç kimdi şimdi, Yekaterina Aleksandrovna Şçerbatski'nin tam olarak nesi oluyordu diye düşünmekten zaman zaman kafasına bir ağrı saplanıyordu.

Anna, Anna Karenina neredeydi peki? Bunca sayfa okumuştu da daha Anna ile karşılaşmamıştı bile. Kimi zaman not alarak, kimi zaman kelimeleri yavaşça tekrarlayarak, kimi zaman okuduğu satırları bir kalemle takip ederek, ama yılmadan okumaya devam etti Fırat. Şu kitabı okumak bir işe yaramazsa, ki yaramayacağı o kadar açıktı ki, neden devam ettiğini anlamak güçtü, en azından sorana, "Evet ben *Anna Karenina*'yı baştan sona okudum, içinde bunca tantana koparacak hiçbir halt da göremedim, bunca yıldır roman okuyun diyenlerin de bir bok gördüğünü sanmıyorum," deyip iç huzuruyla kenara çekilebilecekti. Romanı okurken sıkıntıdan patlamadığı zamanlarda Vronski'nin sorumsuzca hareketleri, kendisini kurallardan ve sorumluluklarından azade görüşü kanına dokunuyor, kitabı elinden bırakıp öfkeyle kendi hayatını gözden geçirmeye koyuluyordu.

Anna nihayet piyasaya çıktığında benliğini saran heyecanı Fırat kendisi bile fark edemedi. Bu uzun süreler, binbir eziyetle beklenen birisiyle nihayet karşı karşıya gelmenin hazzından öte bir şeydi. Anna güzelliği ve zarafetinin ötesinde, yüzünün nazik ve müşfik ifadesiyle sadece Vronski'nin değil, Fırat'ın da başını döndürmüştü. Fırat "nazik ve müşfik" kelimelerini belki on kez arka arkaya okudu, elindeki kalemle ne yaptığını bilmeden gayriihtiyari altını çizdi. Anna'nın kendi iradesini bile aşan canlılığını gözlerini yumup tahayyül etmeye çalıştı.

Anna'nın ortaya çıkmasıyla kitap daha cazip bir hal aldı nedense. Anna'nın enerjisi, kararlılığı sanki romana ve romanı okuyan Fırat'a da sirayet ediyor, sayfaların çevrilme hızı Fırat'ın merak ve iştahına yetişemiyordu. Anna'yı tanıması, bilmesi, seyretmesi lazımdı. Bazen sabırsızlıkla daha çok, daha çabuk okuyabilmek için sayfanın üzerinde gözlerini gezdirmekle yetinmiyor, okuyuşunu böyle ivmelendirebilecekmişçesine kafasını da okumanın temposuna uydurup sallıyordu.

Fırat Anna'ya dair her cümleyi en az birkaç kez okuyor, Anna baloda siyah danteller içinde karşısında belirdiğinde Fırat da Kiti gibi esefle Anna'nın cazibesini tam manasıyla takdir edemediğini hissediyordu. Artık Vronski bile, suçluluk duyan akıllı bir köpek gibi Anna'nın etrafında dolaşmasıyla tahammül edilir, hatta meraka şayan bir hal almıştı. Fırat Levin'in mıymıntı hayatı, toprak reformu hakkındaki fikirleri aradan çekilsin ve Anna'nın başına neler gelecek bir an önce öğrensin istiyordu. Ancak belki aralarda önemli bir şey kaçırırım, Anna'ya dair bir detayı öğrenemem kaygısıyla romanı cümle atlamadan okumaya devam ediyor, akşamları bu işe ayırdığı sürenin sonuna gelince, gözlerinden uyku akmasına rağmen aklı kitapta kalarak gidip kitabı Demir'in evlerine taşınmasından sonra koridora almak zorunda kaldıkları vitrin ile kitaplık kırması dolaba, dolapta halihazırda duran yemek kitapları, Sevim'in heves edip alıp eninde sonunda okumadan yarım bıraktığı bir dönem çok satmış romanlar, kendi eski ders kitaplarının arasına, orada kimsenin dikkatini çekmeyeceğinden emin olarak yerleştiriyor, sonra ayaklarını sürüyerek odasına gidip yatıyor, at arabaları ve gösterişli davetlerle dolu karışık rüyalar görerek sabahı ediyordu. Odaya giderken ayaklarını sürüdüğünü fark ederse adımlarına sessiz kalmaya dikkat ederek yine de bir canlılık, bir enerji vermeye çalışıyor, elinden geldiğinde duruşunu dikleştirmeye gayret ediyordu. İnsan bir kez yatağa girip yatınca oraya dik mi gelmiş yamuk mu, pek önemi olmuyordu gerçi.

Anna kendisini binbir umutsuzluk ve hayal kırıklığı ile trenin altına attıktan sonra soğukkanlı bir katil edasıyla kitaba devam eden; bu canlı, iyi niyetli, kabiliyetli, tek arzusu sevip sevilmek olan kadını âdeta cezalandıran Tolstoy'a neredeyse kin denebilecek bir his duydu Fırat. Kitabı o da bir kenara atmak istedi, ama Vronski Anna'nın ölümünü nasıl karşıladı, kimse yasını tutmadı mı, arkasından nasıl konuşuldu öğrenmek için sonuna kadar okudu romanı. Levin'in kendisinde gördüğü iyiliğin gücünden pek emin değildi Fırat, Anna'yı bir kenara itip saadeti Kiti'ye bahşeden Tolstoy'un da söylenildiği kadar iyi bir romancı olduğunu sanmıyordu. Ama Anna... Ama Anna... Anna'da kendisini mi görüyordu yoksa Anna'ya... aman canım ne saçmalıyordu. Ama Anna'yı, Anna gibi bir kadını tanımak... Hayat, demek bu kadarcık, hep böyle damla damla, sürekli uğraşıp didinerek, tırnaklarla kazına kazına değildi. Başka şeyler vardı, en azından başkalarının hayallerinde vardı, Anna'nın ucunda ölüm bile olsa onu araması az şey miydi?

[demir] Demir yattığı yerden her akşam böyle bir işler çevirirken hiçbir şey sezdirmediğini, kimsenin bir şey fark etmediğini sanan, muhtemelen bu nedenle kendini hepsinden akıllı gören Fırat'ın koridor boyunca ilerleyen ayak seslerini duydu yine. Gece herkesin yatmasını bekleyip salona niye koşuyordu Fırat? Demir kalkıp Fırat'ın peşinden salona gitse bu sorunun cevabını alırdı herhalde, ama tuhaf bir korkaklıkla yerine siniyor; bir yandan da yaptığı şey her neyse, işte onu bilmeden Fırat'a kızıyordu. Bilmiyordu ama, seziyordu elbette. Akşamın bir vakti evindekilerden gizli ne yapardı ki bir insan? İnternetten birileriyle tanışmış olabilirdi, iş için oraya buraya giderken tanıştığı birileriyle tanışıklığı ilerletiyor olabilirdi, saçma sapan arkadaşlık yahut seks sitelerine dadanmış olabilirdi, bunlar değilse bunlara benzer başka bir şeydi. Sinsi, gizli kapaklı yürütülen, gece kuytularında saklanması gereken, pis bir şeydi. Öyle olmasa yanında hiçbir şeyden habersiz yatan Sevim'i koyup da sessiz sessiz salona koşar mıydı Fırat? İçinde mide bulantısına benzer bir öfkenin kabardığını hissediyordu. Her boku çok iyi bilen Fırat acaba Nazlı'nın odasının önünden geçerken... amaan. Kendi karısı çocuğu bile açıkça yeterli gelmeyen, her şeyin en iyisi en çokuna layık olduğundan şüphesi olmayan bir adam.

Ya kendisi?

[arabada] Bir hafta sonu Ezgi'nin önerisiyle Sarıyer'e balık yemeye gitmeye karar verdiler. Telefonlar edildi, internette haberler uçuruldu, kesin geliyorum diyenler son anda iptal ettiler, oraya değil de şuraya gidelimler, onu değil de bunu yapalımlar havada uçuştu; ekip büyüdü küçüldü dönüştü derken cumartesi günü şoför mevkisinde Ezgi, yanında Özgür, arkada cam kenarında İlker, onun solunda Mert, sonra Gülendam, en solda da Dilek olacak şekilde Ezgi'nin babasının arabasına doluşup yola koyuldular. Güneşli ama serin bir bahar günüydü. Gençliklerinden, dinçliklerinden, sıhhat ve enerjilerinden belli belirsiz bir mutluluk duyuyor, kıra çıkmaya hazırlanan taylar gibi oldukları yerde kıpırdanıyorlardı. Kâh yüksek sesle atışır, kâh radyoda normalde burun kıvırdıkları şarkılara avaz avaz eşlik ederlerken Gülendam ensesinde bir şey, bir dokunuş hissetti. Olduğu yerde dönmeye hamle etti ama hem neredeyse üst üste kucak kucağa yolculuk ettiklerinden dönmeye yer yoktu, hem de saçlarının arasından ensesine dokunan elin kime ait olduğunu biliyordu. Elin sahibi az önce Mert'in gövdesiyle kolunu ezdiğini, parmaklarının uyuştuğunu söyleyerek kolunu çıkarıp Mert'in omzuna atmıştı. Gülendam parmakların ensesine tesadüfen temas etmediğini de biliyordu.

Bir süre ikisi de neredeyse nefeslerini tutarak, bütün varlıkları cızırdayarak beklediler. Sonra parmaklar Gülendam'ın ensesinde milimetrik yuvarlaklar çizmeye başladılar, dokunuşları o kadar hafifti ki Gülendam zaman zaman varlıklarından emin olamıyordu.

Gülendam kendisine ait her şeyin bu parmakların ucunda toplandığını hissediyordu, bu his yanı başında duran Mert'e rağmen ona bir utanç değil sadece bir canlılık duygusu veriyordu. Derken elin sahibi durdu. Kolunu hiç kımıldatmadan elini biraz geri çekti. Gülendam bir iki saniye bekledi (belki de daha çok. Böyle anlarda zamanı kim ölçebilir?), sonra kafasını geriye yasladı. Parmaklarla ense tekrar bir araya gelmişti. Bu sefer parmaklar oyalanmadan doğrudan saçın içine girdi, enseye yakın bir yerden bir tutam saçı sıkıca kavradı. Gülendam artık canını yakmadan kafasını oynatamazdı. Bu mecburiyette de hazza benzer bir şeyler vardı.

Arabadakiler olan bitenden habersiz görünüyorlardı. Mert telefonundan Gülendam'a göstermek için komik kedi videoları buluyor, Gülendam bu videolarla ilgili beğenisini minik ünlemlerle belli ediyordu.

Parmaklar bir anda fikir değiştirir gibi gevşeyip ortadan kayboldular, ama o günden geriye, Gülendam'ın aklında bir tek onlar kaldı.

[yurttan sesler korosu] Siz de katılın! SMS gönderin, Gülendam ile Mert'in geleceğini oylarınızla belirleyin!

"Gülendam, evladım, pırlanta gibi kızsın, bu Mert serserisiyle olmaz o iş, sen ekmeğini eline almış, askerliğini yapmış efendi bir oğlan bul kendine," diyorsanız GULENDAM,

"Mert çocuğum, bu kızın gözü fel fecir okuyor, aklı aşna fişnede, bak demedi deme, sen azıcık hamarat, bacağını kırıp evinde edebiyle oturacak helal süt emmiş kız bakın kendine," diyorsanız MERT,

"Yok yok, çok yakıştınız maşallah. Elektriğiniz tuttu" diyorsanız MURUVVET yazıp 2137'ye yollayın. Gülendam'la Mert'in kaderinde siz de söz sahibi olun!

Oy kullanmak için son yarım saat, kaçırmayın, acele edin!

[melahatlar] Ezgi salonda Melahat teyzesi ve İlhami eniştesi ile otururken kapıyı anahtarıyla sessizce açmış Pınar içeri girdi. Pınar'ın saçlarının ön tarafı tuhaf bir biçimde kabartılmış, üstelik saçının geri kalanının rengiyle oldukça uyumsuz duran çiğ bir sarıya boyanmıştı. Melahat Pınar'ı görür görmez bir kahkaha koyverdi "Kız bu ne hal!"

Pınar hemen kızardı "Kuaföre gittim. Canım çok sıkkındı. Belki moralim düzelir dedim. Değişik, havalı bir şey yap dedim adama. Yapa yapa tavuskuşuna döndürdü beni."

İlhami enişte gülmekten gözlerinden yaşlar gelerek "Yok yok çok güzel olmuşsun. Aynı Kibariye'nin gençliği," derken yan yan Ezgi'ye bakıyordu.

Pınar hâlâ ayakta olduğu halde "Ben de biliyorum kötü olduğunu. Yarın olmazsa gidip tekrar boyatayım," dedi.

Melahat hâlâ kesik kesik gülerek "Ay bizim kız kırk yılda bir iş yapacak..." diye lafa karıştı tekrar.

Pınar dişlerinin arasından, "Anne biliyorum ben de kötü olduğunu," derken Melahat teyze "İlhami görüyor musun, çok güzel oldum diye bir de çıkmış gelmiş," diye kocasını dirseğiyle dürtüyor, İlhami enişte de "Tabii çok güzel olmuş, prenses gibi, Lady Diana gibi olmuş benim kızım," diye dalgasını geçiyordu.

Aile arasında basit bir şakalaşmaydı bu nihayetinde, ama Ezgi huzursuz olmuştu. Pınar'ın el mahkûm gülüşünde, Melahat teyze ile İlhami eniştenin birbirlerini onaylayışında hoşuna gitmeyen bir şeyler vardı. Ezgi de Mert gibi Melahat teyzesine çok düşkündü, onunla ilgili mutlak müspet kanaatini yaralayacak mevzulara kafa yormaktan içgüdüsel olarak kaçınıyordu ama ben belki müsaadenizle biraz ukalalık edebilirim. Sözgelimi, sevilen insanların neyi niçin yaptıklarını anlamaktan kaçınmanın, onların hoşumuza gitmeyecek, belki de karanlık yanlarından gözümüzü kaçırmanın onları sevmenin en iyi yolu olup olmadığını burada araya girip en azından sizlere sorabilirim. Ya da Melahat ile İlhami'ye gözümü iyice yanaştırıp Ezgi'yi imrendiren, içini hayata ve insanlara karşı ümitle dolduran mutlu ve neşeli evliliklerinin de hangi bedeller pahasına ayakta durduğu konusunda akıl yürütmeye kalkışabilirim. Teyzesiyle eniştesinin bu zaman zaman dünyaya karşı bir suç ortaklığı halini alan ve Ezgi'ye hep romantik ve tutkulu bir şeymiş gibi görünen birbirine ne olursa olsun arka çıkma alışkanlığının zaman zaman başka insanların da gözden çıkarılması, hatta feda edilmesi anlamına geldiğini, ilişkinin heyecanını ve diriliğini ayakta tutmak adına farkına dahi varmadan kendi kızlarına karşı bile işbirliği yaptıklarını düşünmek Ezgi'ye zor gelirdi muhakkak ama bu şüphenin benim kafamda yanıp sönmesi, dahası sizlerin de aklına düşürülmesi bir bakıma çocuk oyuncağı gördüğünüz gibi. Aman siz bana bakmayın canım. Herkesin mutluluğuna kulp takan kıskanç nemrutun tekiyim ben nihayetinde. Ve bu hayatta katıksız, saf, bedeli başkasının üzerinden ödenmemiş mutluluklar da var muhakkak.

[demir ile sevim] Sahile gidip deniz kıyısına oturdukları bir gün, neden bilinmez, Demir Sevim'e arkadaşı Osman'ın papağanı Lenny'yi anlatmaya başladı. Demir papağanın adını uzun süre Lenin sanmıştı, bir akşam hep beraber salonda oturup televizyon izlerken ekrana bakıp durmaktan sıkılan Demir hep sonuçsuz kalan papağanı konuşturma girişimlerinden birisi esnasında "Lenin cicikuş oğlum Lenin," derken Osman hatasını fark etmiş, uzun uzun gülmüştü.

"Çok hassas, duygusal bir hayvandı. Odanın içinde yeri değiştirilse bile huzursuzlanırdı. Figen de, Osman'ın eşi, pek sevmiyordu onu. Bence zaten hayvan da hissediyordu. Sabah onlar çıkıp işe gidince acı acı bağırmaya başlardı vayk voyk diye. Bana şikâyet ediyordu sanki. Gerçi onun bağırmasından da insanın kafası şişiyordu yani. Kitap filan okumak imkânsız hale geliyordu. Bir müddet sonra o bağırdıkça ben de sus diye bağırıyordum. Karşılıklı bağrışıyorduk bütün gün papağanla."

Sevim Demir'in anlattıklarını hiç ses çıkarmadan, kımıldamadan bile, gözlerini denizden ayırmadan dinliyordu. Böyle anlarda hep olduğu gibi Sevim'i sıktığından, içini karparttığından endişelenen Demir sustu. Halbuki daha Lenny'nin müzik dinlerken nasıl sakinleştiğini, en çok Ahmet Kaya'yı sevdiğini anlatacaktı.

[gülendam] Gülendam'ın odasına aniden bir kaplan giriyor. Gülendam kaplanın kapıyı nasıl açtığını, anahtarı kaplana kimin vermiş olabileceğini düşünürken kaplan yavaşça Gülendam'a yaklaşmaya başlıyor. Kaplan her an Gülendam'ın üstüne atılabilir, Gülendam birazdan ölecek, Gülendam ölürse babası hayatta dolaptaki ıspanakları kendisi yıkayıp pişirip yemez. Kaplan saldırısıyla ölmek acılı olur mu ki? Kaplandan kaçış imkânsız. Kaplan kapıdan girdi; Gülendam duvar tarafında çünkü. Kendini savunacak bir şeyler arasa da Gülendam, nafile. Gülendam kendini kaçınılmaza hazırlamaya çalışırken kaplan hızlı bir hamleyle atlayıp Gülendam'ı pençeleriyle ve gövdesinin ağırlığıyla yere deviriyor. Gülendam dayanılmaz bir acıyla etine geçirilecek dişleri gözlerini yumup beklerken kaplan ağır ağır, tadını çıkara çıkara Gülendam'ın yüzünü yalamaya başlıyor. Gülendam istemeye istemeye uyanıyor.

[demir] Fıratlar Sevim'in annesiyle babasına yemeğe gittiğinden Demir evde yalnızdı. Salonun kanepesine alışık olmadığı, evde yalnız olmanın verdiği bir vurdumduymazlıkla uzanmış, hiçbir şey yapmadan duruyordu. Tepeden gelen parlak ışık gözünü rahatsız ettiği için kalkıp ampulü söndürdü. Bir müddet olduğu yerde dikilip gözlerinin karanlığa alışmasını bekledi. Sonra ağır, temkinli adımlarla kanepeye yanaşıp tekrar uzandı. Tavana bir şey görüyormuşçasına gözlerini dikmiş, dikkatle bakıyordu. Zihnine yanaşmaya çalışan her düşünceyi uzaklaştırmaya, sadece orada külçe gibi yatan bir beden olmaya çalıştı. Zihin bize dertler, özlemler ve üzüntüler yaratan acımasız bir oyundu. Aklında bir şey yok. Hiçbir şey yok. Zihni serin bir defter sayfası. Bekle. Bekle.

Çoraplı ayaklarından bir koku mu yükseliyordu? Yükselsin. Bir önemi yoktu. Kanepenin kolu tuhaf bir açıyla yasladığı başını acıtıyordu ama kafasının yerini değiştirmeye tenezzül etmedi. Bunun da bir önemi yoktu. Beden bir çuvaldı. İnsan onu oradan oraya gezdirir, insafsız taleplerini yerine getirmeye çalışır... Bugün ayın kaçıydı? On ikisi. On iki Şubat. Şubat, koyyim de tur at. On iki şubat. Yattığı yerden hiç belli olmuyordu ama demek ki dışarıda dolunay vardı. İçeride...

İçeriyi boşver. Şubata odaklan, şubat şubat şubat şubat şubat. Tekrarlanan her şey gibi şubat da anlamsızlaştı. Ömür de bir tekrarlar silsilesi olduğuna göre...

Belki de bütün mesele nefsi terbiye etmekti; (yıllar önce uzaklaştığı dinî bir itikatın kelimeleri nasıl da kolayca dolanıyordu diline) – zihni de bedeni de geride bırakmak, özgürleşmekti. Yoksa neden bir insan kendisini böyle etinden et koparılmış gibi hissettiği bir yalnızlık içinde bulsundu ki. Evren dolduramayacağı boşluklar yaratmamalıydı. Bu akla, mantığa ve vicdana aykırıydı. Aynı boşluğu hissetmeyen bön ruhlardan nasıl da nefret ediyordu.

Gerçi, kim bilir, belki de herkes aynı boşluğu hissediyor, herkes eline ne geçerse boşluğu onunla dolduruyordu. Boşluk doldurulabilir bir boşluktu. Her boşluk doldurulabilirdi. Boşluğu doldurmak bizim ödevimiz ve imtihanımızdı. O boşluğu doldurmak Demir'in ödevi ve imtihanıydı.

Uzandığı yerden doğrulmadan gömleğinin düğmelerini ağır ağır çözdü. Sonra oturup gömleğini çıkardı. Ayağa kalktı. Kemerini tokasından kurtarıp hızlıca çekerek pantolonundan ayırdı. Kemer elinde, bir an düşünür gibi durdu. Sonra ani bir hareketle kemeri hızlıca kendi sırtına indirdi. Hazırlıklı olduğu halde ağzından istemsiz bir ah çıktı. Yine de durmadan sırtının bir sağ bir sol yanına vurmaya devam etti. Böyle yapması gerektiğine dair açıklanamaz bir inançla başlarda bir iki kere eğreti bir biçimde Allah, Allah dese de sonradan sesi kesildi. Kendisini darbelerin ritmine kaptırdı. Vurdu, vurdu. Acı dayanılmaz hale gelince değil, vurmaktan yorulunca, artık vuracak takati kalmayınca durdu.

[nazlı] Mert dayım ne kadar komik. Keşke Demir amcamın yerine Mert dayım bizde kalsa.

[ward hunt buz sahanlığı] Bilim insanları 1980'lerde Ward Hunt Buz Sahanlığı'ndaki çatlak ve yarıkların ilerleyişinin durduğunu, sahanlığın stabil bir hale geldiğini düşündüler.

[ismet] Günlerden bir gün, İsmet'in öleceği tuttu. Her canlı ölümü tadacaktı elbette, ve zaten bildiğiniz üzere, İsmet, daha önceleri pek çok kez ölmüş, yeni İsmetler olaysızca ve şen bir görev duygusuyla rahmetli İsmet'in yerini almıştı. Ancak aksilik o ki merhum İsmetlerin sonuncusunun tam da bir pazar günü, Fırat, Sevim, Nazlı ve Demir dörtlüsü bir alışveriş merkezinde vakit öldürürken Hakk'ın rahmetine kavuşacağı tutmuş (ki Demir'in her pazar karşı çıktığı alışveriş gezmelerine o hafta iştirak etmiş olması da ayrı bir talihsizlik); bir pazar'ı daha atlatmış olmanın getirdiği yürek sıkıştıran rahatlama duygusuyla eve dönen Karemin ailesi (ve Demir) salona girince zavallı İsmet'in cansız bedeniyle karşı karşıya kalmıştı.

İsmet'i ilk fark eden Nazlı oldu. Hızla akvaryumun önüne koşup "Aaa İsmet'e ne olmuş böyle?" diye babasına şaşkınlıkla sordu. İsmet'e bakar bakmaz ne olduğunu anlayan Fırat çaresizlikle odada olmayan Sevim'e bakındı. Fırat'ın tutulup kaldığını gören Demir bir şeyler yapması gerektiğini hissederek akvaryuma yaklaştı. Bütün ciddiyetini takınıp bir müddet suyun yüzeyinde sırtüstü asılı kalmış İsmet'i inceliyor gibi yaptıktan sonra "Uyuyor herhalde amcacığım," dedi. Durumun nazikliğine rağmen Demir'in aklının bir kuytusu bu "amcacığım" lafını nasıl benimsediğine, ne tuhaf bir kolaylıkla kullanıverdiğine şaşıyordu.

Bir an amcasına inanıp, yüzü gevşer gibi olan Nazlı ani, beklenmedik bir kavrayış ile "Hayır baksanıza. Ölmüş!" diye bir anda senelerdir bu acıya hazırlanıyormuşçasına katıla katıla ağlamaya başladı. Bir yandan ağlayıp bir yandan konuşmaya çalışıyor, hıçkırıklarının arasından sadece "İsmet" ve "ölmüş" kelimeleri seçiliyordu. Demir'in kendisini teskin etmeye çalışan kollarından sıyrılıp babasının kucağına tırmandı, başını babasının boynuna gömüp uzun uzun, içli içli ağladı.

Seslere mutfaktan koşup gelen Sevim Nazlı'yı babasına sarılmış ağlar görünce ilk başta gördüklerine anlam verememiş, ayakta elini kolunu nereye koyacağını bilemez bir edayla dikilen Demir'e başının bir hareketiyle neler olup bittiğini sormuş, Demir de sessiz başka bir baş hareketiyle akvaryumu işaret etmişti. Bunun üzerine Sevim gidip Fırat'ın dizlerinin dibine çöktü, kimi oyunbaz anlarında yaptığı gibi Nazlı'yı ayağından yakaladı, bu minik ve kirli çoraplı ayağı eğilip öptü, "Üzülme anneciğim. Sana yenisini alırız," dedi.

Sevim'in sözleri Nazlı'yı sakinleştireceğine ağlamasını büsbütün şiddetlendirdi. Boğuk bir sesle kesik kesik "Ben başkasını istemiyorum, ben İsmet'i istiyorum," derken artık uzayan sümükleri neredeyse ağzına giriyordu. Demir yemek masasından kaptığı bir peçeteyi Sevim'e uzattı, Sevim "Dur anneciğim," diye Nazlı'nın burnunu sildi. "Sümkür biraz da. Dur böyle olmayacak, en iyisi elini yüzünü yıkayalım," derken trajedi yerini gündelik hayatın rutinleri, ailenin alışkanlıkları, birbirleriyle ilişki kurma ve birbirlerine göz kulak olma biçimlerine bıraktı.

*

Beş dakika sonra yanlarına uğradığımızda gördüğümüz manzara Nazlı'yla bir erişkin insan gibi bundan sonrası için neler yapılabileceğinin müzakeresini yapan Fırat, Sevim ve Demir ile hayatındaki üç yetişkinin bölünmemiş dikkatini üzerinde toplayabilmenin verdiği sevinçle nazlandıkça nazlanan bir Nazlı idi. İsmet'in akşam yemeğinden önce hepsinin katılacağı bir cenaze töreniyle gömülmesine karar verilmişti ama İsmet'in yerinin nasıl doldurulacağı bir türlü çözüme kavuşturulamıyordu. İsmet'in yerine aynı cins başka bir balık alınması yahut farklı türden bir balık alınması, olmadı bir süre hayvansız kalınması önerileri Nazlı tarafından hep aynı kayıtsız ve umutsuz omuz silkişle karşılanıyordu: "Bilmem."

Demir'in pek de inanmayarak gündeme getirdiği kedi önerisi kedinin sevimsiz bir hayvan olduğu gerekçesiyle Sevim tarafından, köpek fikriyse hayvanı apartmanda barındırmak hayvana bir tür eziyet olacağından Fırat tarafından veto edildikten sonra aile bir çıkmaza girmiş görünüyordu.

Derken Sevim'in aklına parlak bir fikir geldi: "Papağan! Papağan alalım." Fırat şaşkınlıkla karısına baktı, "Sen evin içinde kuştan korkmuyor muydun? Taa İsmet'i almaya karar verdiğimiz dönemde 'Kafesinden çıkardığımızda gelip kafama filan konar diye tedirgin oluyorum,' dememiş miydin?"

"Yok yok, bence en iyisi papağan. Baksana Nazlı balık istemiyor, başka hayvana da evde bakmaya gücümüz yetmez."

"Bari muhabbet kuşu alalım o zaman. Hem papağandan ufak, hem de fiyatı daha uygundur."

Sevim eve ille de papağan alınsın istiyordu. Bu cepheyi kazanmaya kararlı olduğundan Nazlı'yı saflarına çekmenin faydasını hissederek Nazlı'ya döndü:

"Seninle bıcır bıcır konuşan bir papağanın olsun istemez misin anneciğim?"

Nazlı konuşmaların bir nihayete ermek üzere olduğunu, son sözün şimdi kendisine ait olduğunu sezmiş, içinde bulunduğu durumu elden geldiğince uzatabilmek adına "Ben hiçbir şey istemiyorum. Ben İsmet geri gelsin istiyorum," diye tekrar başa dönmüştü. Bunun üzerine Sevim Nazlı'nın yanına gidip "Rengârenk bir papağanın olur. Ona istediğin adı verirsin. Elinle fındık fıstık yedirirsin. Hem İsmet'i öpemiyorum demiyor muydun? Papağanı istediğin gibi öpersin," diye tatlı tatlı dil dökerek Nazlı'yı kandırmaya girişti. Fırat'ın "Muhabbet kuşu da bıcır bıcır öter," itirazını kimse duymuş görünmüyordu.

Fırat'ın "Papağan değil muhabbet kuşu alalım," önerisinin aslında mantıklı bir gerekçesi yoktu. Sadece Sevim'in papağan konusundaki ani heyecanı kanına dokunuyordu. Evdeki her şeyin, her kararın üstünden âdeta kayıp giden, hiçbir şeye temas etmeyen karısında gördüğü bu birdenbire gelişmiş heves ve inada anlam veremediği bir şekilde öfke duyuyor; karısının aileleriyle ilgili bir konuda da fikri olsun, her şeyi tek başına yapmak zorunda kalmasın istediği halde şimdi muhabbet kuşu da muhabbet kuşu diye ayak diremek istiyordu. Belki biraz da bu nedenle gayriihtiyari Demir'e dönüp "Sen ne düşünüyorsun?" diye sordu. Demir bir şey söyleyecekmiş gibi ağzını açtı, sonra konuşmaya cesaret edemiyormuş gibi geri kapattı.

Karar verilmişti, eve papağan alınacaktı.

*

Akvaryumdan çıkarılan İsmet bir gazete kâğıdına sarılıp Fırat'ın eline tutuşturuldu, evde çukur kazmaya uygun hiçbir gereç olmadığı için Demir eline nedense bir çekiç aldı, Sevim terliklerini ayağına geçirdi ve "Nazlıııı hadi kızım"ın da yanlarına eklenmesiyle aile arka bahçeye yollandı. Nazlı çizgi filmlerde gördüğü devasa çukurlardan biri kazılacak sanırken mini minnacık bir çukur kazılmasına şaşırdı. "Küçücük balık kızım, ne gerek var bir metre çukura?"

İsmet çukura yerleştirildikten sonra Fırat kenardaki toprak birikintisini ayağıyla çukurun üzerine itelemeye başladı ama bu Demir'e İsmet'in anısına bir saygısızlık gibi geldi. Daha önceki İsmetleri Nazlı görmeden çöpe atıverirken böyle kaygıları olmuyordu halbuki. Yine de yere çömeldi. Toprağı avuçlayarak yavaşça İsmet'in üzerini örttü. İşi bitince eliyle toprağı düzledi, ufak taş parçalarını ayıklayıp bahçenin uzak köşelerine fırlattı. Dizleri epey zorlanarak ayağa kalktıktan sonra, ellerini birbirine vurarak elindeki toz toprağı silkeledi. Fırat'a bakıp "Ee?" dedi. Fırat Nazlı'ya dönüp "Eve gidebiliriz artık herhalde," derken Nazlı'nın iznini alır gibiydi.

Nazlı ise hiç duraksamadan "Olmaz, dua etmemiz lazım," diye itiraz etti. Bu cenaze töreninin nasıl işlemesi gerektiğine dair en kesin ve keskin fikirler Nazlı'ya aitti anlaşılan. Hemen iki elini kafasının önünde birleştirip dudaklarını kımıldatarak belli belirsiz duyulan bir sesle "Sübhaneke... ve teberake..." diye duaya başlayan Nazlı'ya Demir ellerini dua eder gibi açıp bekleyerek eşlik etti. Fırat öylece dikiliyor, öylece dikilir gibi duran Sevim ise içinden İsmet'in ruhuna, hatta belki biraz da kendi ruhuna Fatiha okuyordu.

Dua faslı bitip de eve çıkıldıktan, alışverişte alınan öteberi yerlerine yerleştirilip televizyonun karşısına geçildikten sonra İsmet unutuldu. Reklam arasında akvaryuma bakıp "Şunun suyunu da boşaltmak lazım," diye içinden geçirip yerinden kalkmayan Sevim, mesela, İsmet'in daha bir gün öncesine kadar orada kendi halinde yüzdüğünü aklına bile getirmedi.

*

Ertesi akşam Fırat elinde naylon bir poşete konmuş kıpkırmızı bir balıkla eve dönünce ev ahalisi şaşırdılarsa da pek belli etmediler. Nazlı bir papağan yerine yeni bir balıkla günlerinin geçirecek olmaktan gocunmuş görünmüyordu, hayvana "Çaki" adını koyup onu da sevgiyle bağrına bastı. Demir papağan mı muhabbet kuşu mu tartışmasına karışmaktan kaçındığı gibi Çaki'nin aralarına katılmış olmasıyla ilgili bir yorum yapmaktan da kaçındı. Sevim'se... Sevim her şeyin böyle sonlanacağını en başından beri biliyormuşçasına (halbuki dün kazandığı papağan zaferi onu nasıl da mutlu etmişti) bir şey söylemeden akvaryumda bir gündür beklemekte olan suyu boşalttı. Çaki'yi yeni evine yerleştirdi.

İsmet'in (ya da İsmetlerin mi demeli) yerini Çaki'nin almasıyla günler bir aksaklık olmadan eski ritimleriyle akmaya kaldıkları yerden devam ettiler.

[gülendam ile mert] Gülendam ile Mert Ezgi'nin evinde sıkıntıyla oturuyorlar. Ezgi'nin nerede olduğunu ikisi de bilmiyor. Irmaklarla filan bir program yapmıştır belki. Evi her zamanki gibi dağınık. Ama Gülendam toplamaya kalksa Mert muhtemelen kızar. Zaten Ezgi'nin de bu tür yardımlardan hoşnut olmadığını, bir iki kez yıkadığı bulaşıkların makbule geçmediğini seziyor Gülendam. Buraya hep beraber geldikleri gece de...

Mert önündeki sehpaya koyduğu eski püskü dizüstü bilgisayarının açılmasını beklerken acaba buraya geleceğine okula, derse mi gitseydi diye bir suçluluk bulutu zihninden geçiyor.

Gülendam Ezgi'nin (ya da bir başkasının) sehpanın üzerine bıraktığı bir derginin sayfalarını görmez gözlerle çeviriyor. Tam da İlker'in sinir olduğu türden "kültür sanat" dergiyismiş gibi yapan bir "yaşam tarzı" dergisi. Mert telefonuyla oyalanıyor. Yarın akşama bir halı saha maçı düzenlenebilir mi? "Ooğluum, yarın yine vericez elinize, heheh, gelin gelin babanızın kucağına gelin" yazıyor hızlı hızlı. Gülendam görsün istemiyor yazdıklarını, böyle şeylere surat asıp asmayacağı belli olmuyor çünkü Gülendam'ın, bazen buluttan nem kapıyor. Gülendam dergiyi elinden bırakıp "Film seyredelim mi, hani geçen gün indirdim diyordun, neydi adı?" diyor. Mert başını kaldırmadan "Evet," diyor. Gülendam uzanıp Mert'in elinden yavaşça telefonu almaya çalışıyor. Mert'in telefonu kavrayışı sıkılaşıyor "Noluyor kızım bir dakika," diye elinden çekilmekte olan telefonda bir şeyler yazmaya devam etmeye uğraşıyor. Mert'in elinden telefonu alamayacağını anlayınca yavaş yavaş Mert'in parmaklarını okşamaya başlıyor Gülendam. Mert bundan da hoşnut değil, ama telefon konusunda bir kere tersledi zaten Gülendam'ı, şimdi okşanmaya da karşı çıkmanın yanlış ve tehlikeli olacağının farkında.

Yazdığı mesajı bitirince telefonu elinden bırakıp "Evet ne diyecektin?" diye Gülendam'a dönüyor. Gülendam bir şey söylemeden Mert'in parmaklarını okşamaya devam ediyor. Mert de Gülendam'a dokunmak isteyince Gülendam'ın elleri Mert'in ellerini durdurup sabitliyor. Sonra parmaklarının uçlarıyla okşamaya devam ediyor Gülendam Mert'i. Gülendam'da daha önce görmediği bu atılganlık ve sokulganlık Mert'in hoşuna gidiyor. Minik elektrik dalgaları ellerinde dolaşıp karnına ve daha aşağılara iniyor.

Gülendam'ın kendisi de şaşkın. Ama ilişkide üstlendiği bu yeni rolünden memnun. Varlığı daha belirgin, yerçekimiyle dünyaya daha sıkı bağlı sanki. Parmakları minik daireler halinde dolanıyor, dolanıyor, dolanıyor. Parmaklar ne yapacaklarını Gülendam'dan daha iyi biliyorlar. Bir düşünce hızlıca Gülendam'ın zihninin penceresinden geçiyor: Hepimiz öleceğiz. Mert'in bu güzel, bu kuvvetli, bu genç elleri yok olup gidecek. Parmaklar dolanmaya devam ediyor. Mert ilerlemek, yol katetmek istiyor ama kendisinden beklenmeyen bir kavrayışla bildiği bir yere hızla gitmektense bilmediği bir yere yavaş yavaş gitmenin bazen daha cazip olabileceğini idrak ediyor; sabırla bekliyor. Mert'in aklı sabırla beklerken vücudunun ritmi hızlanıyor, kuvvetleniyor.

Gülendam Mert'in ellerini yavaşça kendine çeviriyor, ne yaptığını pek de bilmeden bileklerindeki damarları parmaklarıyla yavaşça takip etmeye başlıyor. Parmaklar Mert'in tişörtüyle buluşuyor. Parmaklar duruyor. Gülendam Mert'e bakıyor. Buradan sonra nereye gidileceğini parmaklar da, Gülendam da, Mert de bilmiyor.

[fırat] İsmet öldü.
Zaman geçiyor.

Fırat yapması gerekeni yapması için en doğru yolun ne olduğunu merak ediyor.

Evde Nazlı ayakaltında dolaşırken, Demir yanı başlarında dikilirken konuşmak zor olur herhalde. Sevim'i alıp güzel bir yemeğe götürse... Bu da bir bakıma acımasızca olur. Sabah bir yandan bunları düşünüp bir yandan tıraş olurken dikkatsizlikten yüzünü kesti. Eğilip aynada kesiği incelemeye koyuldu. Parmağını kanayan yere bastırdı, sonra dilinin ucuyla parmağına bulaşan kanı yaladı. Bu meseleye kafa yormaktan yorulmuştu. Elbet bir yol bulunurdu. İnsan bazı gerçekleri hangi ahval ve şerait altında duyarsa duysun onlardan etkilenirdi. Şekerleyip şuruplamak da bir yere kadardı. Yine de şüphe uyandırmadan kendi karısına "Bu akşam seninle şöyle bir çıkıp hava alalım," bile diyemeyecek bir durumda olmasına hayıflandı. Tıraşını hızlı hareketlerle tamamlarken Nazlı kapının önünde "Baba çişim geldi," diye mızıklanmaya başlamıştı bile.

[tarihten bir yaprak] "Mecmua"nın altıncı sayısının yayınlanmasından birkaç gün önce yaşanan büyük patlama sonucu hayatını kaybeden on dört kişinin arasında o esnada tesadüfen oradan geçmekte olan Utkan da vardı. Utkan'ın "Mecmua" adına yeni bir reklam kampanyası için bastırdığı broşürler patlama anında önce yerden hızla havalanmış, sonra yavaş yavaş süzülerek dört bir yana dağılmıştı.

Patlamanın bir doğalgaz kazası sonucu mu yoksa kasten mi gerçekleştiği kesinlik kazanamamıştı. Yine de sorumluların hesap vereceği, suçlulardan hesap sorulacağı sıklıkla tekrarlanmıştı.

Utkan'ın ailesi ve yakınları göğüslerine Utkan'ın gözlerinin içiyle güldüğü bir fotoğrafını iğneleyip onu son yolculuğuna uğurladılar. "Mecmua"nın son sayısı bir buçuk ay sonra ana sayfada Utkan'ın altına büyük puntoyla "Unutmayacağız" yazılmış bir resmiyle çıktı.

Kalan sağlar.

[gülendam] Gülendam'ın annesine ne olduğundan bahsetmek istememesi anlaşılır bir şeydi. Gülendam'ı biraz tanıyan, orada kaşınacak bir nokta olduğunu fark eden hemen hemen herkesin Gülendam'ın annesine ne olduğunu merak etmesi de anlaşılır bir şeydi. İnsanlar anlaşılır bir durumdan öbürüne ilerleyerek (ya da anlaşılır durumlar arasında dolanıp durarak mı demeli) ömürlerini bitiriyorlardı ne de olsa. Anlaşılır ve beklendik durumların kalp kırıklığı, öfke yahut üzüntü yaratması ise insanlık hallerinin yine kaçınılmaz, fakat hazin bir başka yanıydı.

Gülendam ve annesine dönecek olursak... Gülendam'ın annesiyle ilgili alengirli bir mevzu olduğuna uyananların ilk tahminleri zamansız bir ölüm oluyordu genelde. Tahmin dediysek, lafın gelişi. "Annene ne oldu, öldü mü?" diye soracak denli patavatsız insanlarla pek karşılaşmıyordu Gülendam (ama hiç karşılaşmıyor da değildi). Annenin hayatta ama kayıp, üstelik kendi iradesiyle ortadan kaybolmuş olması bu soruyu dillendirenlere dört saniyelik "Vah vah, başın sağolsun," empati anından daha bereketli topraklar vaat ediyordu elbette. Mevzubahis konunun üstüne giderek tabu yıktığını, herkesten ne kadar farklı, cesaretli ve açık sözlü olduğunu ortaya döktüğünü sanıp bir insanın diğerine sunabileceği en bayağı merakın esiri olanlar, bu soru ve cevabına gösterdikleri alakayı kendileri ve etraflarındakiler için ne kadar iyi kalpli ve şefkatli olduklarına dair bir gösteri haline getirenler ısrarla sordukları "Bir daha hiç mi haber alamadın yani annenden? Peki sonra nolmuş yani annene?" sorularına Gülendam'ın içinden "Ananın amı olmuş!" diye cevap verdiğini bilselerdi şüphesiz çok şaşırır ve üzülürlerdi. Ama ne yaparsınız, hayat böyleydi. Trajedinin kenarından dolanmak insana ne kadar şanslı olduğunu hatırlatırdı, gizli bir heyecanla tanıdıklara "Biliyor musun, Gülendam'ın annesi onları Gülendam çok küçükken terk etmiş," demek kendini daha önemli, daha macera dolu, hayatın merkezine daha yakın (ama elin yanmayacak kadar güvenli bir mesafede) hissettirirdi. Trajedinin merkezindekilere kalan da işte böyle terbiyesiz terbiyesiz (ama hep sessiz) cevaplardı.

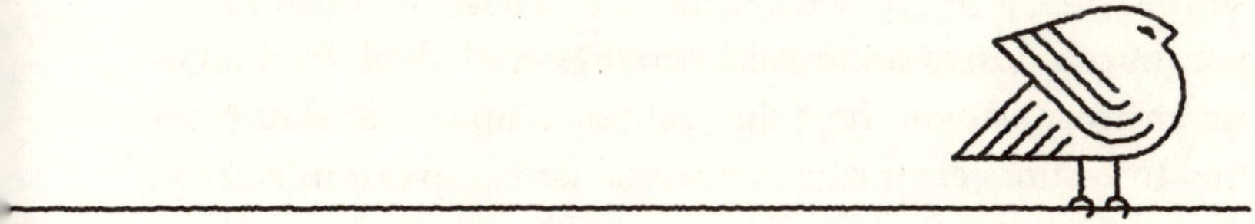

[fırat] Birbiri için samimiyetle her şeyi yapmaya hazır olan iki insan hangi korkunç ve yakıcı süreçlerin sonunda yemekten sonra kürdanla dişini karıştırıyor diye birbirini boğacak hale geliyordu? Onca sevgi nereye gidiyor, ne işe yarıyordu?

Fırat bütün sıkıntılı, kaygılı anlarında olduğu gibi büzüşüp bir top olup hiç kımıldamadan durmak istiyordu. Her şey ya bir anda olup bitmeli ya da ebediyete kadar havada, sürüncemede kalmalı, olacakların kesin olarak tayin edildiği o an ilelebet ertelenmeliydi. Bu esnada hem kendi sıklaşan soluklarına, terleyen avuçlarına tam manasıyla dikkat kesiliyor, bütün dünya onun nasıl titrediğini, ne denli korktuğunu görüyor sanıyor, hem de etrafında olup bitene aklını vermekte zorluk çekiyordu. Amcasıyla konuşup duran Nazlı'yı omuzlarından tutup sarsaklayarak odasına kapatmamak için kendisini güçlükle zapt ediyordu. Ayakları buz gibi olmuştu. Sakinleşmek için derin derin nefes almaya çalıştıkça havasızlıktan boğulacak gibi oluyordu. Mide bulantısı mı, bağırsak sancısı mı olduğunu ayırt edemediği bir hisle karnı burulup duruyordu.

Zihnini başka şeylerle meşgul etmeye çalışırken işyerinde Erdem'e Sevim hakkında şaka yollu yakınmaları geldi aklına, utandı. Sevim'e olan bağlılığı anlık vehimlerin, gelip geçici bir rahatlama arzusunun üstünde olmalıydı halbuki.

Televizyon. Televizyonun bitmek bilmeyen uğultusu. Aynı kıza âşık iki yakın arkadaşın dokunaklı hikâyesi. Kalkıp eski Türk filmlerindeki gibi fırlatsa televizyonu camdan.

Nazlı şimdi de içeriden defterini almış gelmiş burnuna doğru uzatıyordu. "Baba bak, öğretmenim defterime ne yazdı." Kendisini zorlayarak deftere baktı, kulağına yabancı gelen bir sesle "Aferin benim kızıma," dedi, beceriksiz bir hareketle Nazlı'nın saçını okşamaya kalktı, eli bile kızının kafasına denk değildi sanki. Fırat'ın ne halde olduğu o kadar ayan beyan ortadaydı ki Nazlı'nın her zamankinden farklı, olağanın dışında bir şey olduğunu fark etmemiş olması akıl almaz geliyordu Fırat'a. Çocuk belki de anladı da belli edemiyordu. Evde sürekli bir kriz, patırtı gürültü, hep yolunda gitmeyen bir şeyler... Ne düşünüyordu acaba? Çocuk kalbinin gizli dehlizleri.

Nazlı. NAZLI! Kararını alırken Nazlı'yı düşünmüş müydü? Meseleyi bin kez kafasında evirip çevirirken, Nazlı'nın varlığını neredeyse unuttuğunun ayırdına vardı. Ne komik. E peki şimdi?

Tam önünde duran Nazlı'yı ısrarlı bir şekilde düşüncelerinden itti. Televizyonda esas kız "Durun, durun, bunu yapamazsınız," diye canhıraş bir şekilde haykırıyordu. Artık televizyonun sesi konusunda tartışmalarına gerek yoktu. Bu Nazlı'yla ilgili değildi, ikisiyle ilgiliydi. Böylesinin Nazlı için daha iyi olacağına kendini ikna etmek ne kolaydı.

Bunlar kafasından geçerken bir yandan da parmağını koltuğun sigaradan yanıp delinmiş kaplamasına geçirmiş deliği genişletiyordu. Nazlı pijamalarını giymiş herkese iyi geceler diliyordu. Saksılarda çiçekler ölümü bekliyordu. Sevim kâh salonda kâh mutfak balkonunda (herhalde, başka nerede olacak)... Demir Nazlı'yı yatırır sonra odasına çekilir. Neyse, Sevim'in Fırat'ın yine koltuktaki delikle oynadığını görmediği daha iyi. Bu koltuğu da... Derken bu koltuğun yerine yenisini almasına gerek olmadığını hatırladı. Ne büyük ferahlık ya Rabbi! Birden içinde sonsuz bir neşe. Artık koltuk yok, doksan kişi hep beraber yenen yemekler yok. Eşofman yok. Pazarları alışveriş merkezi yok.

Katıla katıla gülmek istiyordu. Gözleri boş odada fıldır fıldır geziyordu. O esnada içeri giren Sevim'i yerinden fırlayıp kucaklayıverdi. Sevim bu taşkın hareketin nedenini anlamaya çalışırken karısını şap diye öptü. Sonra çekip yanına oturttu, "Sevim ben ayrılmak istiyorum." dedi. Kendi cesaretinden sersemlemiş – kendi lafına yine kahkahalarla gülesi geldi. Sevim şaşkın şaşkın bakarken Çaki de Fırat'la beraber gülüyordu. Televizyon sanki kabahatini bilir gibi bir anlığına susmuştu.

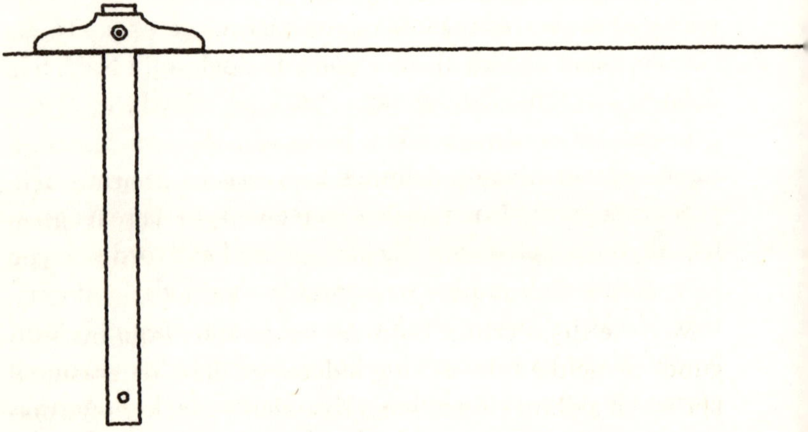

[gülendam ile babası] Gülendam'ın annesine ne olduğu sorulduğunda, Gülendam'la babası neden bir türlü bu soruyu geçiştiremiyordu acaba? Bu soru her sorulduğunda onları her seferinde tam ve doğru bir cevap vermeye iten gizemli bir kudretin buyruğundalarmışcasına boyunlarını büküyor, içlerine kaçmış küçücük sesleri, duygularını belli etmemeye kararlı gururlu halleriyle bir yanıt üretmeye çabalıyorlardı. Halbuki Gülendam'ın annesi için, sözgelimi Gülendam'ın halaları gibi, kolaylıkla "öldü" deyiverseler, bir sürü kalp ağrısından kendilerini korumuş olacaklardı. Yüreklerinde yatan, sözün gücüne dair anlaşılmaz bir inanç mıydı? Öldü derlerse Gülendam'ın annesini ölüme vakitsizce bir adım daha yakınlaştıracaklarına değin bir korku? Anne nerede, ne yapıyor olursa olsun, uzaktan onu koruyup kollamaya yönelik bir içgüdü?

Nedeni ne olursa olsun, Gülendam annesine ne olduğunu soran hiç kimseye uyduruk bir cevap veremiyor, bu sorunun sorulması ve ardından cevaplanması, mevzubahis kişi kim olursa olsun soruyu soranla ilişkisini yaralasa da Gülendam her seferinde hazırlıksız yakalanıyor, gerçeği, yalnızca gerçeği, sadece ve tüm gerçeği söylemekle yetiniyordu.

Mert ile ilişkilerinin başında, kaçınılmaz olan bu soru gündeme geldiğinde –soru gündeme gelmedi de esasında, her aşığın kalbini ele geçiren o başından geçen her şeye maşukta bir anlam bulma arzusu Gülendam'ı da kandırdı– Gülendam bütün ciddiyetini takınıp "Annem ben ilkokuldayken bizi terk etti," dediğinde Mert bir an, hatta bir an kırıntısı, yaptığı mukavelenin şartları ondan habersiz değiştirilmiş de kendisi bu duruma vaktinden geç uyanmış gibi şaşaladı. Sonra "Anladım," deyip Gülendam'ın omzuna yaslandı, başını, saçlarını öptü. Sonraki dakikalar, saatler, günler ve aylar boyunca ikisi de bu konu aralarında hiç konuşulmamış gibi yaptılar.

İlker ise bu konuyu Gülendam'dan değil, ortak bir tanıdıkları olan Özgür'den duydu ilkin. İştahlı iştahlı bildiklerini sıralamaya girişen Özgür'ün lafını kesip "Duymak istemiyorum," dedi İlker. Özgür İlker'in her zamanki aksilik nöbetlerinden birine tutulduğunu düşündü, çok takılmadı.

Bu hadiseden aylar sonra bir gün projeleri için Anadolu yakasında bir otobüste yan yana giderlerken durup dururken "Annemi aramaya eski mahallemize gittim, biliyor musun?" dedi Gülendam. "Anneni buldun mu?" diye değil de, "Gitmek sana iyi geldi mi?" diye sordu İlker. Gülendam camdan dışarıyı izlemeyi kesmeksizin bir an düşündü, "Bilmem," dedi, "Yine de bir defter kapandı sanırım." Az daha düşünüp devam etti: "Hiçbir defter hiçbir zaman kapanmıyor da, o defterin de kapanmayacağını anladım en azından. O da aynı kapıya çıkar herhalde."

[demir] Karanlık odada aniden doğrulup oturdu. İçinden "Ümit etmek de bir ibadettir. Ümit etmek de bir ibadettir. Ümit etmek de bir ibadettir," diye tekrarlıyordu. Aniden bastırıveren bir nöbetle kalp atışları hızlanıyor, sık nefesler alıp verirken boğulacak gibi oluyordu. Bulantısını, öğürtü hissini bastırmaya çalışırken nereden bulduğunu bilmediği bu cümleyi yinelemeye durmaksızın devam etti: "Ümit etmek de bir ibadettir, ümit etmek de bir ibadettir." Bu lafı tekrarlaya tekrarlaya sakinleşir gibi olduğunda bile aynı cümleye tutunmayı sürdürdü. İki eliyle sıkı sıkıya kavradığı cümleye bakıp kendisini evrenin iyilik ve güzellikle inşa edildiğine, herkesi birbirine bağlayan nurlu bağların bir hakikat olduğuna, iyi şeyler beklemenin yanlış bir şey olmadığına, dahası ömrün önünde uzayıp giden bir azap silsilesi olmadığına ikna etmeye çalıştı.

Bir huzur ve ferahlama hissi nihayet ruhuna yayılacak gibi olurken bir anda kendine geldi. Az önceki haline bir utanç ve tiksintiyle baktı. Zavallılaşmanın lüzumu yoktu. Bunları düşünmeye, hayattan böyle şeyler beklemeye hakkı yoktu. Tanrı, varsa eğer, kulaktan dolma beylik laflarla kandırılacak ve önüne her ne istiyorsan onu sunacak; egonun (ya da nefsin) taleplerini "Gençsiniz yavrum, sevin sevilin," diye elinize tutuşturacak bunak bir uzak akraba değildi.

Şah damar!

[nihayet] Gülendam ile annesi birbirlerini görüp tanıyıp anlayacaklar. Bu dünyada olmasa bile öteki dünyada muhakkak. Bu dünyada iyilik diye bir şey varsa, yahut güzellik, adalet varsa eğer elbet onlar da birbirlerine kavuşacaklar. O karşılaşma tanıma anlama ve bağışlama hali, o en başından beri bildiğini nihayet hatırlama hali, o kaybolup da sonunda bulunma hali elbette onlara da nasip olacak. O zaman düğün bayram, o zaman davullar çalacak, o zaman... Başka türlüsü nasıl mümkün olur? Her şey üstümüze üstümüze nasıl yıkılmaz, öteki türlü nasıl dağlar devrilmez dayanır, barajlar suya nasıl karşı koyar? Olacak. Olacak. Hepimiz dünya gözüyle göreceğiz, her şey yerini bulacak, herkes anlayıp anlaşılacak, sevdiğimiz özlediğimiz herkesle eninde sonunda bir yaz akşamı sarı ampullerle aydınlatılmış bir bahçede oturup yemek yiyip şarkılar söyleyeceğiz ve ayrı gayrı kalmayacak. Kalplerin gizleri ortaya dökülecek. Herkes her şey bir olacak.

Bir damlacık yüreği insafı olan kimse buna karşı çıkmaz, çıkamaz. İyi olan güzel olan doğru olan her şey gibi bunun da zamanı gelecek ve hepimize nasip olacak. Hepimize.

[sevim] Sevim, şaşılası bir hakkaniyet duygusuyla, kendisinin cesaret edip de yapamadıklarına Fırat'ın kalkışmasına pek kızamadı. Düzeni bozulacak, rahatı kaçacak, yuvası dağılacak, çocuğuyla ortada kalacak diye üzüldü elbette; yeni hayatı – kurmak zorunda olduğu yeni yaşamı gözünün önünde sonu gelmez bir yokuş gibi uzandı uyumadan sabahı beklediği günlerde, ama "Dur yapma, birlikte mutluyduk beraber!" diyecek pişkinliğe ya da gamsızlığa, daha da önemlisi ruh riyakârlığına sahip bir kadın da değildi nihayetinde.

Tuhaf bir mahcubiyetle, "Şimdilik kimseye bir şey söylemeyelim olur mu?" diye ezile büzüle rica edip "bir müddet düşünmeye" babasının evine döndü. Nazlı da el mahkûm peşinden. (Allah'tan okulların kapanmasına şunun şurasında ne kaldı?)

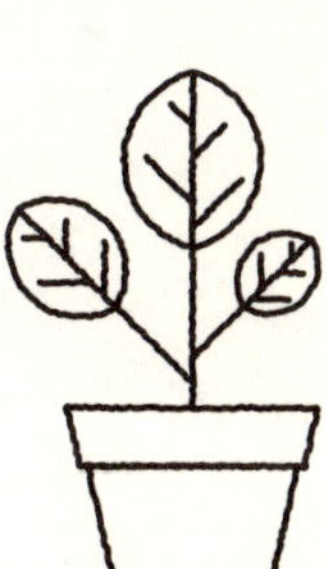

[hiç] Dilin kalbin inanmadığı laflar etmesi ne kolay. Elbette aşkım, ben de seni, sonsuza kadar.

Onlar da bir zamanlar gerçekti (daha geçen hafta gerçekti, daha dün gerçekti), ama insanın yüreği bir anda rüzgârların uğuldadığı bir vadi. Şimdi tam da o anda hissedilmiyor diye, kim cesaret edip de "Ben değil, en azından şimdi değil," diyebilir? Yarın geri gelebilir, ama bugün olmayışının itirafı, o itirafın yıkımı dönüşle tamir edilebilir mi? (Edilemez.) Dün olan ve belki yarın dönecek olanın hatırına, insan bugün de "Evet," der, "hem de öylesine çok ki."

Sevgi, zamanın kesintisiz bir bütün oluşuna duyulan saf bir inancın katılaşıp aramıza çökmesi değildir de nedir?

[gülendam ile mert] Mert Gülendam'dan sıkılmıştı ama Gülendam kendisine ayrılmak istediğini söylediğinde Mert yine de neye uğradığını şaşırdı. Arzusunun gizli bahçesinin al renkli meyvesi, hiçbir zorluk çıkmaksızın, bütün ahlaki yükümlülüklerden azade kucağına bırakılıverince Mert, durumu hemen, o an idrak edemese dahi (çünkü böyle büyük şaşkınlık anlarında kişinin kendi hislerini isabetle tahlil etmesinin ne denli güç olduğunu hepimiz biliriz), sevinemedi bile. Ortada yanlış bir şeyler vardı. Tamam o Gülendam'dan sıkılmıştı, Gülendam onu boğuyordu, ama Gülendam da ondan mı sıkılmıştı? Gülendam tam olarak neden şikâyetçiydi, nesini beğenmemişti, nerede kusur bulmuştu? Bu soruları sormak istiyor, ama bu soruları sormanın ayrılığa bir itiraz olarak algılanmasından çekiniyor, soruları dillendirdiği anda Gülendam'ın "Aslında çözülemeyecek bir mesele yoktu," diye caymaya kalkmasından korkuyordu. Susup kalmıştı, ne yapması, ne söylemesi gerektiğini kestiremiyor, hayretle Gülendam'ın, yüzüne de değil, uçları kırık içindeki saçlarına bakıyordu.

Bu donakalmışlığından, usulden de olsa "Dur yapma, her şeyi hallederiz," diyemeyişinden de hoşnut değildi. Ne de olsa "Ben senden ayrılmak istiyorum," cümlesine neşeyle, heyecanla, ne bileyim işte sevinerek, yani sevinerek değil de, hiç üzülmeyerek karşılık verilmesinde de küçültücü, handiyse ayıp bir yan vardı. Sormazlar mıydı adama "Madem ayrılığa bu kadar sevinecektin, şimdiye kadar aklın neredeydi, neyi bekliyordun?" diye. En doğrusu üzülmüş, ama durumu vakarla kabullenmiş, gönülsüzce de olsa karşı tarafın kararına saygı duyması gerektiğinin farkında bir tavırla metanet göstermek ("göstermek"), ama yersiz sorularla yahut mevcut keder eksikliğini maskelemek için taşkın duygu gösterileriyle suları bulandırmamaktı.

Mert bunları açık açık düşünüp harekete geçirecek ölçüde

kalpsiz yahut hesapçı bir adam değildi. Ama Mert'in her durumdan ustalıkla yakasını sıyırmayı bilen keskin içgüdüleri, Mert daha ne olup bittiğini aklıyla kavrayamadan onu alnının akıyla bu badireden de kurtarmıştı.

Gülendam'la "Tabii, tabii, okulda zaten görüşürüz. Arkadaşlığımız devam eder. Seni tanıdığıma sevindim," türünden beylik laflarla vedalaştıktan sonra azıcık kafasını toplamak için eve kadar yürümeye karar verdi. Eninde sonunda biteceğini bildiği, yapı itibariyle birbirlerine uygun olmadıklarını sezdiği birisinden böyle sakince (ve suç omuzlarına yıkılmadan) ayrılmak ruhuna bir hafiflik duygusu veriyordu. Öte yandan her ilişkinin adı konmamış hassas terazilerinde tartılıp da neticesi yüreğin kuytularına saklanan aritmetiğinde daha az seven, daha az bağlanan, iki kişilik hayatlarının dışında kalan dünyası daha geniş olan taraf olduğunu ve bu sayede bütün kartları elinde tuttuğunu açık açık bilmeden bildiği için Gülendam defterinin gözyaşları, yalvarışlar ve kızgınlık dolu suçlamalar olmaksızın Gülendam tarafından, bizzat kendi eliyle kapatılmasına kendisine bile çaktırmadan sevinse mi, yoksa gizli gizli kusurlar bulduğumuz insanların da bize öyle çok bayılmadıklarını idrak ettiğimiz zamanlarda hep olduğu gibi geri dönüp bu elbette ki hatalı görüşleri tamir etmek arzusu (ben aslında hiç de), öfke (sen kim oluyorsun da) ve vurdumduymazlık (amaan çok da) karışımı bir şerbet mi içse karar veremiyordu. Ama zaten Gülendam herhalde onu beğenmediğinden, sevmediğinden değil; kendisinin son zamanlardaki ilgisizliğini, gönülsüzlüğünü sezdiğinden ayrılmak istemiş olacaktı.

Gülendam'ın karşıdan kendisine doğru geldiğini görünce bir an bocaladı. Peşinden mi gelmişti?.. Yok canım, daha neler. Anlık bir göz yanılmasıyla yolun öbür tarafındaki yeşilli kızı Gülendam sanmıştı sadece.

Gülendam'a neler oluyor? Fasulye bakla bakla bakla pişmiyor, bana bakıyor. Hayırdır inşallah hey!

Gülendam'ın bundan sonra yaptıkları, düşündükleri ve söyledikleriyle kendisinden anbean uzaklaşacağını, hikâyesine kendisinden sonra eklenen her yeni parçayla her geçen gün biraz daha yabancılaşacağını düşününce içi cız eder gibi oldu Mert'in. Aynı anda beliriveren artık Gülendam'ı annesine beğendirmek zorunda olmadığı düşüncesinin yanına koşarak eklenen bir başka hatıra, Gülendam'ı arkadaşlarıyla tanıştırdığı zamanlarda beliren ve Gülendam'a tanışılan arkadaşın gözüyle bakıp da onu "biraz, şey, yetersiz de değil de, ne bileyim, Mert'in yanında düşüneceğimiz türden birisi değil mi demeli" bulan *diğer* Mert'in hatırası içinin sıkıntısını bulandırıyordu.

Eve vardığında anahtarı olmasına rağmen zili çaldı. Kapıyı ablası açınca şaşaladı. Fırat'ın iş bilmem nesi için Konya'ya gitmesi lazımmış, Sevim de fırsat bu fırsat, Nazlı'yı alıp annesine geleyim demiş. Demir abi? Demir abinin de arkadaşlarıyla mı ne bir programı varmış.

İki üç gündür eve uğramadığı için yanında gezdirdiği sırt çantasını portmantonun yanına bıraktı Mert. Annesi içeriden gelenin Mert olduğunu duyunca "Aman da paşam evin yolunu bilir miymiş!" diye sesledi. Hep beraber salona geçildiğinde Mert sevinerek fark etti ki aileye neşeli, uçucu, elyotrop gibi bir hava hâkimdi. Mert de dışarılarda dolanıp yorulup kirlenip sonrasında eve dönünce sıcak bir banyoya kendini bırakır gibi gövdesini bu havaya emanet etti. Nedendir bilinmez şakalaşıyorlar, kimsenin bir ekrana bakmadığı, herkesin tüm dikkatinin odadaki diğer insanlar ve konuşulan mevzular üzerinde olduğu nadir bir yakınlık anı yaşıyorlardı. Bir ara konu Nazlı'nın yaklaşan müsameresine geldi, yoğun istek üzerine Nazlı odanın ortasına dikilip (Mert sehpayı itip abartılı hareketlerle Nazlı'nın sahnesini hazırladıktan, üstüne bir de komik bir ifade takınıp "Başka bir emriniz var mıydı efe'm?" diye sorarak Nazlı'yı güldürdükten sonra) kollarını gövdesine yapıştırdı, doğada on yaşın altındaki çocukların okul gösterileri hariç hiçbir yerde görünmeyen bir tonlama ve vurguyla, takıldığı yerlerde annesine bakarak, olmadı başa sarıp aynı dizeleri hızla tekrarlayarak yutkuna yutkuna şiirini okudu. Gösteri büyük beğeni ve alkışlarla karşılandı.

Alkışlar sönerken bir anda ayağa fırlayan Nermin Hanım "Çocuklar çorba koymayı unuttum. Hemen bir koşu gidip koyayım. Yayla çorbası mı istersiniz, mercimek mi?" diyerek iki çocuğunun yüzlerine baktı. Mert ve Sevim kararsızca birbirlerini süzerlerken Fikret Bey "Yayla yap, yayla, Sevim onu sever," diye meseleyi herkes adına karara bağladı.

Babasının bu davranışı Sevim'de sessiz bir şaşkınlık ve minnettarlık doğurmuştu. Yıllarca Mert'in alışkanlıkları, Mert'in zevkleri, Mert'in huysuzlukları, Mert'in uyanma saatleri, Mert'in "Sevim kızım, kardeşin sokaktan geldi, açtır, bir çorba ısıtıver de karnını doyursun"ları etrafında örgütlenen aile hayatlarında onun da tercihlerinin dikkate alınacağı, hatta önceliklendirileceği bir an gelmişti demek. Sevim koşup babasını öpmek, iyice küçüklüğünde olduğu gibi kucağına tırmanıp bacaklarını sallayarak başını babasının boynuna gömmek istedi. Hislerini belli etmesi uygunsuz kaçacağından uzak bir noktaya bakar gibi yapıp gözlerini kırpıştırıp duruyordu.

Ne var ki Sevim'in hayatında neredeyse bir dönüm noktası sayılacak bu toplam beş saniyelik vaka, olayın diğer aktörü Mert'in şuurunun yüzeyinde en ufak bir kıpırtı bile yaratmamıştı. Zira bu tür kayırışların öznesi olmasa bile odaktaki nesnesi olan pek çok insan gibi Mert için de bir yayla çorbası sadece bir yayla çorbası idi. Pirinçli bir çorbanın pişirilme sıklığına anlamlar yüklemek, bir çorbadan seneler süren bir haksızlık duygusu yahut nihayetinde belli belirsiz de olsa baş göstermiş bir adalet hissi devşirmek odağa yerleştirilenlere değil de kenarda kalanlara mahsustu.

Sevim bu meseleye daha fazla kafa yormak istemediğinden yıllar sonra aklanmış, adı temize çıkmış bir mahkûmun mağrur adımlarıyla annesine yardım etmek üzere mutfağa yöneldi. Nazlı dedesinin akşam haberlerini izlemek için televizyonu açtığını görünce dayısının kendisine kaldığını fark edip yavaşça yanaşıp iki elini Mert'in kulağına dayayıp fısıltıyla "Gülendam ablam napıyor?" diye sordu ve Mert'in hayatına dair bu gizli ve önemli bilgiye mazhar olmanın getirdiği tarifsiz heyecanın yüküne daha fazla dayanamayıp kıkırdadı. Mert ile Gülendam birkaç ay önce Nazlı'yı alıp bütün gün gezdirmişler ve çocuğu saadetten handiyse deliye döndürmüşlerdi. Gülendam'ın Nazlı'ya yaranmak yahut sevgilisine hoş görünmek arzusundan bağımsız bir biçimde Nazlı'yı ciddiye aldığını, gün içinde sık sık Nazlı'nın fikrini sorup ona da kararlarda eş söz hakkına sahip bir "büyük" insan muamelesi yaptığını Nazlı çocukların şaşmaz sezgisiyle hissetmiş ve bu sayede Gülendam ablasını çok sevmişti. Mert soruya ne cevap vermesi gerektiğini bilemeyerek, "İyi, ne yapsın. Dersleriyle uğraşıyor," diye geveledi. Bir sonraki soru daha kazık bir yerden geldi "Beni bir daha ne zaman gezmeye götüreceksiniz?" Mert, çocukların yanıtlanamaz sorularıyla karşılaşan neredeyse bütün yetişkinler gibi "Bakarız," dedi. (Kendisi küçükken sorularına "bakarız" yanıtını almayı ne kadar bezdirici bulduğunu unutmuş muydu?)

Nazlı'nın yüzü asılır gibi olunca Mert hem çocuğun neşesini yerine getirmek hem de kendisine gösterilen sırdaşlığa mukabele etmek için "Ozan eniştemiz ne yapıyor bakalım?" diye sordu. Nazlı bir yandan göz ucuyla dedesinin Mert'in dillendirdiği ayıplı konuyu duyup duymadığını dehşet içinde kontrol ederken bir yandan arzusunun bu bir buçuk metre boyunda bile olmayan nesnesinden söz edebilmenin verdiği hazla canlandı. Dayı yeğen kafa kafaya verip Ozan'ın aslında Gizem'den mi yoksa Nazlı'dan mı hoşlandığı meselesine ciddiyetle eğildiler. Mert, Ozan orada gül gibi Nazlı dururken Gizem'i seçecek kadar akılsızsa zaten kendisinin kaybedeceğini, eğer öyleyse üstelik de cehennemin dibine kadar yolu olduğunu belirterek kimi ufak gönülleri fethetti. Bu küçük toplantının katılımcılarından birinin dile getirdiği birtakım endişeler üzerine genç adam, mavi gözlü kızların genelde boş bakışlı olduğunu, en güzel kızların kahverengi gözlü kızlar olduğunu ve bunu herkesin bildiğini de sözlerine ekledi. Burak'ın da meğer aslında Nazlı'dan hoşlanıyor oluşu, ama Burak'ın derste öğretmenden gizli sümüklerini yiyen pis iğrenç bir çocuk olduğu gerçeği de toplantının kapanış notlarına eklendi.

Bu esnada balkona güzel bir sofra kuruldu, yaz akşamlarının sultanı çoban salata ortaya yerleştirildi. Sevim hâlâ sönmemiş, başka diğer duyguların üstünde köpüklenip duran bir sevinçle yayla çorbası tenceresini masaya getirdi. O esnada ılık bir rüzgâr çıktı, yüreklerdeki iyi, ferah duyguları havalandırdı. Nazlı'yla konuşması nihayetlenirken bir anlığına durgunlaşan Mert sanki bu durumu telafi etmek ister gibi masaya geçerken "ablalar şahı" diye Sevim'in yanağından bir makas aldı. Gece boyunca yenildi, içildi, gülündü; boy boylandı, soy soylandı. Harareti alır diye güzel bir çay demlendi, Nazlı minik elleriyle anneannesinin saçlarında yeni öğrendiği balıksırtı örgünün alıştırmalarını yaptı. Mert ile Fikret Bey tavlaya oturdular. Sevim balkona kadar dallarını uzatmış yaseminleri uzanıp kokladı. Çok fena mars olan Mert'e bakıp "Oğlum senelerdir babamı yenebileceğin umudunu yitirmedin resmen," diye güldü. Uzaktan bakanlar için gece yarısına kadar ışığı yanan bu balkonda aile saadeti masadaki can erik, saksıdaki açelyalar gibi elle tutulur, gözle görülür bir şeydi.

Gülendam Mert'in aklına bir kez daha ancak gece olup da Mert anne evinin, baba ocağının en kıymetli veçhelerinden birini teşkil eden yeni yıkanmış serin beyaz çarşafların arasına girdiğinde geldi. Bu çarşaflar yoklukları başka evlerde, başka yataklarda hissedilmekten ziyade ancak kendilerine bir kez daha kavuşulduğunda ne kadar özlendiğini hissettiren kenarları dantelli, eski usul çarşaflardı. Üzerinde günün yorgunluğu, ağzında hâlâ geride bıraktığı birkaç saatin tadı ile çocukluğundan beri uyuduğu yatağa uzanmış bekleyen Mert Gülendam'ın aklına takılacağını biliyordu. Yine biliyordu ki Gülendam daha pek çok günler zihnini meşgul edecekti. Ama bu akşam değil. Bu akşam, evinde, yatağında, böyle sarınıp sarmalanmışken Gülendam'ı düşünmesine gerek yoktu henüz.

Yine de hemen uykuya dalamadı Mert. Temiz bir zihin ve hafif bir yürekle yatağında döndü durdu.

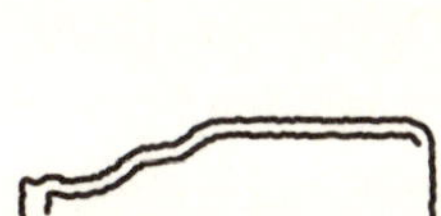

[sonra] Sonra insanlar evlenir. Bir yuva kurarlar. Yavaş yavaş tahammül etme güçleri biter. Affetme kudretleri de. Herkes yapılan fedakârlıkların acısını birbirinin ümüğüne çökerek çıkarır. Ama ben de... Üstelik sen... Çocuklar doğar büyür büzüşürler. Oradan kaçıp nefes almak, geçen sefer eksik olanı bu sefer doğru yapmak isterler. Sonra da denenip denenip olmamışı bir de kendileri denemeye kalkar. Sonrası hüsran.

(Cinnet?)

[nazlı] Allahım noooğlur annemle babam ayrılmasın noğlur noğlur noğlur. Ben bir daha hiç çikolata istemeyeceğim yeterki annemle babam ayrılmasın Allahım noğlur. Onun yerine Çaki ölsün, annemle babam ayrılmasın Allahım noğlur.

[gülendam] Metro istasyona yanaşıp nihayet kapılarını açtığında bok rengi saçlı bir kadın, sanki Gülendam orada deminden beri kapının açılmasını beklemiyormuş gibi Gülendam'ı ittirip önüne geçti. Gülendam kadının yağlı, yampiri bacaklarına tekmeyi indirmemek için kendini zor tutuyordu. Kapının hemen dibinde anasının kucağında bir velet zırlayıp duruyor, anası da çocuğun suratını tükürük içinde bırakacak şekilde öpüp teskin etmeye çalışıyordu. İblis yavrusu ilgi gördükçe iyice şımarmış, haykırışlarının desibelini artırdıkça artırmıştı.

Gülendam içinde davullar gümbürdeyerek bir müddet yol aldıktan sonra nihayet kendi istasyonuna geldiklerinde trene binmek isteyenler inmek isteyenleri bekleyemedikleri için çantasına sıkı sıkı sarılıp önüne gelene omuz atarak ilerlemek zorunda kaldı. Midesinden kopup gelen hınç dalgasının üzerinden kafasını kaldırıp baktığında o çantayı önündekilerin suratına suratına indirivermek yahut avaz avaz bağırmak ile arasında hiçbir şey kalmadığını dehşet içinde fark etti.

Evine giden yokuşu tırmanırken Gülendam, belki de o sinirle etrafına dikkat etmediği için takılıp düştü. Kucağındaki, ağzını iyi kapatmadığı için çantasındaki kitaplar defterler kâğıtlar yerlere saçıldı. Karşıdan gelenler hiç istiflerini bozmadan yollarına devam ettiler. Arkadan gelenler de etrafından dolanıp istiflerini mümkün olduğunca bozmayarak yollarına devam ettiler. O kadar ki, bazıları iki adım sağa kayıp Gülendam'ın kâğıtlarına basmama gayretini bile göstermediler. Şehir önemli işler yapan, varması gereken yerler olan insanlarla doluydu. Varacak yeri olmayanlar da çaktırmadan Gülendam'ın seyrine baktılar.

Gülendam kirlenmiş dağılmış eşyasını topladı; yoluna devam edeyim derken üç adım sonra tekrar tökezledi, düşer gibi oldu. Karşıdan gelen ve Gülendam'ın ikinciye düşer gibi olduğunu fark eden bir adam yanındaki kadını Gülendam'dan korumak ister gibi kolunun altına aldı. Adamın yüzündeki temkinli tiksinti ifadesi, belki bir tutam da acımaya bulanmıştı. Ama bu acıma daha ziyade "Hadi bacım hadi, Allah versin," diyen bir acımaydı. "Kim bilir deli midir, sakat mıdır, evlerden ırak, Rabbim esirgesin, cık cık, şeytan kulağına kurşun" diyen bir acımaydı. Gülendam şehrin uyumlu sakinlerini yutacak bir kara delikti; adamın yanındaki kadını Gülendam'dan korumak istemesinden doğal ne vardı?

[ezgi] Ezgi Gülendam'ı çok seviyordu, aşırı tatlı buluyordu falan filan da Gülendam söz konusu olduğunda zaman zaman Mert adına gizli bir utanç duymaktan da kendini alıkoyamıyordu. Böyle düşündüğü için suçluluk duyuyordu elbette, belki de bu suçluluk hissini bastırmak için ne zaman Gülendam mevzusu açılsa annesine ve teyzelerine karşı Gülendam'ı ateşli bir şekilde savunmaya devam ediyordu. Birisi yüzleyecek olsa Ezgi bu düşüncelerini son derece inandırıcı bir şekilde inkâr ederdi etmesine (kendisinin bile gözünün önünden hızla süpürdüğü fikirlerdi bunlar nihayetinde) ancak Gülendam'ın kimi ufak tavır ve halleri Ezgi'nin Gülendam'a olan sevgi ve bağlılığına gölge düşürüyordu. Aslında Gülendam'ın Mert üzerinde, en azından teoride, iyi bir etkisi olabileceğinin farkındaydı ama bu ikisinin ilişkisini ne yapsa kısa vadeli, gelip geçici bir hevesten öte bir şey olarak göremiyordu.

Gülendam'ın hiçbir zaman bahşiş vermeyişi mesela, hep beraber senelerdir dinledikleri gruplardan tamamıyla bihaber oluşu, işin kötüsü bir türlü öğrenmeyişi, Ezgi uyarana kadar kadın yerine sürekli "bayan" demesi, askılı elbiselerinin içine giydiği koltuk altları hafif sararmış beyaz tişörtler...

Neyse. Hal böyle olunca, Ezgi Mert'le Gülendam'ın ayrılmalarına üzüldü üzülmesine, ama bu ayrılığı aynı zamanda romanın başında hareket eden trenin romanın sonuna doğru esas karakteri ezmesi gibi, oyunun başında görünen silahın, oyunun sonunda patlaması gibi kaçınılmaz bir durum olarak değerlendirdi. Zaten dergi, Utkan derken, işi, derdi başından aşkındı. Mert de pek öyle üzgün, yıkılmış görünmüyordu, e daha ne?

[ward hunt buz sahanlığı] 2000 yılında uzaydan çekilen bir fotoğraf Ward Hunt Buz Sahanlığı'nda dev bir yarığın oluşmaya başladığını gösterdi.

[gülendam, ilker ve mert] Mert o sene ödev olarak verilen projeyi Gülendam ve İlker ile yapmak için ısrarcı olurken bu kararı öncesinde uzun uzun düşünmüş değildi. Ortada uzun uzun düşünecek bir karar da yoktu esasında. Sınıfta en iyi tanıdığı, birlikte en rahat çalışabileceği, hadi adıyla söyleyelim, nazının sözünün en çok geçeceği iki insan Gülendam ve İlker'di nihayetinde. Gülendam ile ayrılıkları taze sayılırdı evet ama konuşarak, anlaşarak, dostça ayrılmışlardı. Ayrılıklarından sonraki günlerde Gülendam'ın hiçbir kırgınlık yahut kızgınlık belirtisi göstermeden, sağda solda kaçınılmaz olarak karşılaştıkça içten bir nezaketle halini hatırını sorduğunu görünce de Gülendam ile ilişkisine sevgililiğin bütün yüklerinden azade eskisi gibi devam edebileceğini düşünüp sevinmişti. Kendini Gülendam'dan mesul hissetmemek ne büyük rahatlıktı.

Gülendam'ın şu an hayatta istediği en son şey İlker ve Mert ile beraber bir proje yürütmek, ders aralarında buluşup kafa kafaya verip konuşmak, hafta sonları sabah erken kalkıp İlker ve Mert ile buluşmaya gitmekti ama çağrıldığı her yere giden, kendisine güvenen insanları yüzüstü bırakmaktan ölesiye korkan Gülendam Mert'in ısrarını kıracak bir bahane bulamamıştı. İlker'e gelince... İlker her zamanki gibi kapalı kutuydu. Tam olarak ne hissettiğini, ne istediğini kendisinden bile gizlemeyi başarıyordu.

Hafta sonları buluştukça çalışmaları Mert'in "Şuraya da gidelim, şunu da görelim, önce bir çay içelim," önerileriyle bölünüp duruyor; bir türlü aşama katedemedikleri için Gülendam'ın içi içini yiyordu. Bütün günü beraber geçirip gün sonunda proje namına hiçbir şey yapmadan evlere dağılmış oluyorlardı. Mert hayatından memnundu. Hâlâ kendisini sevdiğinden adı gibi emin olduğu eski sevgilisini bir oraya bir buraya sürüklemesinde, ara sıra saçını okşayıp yanağından makas almasında acımasızca bir yan olup olmadığını kendisine hiç sormadan neşeyle ve baştan sona iyi niyet kokan bir tavırla bir kolunu Gülendam'ın bir kolunu İlker'in omzuna atıyor, şen bir papağan gibi şakırken Gülendam ve İlker'in kendisine duyduğu sevgi ve bağlılıktan güç alarak yere daha bir sağlam basıyordu.

Gülendam kendisini sürekli Mert'e olan sevgisini dizginlemek ve bastırmak zorunda hissettiği için hiçbir keyif almadığı bu buluşmalara yine de uyurgezer edasıyla çağrılır çağrılmaz iştirak ediyor, ama gün boyu yapmaları gerekenleri yapmak yerine sağda solda vakit öldürdüklerini düşündüğünden diken üstünde oluyordu. Gülendam bahtının rüzgârına kapılmış gidiyordu.

Bütün bunlar olup biterken İlker'in bitmek bilmeyen hırçın tutumu da Gülendam'ın işini kolaylaştırmıyordu. Her dediğine itiraz eden, her söylediğini sorgulayan, yeri geldiğinde kendisiyle acımasızca alay eden İlker'in karşısında büsbütün çaresiz kalıyor, bazen böyle anlarda Mert'in kendisini İlker'den korumasını beklediğini fark edip bir de kendine öfkeleniyordu.

Gülendam bu konu hakkında ne düşünürse düşünsün şu durum aşikârdı: İlker Gülendam'a düpedüz ince ince eziyet ediyordu. Sözgelimi araştırmaları için huysuz bir görevliden izin alınması gerekiyorsa Gülendam'ın bu konulardaki çekingenliğini bir sırtlan gibi sezen İlker muhakkak Gülendam'ı öne sürüyor, adamla eninde sonunda Gülendam konuşmak zorunda kalıyordu.

[ward hunt buz sahanlığı]

2002 yılında Ward Hunt Buz Sahanlığı ortadan ikiye ayrılmıştı.

[pınar] Pınar, aradan bunca zaman geçmesine rağmen Nermin teyzesiyle Fikret eniştesinin komşuları Osman Bey'in oğluna evet demediği için kendisine hâlâ biraz küs olduklarını biliyordu. Sonuçta, onların açısından bakıldığında böylesi güzel bir kısmeti tepmek kadir kıymet bilmezlik değil de neydi?

Ne var ki, kendisi de, onların bu kırgınlığa ısrarla tutunmalarına bozuluyor, çoktan kapanmış olması gereken bir defterin her fırsatta önüne sürülmesine içerliyordu. Üstelik, böyle aile arası husumetlerde hep olduğu üzere gizemli, kimliği belirsiz kişiler "Bak benden duymuş olma ama, laf aramızda," diye diye haneler arası espiyonaj ağını işletmiş, Pınar teyzesiyle eniştesinin arkasından, günahı söyleyenlerin boynuna, "Gelmiş bilmem kaç yaşında, o kat kat göbekle bundan iyisini zor bulur o," diyecek denli ileri gittiklerinden haberdar olmuştu.

Tüm bunlardan sonra Pınar acaba şimdi Sevim'in evliliğinin bitmesine, kucağında bir çocuk, bohçasını alıp babaevine dönmesine bakıp gizli bir zafer, bir haklılık duygusu duyuyor muydu yüreğinde?

(Yok canım, daha neler. Ne kadar ayıp. Hiç olur mu öyle şey.)

[ilker ile gülendam] İlker ile Gülendam yine projeleri için bir araya gelmiş, yarım saattir Mert'in gelmesini bekliyorlardı. İlker bir koşu tuvalete gitmişken, dördüncü aramasında Mert'e ulaşabildi Gülendam. "Canım ya, ben kendimi hiç iyi hissetmiyorum, bugünü iptal etsek olur mu?" dedi Mert. Bu sorunun tek bir cevaba izin verdiğini bilen Gülendam lafı uzatmadan Mert'le hızlıca vedalaşıp telefonu kapattı. Son dakikada fikir değiştirdiğine adı gibi emin olduğu Mert'e bir şey söyleyemedi ama neredeyse bir saat otobüs bekleyip trafikte sıkış tepiş bir hiç için ta buralara geldiği aklına geldiğinde Gülendam'ın öfkeden gözleri doluyordu. Alelacele gözlerini silerken İlker tuvaletten geri döndü. Gülerek bir şey söylemeye hazırlanıyordu ki, Gülendam'ın yüz ifadesini görünce vazgeçti. "Hayırdır, neyin var? Çok boynu bükük duruyorsun," dedi alaycı bir ifadeyle. Yine zayıf bir anını yakalayıp çekinmeden vurduğunu, eğlendiğini düşündüğü İlker'e kendini ele vermemeye uğraşıp muvaffak olamayan bir ses tonuyla, göz temasından kaçınarak "Mert gelemiyormuş. Ben de döneyim bari. Yolum uzun. Sabah çıktım zaten evden," dedi. Yerinden kalkmaya davranırken İlker Gülendam'ı kolundan tutup sandalyesine geri oturttu. "Bari bir yemek ye, öyle git. Aç acına yola çıkıp ne yapacaksın?" derken hayret ki ortalarda görünen bir garsona bir menü getirmesi için işaret etti. İlker menü gelince yemek yemek istemediğini söyleyen ama hâlâ sıkıca kolundan tutup bastırdığı için gidemeyen Gülendam'ın cılız itirazlarına aldırmadan bir mercimek çorbası söyledi.

Çorba siparişi verilip işler geri döndürülemez bir hal alınca Gülendam uysallaşmıştı. Gitmeye yeltenmeyeceğini hisseden İlker kolunu bıraktı. Dalgın dalgın denizi seyrederek, hiç konuşmadan oturdular. Gülendam ara sıra derin derin iç çekiyor, masalarına bırakılmış suyun şişesinden kopardığı ve elinde bölük pörçük ettiği kâğıt parçalarıyla oynuyordu. Önlerinden bir adam "Zalim beni söyletme derunumda neler var," diye bir şarkı mırıldanarak geçti.

Bekleyiş uzadıkça uzuyordu ama alt sınıfın ziyan ve masraftan kaçınma terbiyesi iliklerine işlemiş Gülendam'ın aklına çorbayı içmeden de kalkıp gidebileceği gelmiyordu. Asık suratlı bir başka garson çorbayı getirip masanın orta yerine bırakıp uzaklaştı. Gülendam'ın kımıldamadan oturmaya devam ettiğini gören İlker çorbayı kendi önüne çekti. Yavaş, ölçülü hareketlerle çorbaya limon sıktı, üzerine dikkatlice pul biber serpti. "Herhalde kendisi içecek," diye düşündü Gülendam. Midesi gerçekten kazınıyordu aslında. O esnada işi biten İlker'se çorbayı kaşıklamak yerine kâseyi Gülendam'ın önüne doğru ittirdi. "Biraz hasta gibisin zaten, iç bitir bakalım çorbanı," dedi. Gülendam hiçbir şey demedi. Uslu bir çocuk gibi kafasını kaldırmadan yavaş yavaş içti çorbayı.

Çorba bitip de başını kaldırdığında İlker'in dikkatle kendisini izlediğini gördü.

"Doydun mu?"

"Doydum, teşekkür ederim."

"Başka bir şey ister misin?"

"Yok, sağ ol."

"Kadayıf söyleyelim mi, sen seversin?"

"Gerek yok."

"Hadi madem," diyerek Gülendam'ın cüzdanını bulmasına fırsat vermeden masaya bir kâğıt para fırlatıp kalktı yerinden İlker. Gülendam ruh gibi süzülerek peşinden geliyordu İlker'in.

Bir manavın önünde durdular. İlker kasalara şöyle bir göz gezdirdikten sonra "Bize üç tane mandalina verebilir misiniz?" dedi. Manav beğene beğene üç mandalina beğenebilen bu çifte hoşnutsuz bir ifadeyle şöyle bir baktı, üç mandalinayı gönülsüz gönülsüz bir poşetin içine yerleştirdi, tarttı, fiyatını söyledi. İlker parayı verdikten sonra torbayı alıp birkaç adım atıp bir elektrik direğinin dibinde durdu. Torbadan bir mandalina alıp torbayı koluna geçirdi. Mandalinayı soydu, ikiye bölüp yarısını Gülendam'a uzattı. Gülendam hiçbir şey demeden mandalinayı aldı, neden olduğunu bilmeden hepsini bir seferde ağzına tıktı. İlker gülmekten çekinir gibi Gülendam'a bakıp onun güçlükle mandalinayı çiğneyip yutuşunu izledi. Sonra poşeti tekrar eline aldı, elindeki yarım mandalinayı yemek yerine montunun cebine koydu, yollarına devam ettiler.

Otobüs durağına geldiklerinde karşılıklı birbirlerine bakarak durdular. Artık ikisi de rollerine alışmışlardı. Dünyanın en beklenen, en doğal hareketini yapan İlker uzandı, Gülendam'ın kapüşonunu başına geçirdi. Kapüşondan taşan saçları nazik bir hareketle içeri soktu. Kapüşonun iplerini özenle bağlayıp bir de fiyonk attı. Sonra hiçbir şey demeden gerisingeri döndü, kendi evine doğru yürümeye başladı. Elleri cebinde, başparmağıyla mandalinanın hassas derisini okşuyordu.

[ezgi] Utkan'ın ölümü, bu ölümün nedensizliği ve zamansızlığı, Ezgi'yle arkadaşlarının hayatlarının mizaha açık, gülünç yanlarının önemsizliğini o ana kadar bu arkadaş çevresine, yapıp etmeye çalıştıklarına hep bir mesafeyle bakanlar için (Ezgi'nin babası Necmettin Bey için, İlker için, hatta belki Gülendam için) bile bir bakıma görünür kılmış oldu. Eninde sonunda, bu çocuklar da işte böyle bir zamanda, işte böyle bir mekânda, işbu ahval ve şerait altında, kendilerince bir iyilik ve güzellik üretmek istiyorlardı. Bu saatten sonra artık onların ezbere hayatlar yaşamamaya kaynağı belirsiz bir içgüdüyle kararlı hallerine tepeden bakıp burun kıvırmak, "ben kendimi evlilik-maaşlı iş-çocuk zırıltısı" üçgenine hapsettirmem diyenlerin birer birer etraflarında herkes ne yapıyorsa (fotoğrafçılık ve içerik üreticiliği ve internet komikliği) tam da aynısını yapmaya başlamayı başkaldırı sanmasından eğlence çıkarmak değil; kendi hayatlarına yön verme, birbirlerine tutunup vasat yanlarına bile destek çıkmak çabalarına olsa olsa şefkatle, takdirle yaklaşmak gerekirdi. En nihayetinde, insanın hayatta yapabileceği hatalar, karşılaşabileceği felaketler, verebileceği zararlar, açabileceği yaraların tamamı göz önüne alındığında kişinin farklıyı, hakikiyi ararken tekrara, taklide düşmesi ne masum, ne kaçınılmazdı.

[mert] İlker ile Gülendam'ın arasının bilhassa gergin olduğu bir gün Mert ne yapsa bu gerilimi yumuşatamadı. Farklı konulardan sohbet açma girişimi her seferinde yüzüstü yere kapaklandı, sahilde biraz dolanma, bir yerlerde oturup sıcak bir şeyler içme önerilerinin hepsi sudan bahanelerle savuşturuldu. Kendini emniyetsiz hissettiği her durumda yaptığı gibi işi şakaya, alaya vurmayı denedi. İlker ve Gülendam'ı güldürme gayretleri başarısız oldukça (ki özellikle Gülendam'ın gülmüyor olması hiç hayra alamet değildi) Mert huzursuzlanıyor, neredeyse zevzeklik boyutuna ulaşan bir gevşeklikle ortamı rahatlatmaya çalışıyordu.

Kişinin anlamsız bir damara basma arzusuyla dolup sonradan kendisine "Ben ne akla hizmet böyle bir laf ettim?" diye şaşacağı o saçma cesaret anlarından birinde hiç olmazsa karşısındakilerden bir tepki almak için Mert öğretmenini kızdırmaya hazırlanan bir öğrenci edasıyla dan diye "Aman üzülmeyin. Büyük aşklar kavgayla başlar," deyiverdi. Bu lafa nasıl bir tepki bekliyordu elbette kendisi de bilmiyordu ama Gülendam'ın kıpkırmızı olduğunu; İlker'inse alenen kendisine sinirlendiğini görünce şaşaladı. Bir Gülendam'a, bir İlker'e bakarken birdenbire duruma uyandı. Bunca zamandır gözünün önünde olup bitene nasıl bu kadar kör kalabildiğine şaştı kaldı.

O günden sonra Mert'i sonu gelmez bir azap bekliyordu. Kendi gözleriyle baktığında ona bıkkınlık veren, omuzlarına ağır bir yük gibi çöken Gülendam İlker'in bakışlarıyla başkalaşmış, âdeta gizemli ve ulaşılmaz bir yarı-tanrıça mertebesine erişmişti. Alışık olmadığı bu duygu durumu ile nasıl başa çıkacağını bilemiyor, bu nedenle bir araya geldiklerinde Gülendam'a karşı kâh babacan, kâh umursamaz bir tavır takınmaya çalışıyordu. Gülendam'a Gülendam demeyi bırakıp "Gülo, Güloş, Gülibrik" diye türlü türlü lakapla hitap etmeye başlayışı da tam bu döneme tekabül eder.

Ne kadar belli etmemeye çalışsa da fırsatını bulduğunda Gülendam'ın ellerinde, boynunda ve başka yerlerinde takılıp kalan İlker'in bakışlarını her yakaladığında daha birkaç ay öncesine kadar o elleri rahatça öpüp koklayabildiğini unutuyor, İlker'in arzusundan kendisine yepyeni bir şehvet yaratıyordu. İlker'in beğenisiyle Gülendam ışıklanmış, derinleşmiş, kıymetlenmişti. Zamanında kendisinin Gülendam'da görmekten bıktığı ya da daha en başında göremediği şey neydi, İlker Gülendam'dan ne istiyordu – bunu kendisine hiç sormuyor, Gülendam'ın istenir oluşunun rüzgârına kapılmış gidiyordu.

Tüm bunlar olurken, bir yandan da anlaşılmaz bir biçimde Gülendam'ı İlker'den kıskanacağına İlker'i Gülendam'dan kıskanıyor, İlker'in bağlılık ve hayranlığının tek nesnesi olarak kendisini gördüğü eski günlere ulaşmaya dair bir özlem duyuyordu. İlker yine tüm dikkatini ona versin, en büyük sadakati ona duysun, Gülendam aralarından çıksın.

Gülendam yine kendi özel oyuncağı olsun, onunla bir tek Mert oynasın.

Ne var ki zavallı Gülendam Mert'in ilgisinden ümitlenir gibi olup Mert'e yakınlık göstermeye kalkışır kalkışmaz Mert yine yeni baştan Gülendam'ın ne sıkıcı ve boğucu bir mevcudiyet olduğunu hatırlıyor; kızı tersleyip kendisinden uzaklaştırmak istiyordu. Bu tutum İlker'in sessiz ilgisinin Gülendam'da bilhassa yoğunlaştığı bir zamana kadar devam ediyor, İlker bakarken Gülendam Mert'in nezdinde sil baştan ışıklanıyordu.

Durum üçünün de silkinip kendini kurtaramadığı ufuksuz bir cehennem azabı halini almıştı. Kâh itilip kâh çekilen her şey gibi onların da durulmaları zaman alıyordu.

[ev] Muhabbet Apartımanı beşinci kattaki dairenin kapısında artık Fırat Karemin yazmıyor. Duvarların mavi boyası, son gördüğümüzden bu yana biraz daha solmuş. Buzdolabı boşaltılmış, fişi çekilmiş. Dolaplardaki bardaklar, tabaklar eksilmiş. Banyoda bir küf kokusu. Orta odadaki valiz gitmiş, kitaplar da yok. Koridorun sonundaki pembe odada yastıklar saklanmalarına yardım ve yataklık edecekleri ayıcıklı pijamaları boş yere bekliyorlar.

Uzun zamandır içinde kimsenin yaşamadığı bu mahzun dairenin kirası ayın birinde, düzenli olarak ev sahibinin hesabına yatmaya devam ediyor.

[mert] Mert eve dönerken apartmanın hemen yan tarafında otun çerin çöpün içinde bir oyuncak zürafa fark etti. Yaklaşıp bakınca, bunun Fırat'ın bir iş gezisi dönüşünde Nazlı'ya getirdiği, Nazlı'nın uzunca bir dönem sarılıp öpmeden uyuyamadığı kıymetli zürafası Çonçon olduğunu gördü. Balkondan düşmüş olacaktı. Tozunu silkeleyip kucağında eve çıkardı zürafayı. Nazlı ile Sevim yoktular. Boşanma işleriyle iyice sinirleri bozulan çocuk, anlaşılan bu sefer de kayıp bir defterin peşine düşüp evi birbirine katmış, "Ben defterimi istiyorum, içine bilgi yazıyordum ben onun," diye uzun süre teskin edilememişti. Sevim yeni defter almak üzere Nazlı'yla bir alışveriş merkezine gitmişti, Nermin Hanım da Nazlı seviyor diye patates ve köfte kızartmakla meşguldü. Haftalardır, neredeyse sabah akşam köfte patates yeniyordu evde.

Mert, Nazlı ile Sevim yanlarına taşınalı beri odasını onlara bıraktığından gönüllü sürgünde olduğu oturma odasına attı kendini, bir yandan zürafanın kafasını okşarken kanepede uyur uyanık, düşünce bile denemeyecek görüntüler geçirdi kafasından. Okul bu sene de bitmeyecekti. Bitse iyi olurdu tabii, ama bu temennide bile, okulun bitişini kendi kudretinin ötesinde birtakım tesadüfler ve kuvvetlere bağlı gören iyimser bir tevekkül vardı. Okul uzardı ya da biterdi, ablası evlenir ya da boşanırdı, Gülendam yaklaşır ya da uzaklaşırdı, hayat öyle ya da böyle akıp gidiyordu işte; Mert alıştığı bildiği rahat ettiği düzeni ufak alışkanlıklarında gören tok gözlü bir ruhtu. Olan oluyordu, olmayan olmuyordu – bir vakit kuvvetle istediği şeyler bile kayıtsız mizacının duvarlarına çarpa çarpa aşınıp yumuşak, uysal yönelimler halini alıyordu; bu isteklerin peşinde koşmak, hayatına bunlar doğrultusunda yön vermeye çalışmak ne manasızdı. Son tahlilde, kendisinin bile ciddiye almadığı arzularına başkalarının nasıl talepler ve beklentiler yüklediğine anlamaz gözlerle bakmaktan başkası gelmiyordu elinden. Ne var ki anlamaması bile iyi huylu, kendince zararsızdı Mert'in. Etrafındakiler de eninde sonunda bu körlüğün ayırdına varıp Mert'i bildiği gibi yapması için kendi haline bırakmıyor muydu zaten?

Kapı açılıp Nazlı'yla Sevim'in içeri girdiklerini duyunca hemen yerinden doğrulup zürafayı Nazlı'ya göstermeye gitti: "Bil bakalım ben sokakta ne bulduuum!" Sevinip boynuna sarılacağını sandığı Nazlı'nın yüzü bulutlandı "O cezalıydı dayı." "Nasıl yani?" "Yaramazlık yapmıştı, ben de onu balkondan attım ölsün diye."

"Aa, yazık değil mi, yesyeni oyuncak," diye lafa karıştı Nermin Hanım. Nazlı bir şey demeden oyuncağı alıp arka odaya gitti. Sevim, Mert, Nermin Hanım ve sesleri duyup salondan kalkıp gelmiş olan Fikret Bey sessizce birbirlerine baktılar. Sevim eliyle diğerlerine bir işaret yapıp kendini duyurmadan Nazlı'nın peşinden gitti. İçeride Nazlı eline bir kalem almış, hızla zürafaya saplamaya çalışıyordu. Tükenmezkalemin mürekkebi zavallı Çonçon'un karnını masmavi boyamıştı. Sevim ne diyeceğini bilemediği için gerisingeri salona döndü.

[ward hunt buz sahanlığı]

Su geliyor.

[fırat] Dudu Hanım ile Abdullah Bey ne kadar dil dökerse döksün, Fikret Bey Fırat'ı karşısına alıp kâh babacan, kâh otoriter bir tavırla ne kadar konuşursa konuşsun Fırat kararından dönmedi. Boşanmayı isteyen taraf olarak, evi olduğu gibi Sevim ile Nazlı'ya bırakmayı bizzat kendisi teklif etti. Sevim "düşünmek" için ailesinin evine döndükten sonra Nermin Hanım, başlarına gelen bu büyük talihsizliğe Nazlı'ya belli etmeden ağlamaya çalışmaktan fırsat buldukça Sevim'e "Sakın ahmaklık edip nafaka istemezlik etme. Arabayı da üstüne yaptır," diye akıllar verdi. Bu oturumların kırk altıncısının sonlarına doğru sabrı taşan Sevim hayatında ilk defa annesine bağırmış oldu.

Fırat valizlere doldurduğu kıyafetlerini, ilk ayakta lazım olur diye birkaç koliye doldurduğu tabak çanağı, bir iki nevresim takımını yüklenip Demir'i de biçare, sadık bir köpek gibi peşinden sürükleyerek yeni tuttuğu bekâr evine taşındı. İki kardeş bir müddet dışarıdan yemek söyleyip olmadı her öğün yumurta kırarak sefil olduktan sonra bu böyle olmayacak diye iyi kötü bir düzen tutturmaya karar verdiler. Ömürlerinin önceki demlerinde pek tatmadıkları bir yoldaşlık duygusuyla kafa kafaya verip eve duş perdesi, mandal, çay süzgeci almaya çıktılar. Demir, Fırat seviyor diye bir yerlerden bulup Kayseri mantısı haşladı bir akşam yemek için. Fırat, kırılmasınlar diye Nazlı'nın eski okul defterlerinden birisinden yırttığı sayfalara sardığı öte beriyi nihayet çıkarıp dolaplara yerleştirdi.

İşi biten kâğıtları kaldırıp çöpe atacaktı ki, kızına dair bir özlem ve merak duygusu yüreğini doldurdu. Nazlı okulda neler öğreniyor, defterine eciş bücüş yazısıyla neler yazıyordu acaba? O akşam, bu merak ve özlem sayesinde Fırat, tesadüfen de olsa, ançuyezin yani hamsi demek olduğunu ve kola içen çocukların boyunun çok uzamadığını öğrenmiş oldu. Nazlı'nın minik kafası demek dünyaya böyle bakıyor, dünyaya bakınca işte bunları görüyordu. Fırat kendi yapıp ettikleriyle o dünyayı şekillendirdiğini, kızının hayatında bir rol oynadığını belki ilk defa böyle içtenlikle hissetti. Demek o dikkatsizce kolunu her salladığında Nazlı'nın dünyasında bir yüzeye çarpıyor, her hareketi Nazlı'nın kafasında binbir yankı uyandırıyordu. Bu düşünce silsilesi, üzerinde durmak istemediği başka bir düşünceyi peşine takıp getirdi. Nazlı'yı sormak için her telefon edişinde Sevim, bu durumdan Fırat'ı sorumlu tuttuğunu gizlemeye çalışmadan, Nazlı'nın oyuncak dövmek yahut camdan atmak gibi yeni yeni huylar geliştirdiğini anlatıyordu. Zaten kendisi de haftada bir Nazlı'yla gezmeye, sinemaya, lunaparka götürdüğünde çocuğun eskisinden daha dalgın, neşesiz olduğunu görüyordu.

Tüm bu üzüntü, endişe ve pişmanlık zincirine rağmen Nazlı'nın ansiklopedisini okumak iyi geldi Fırat'a. Nazlı demek, annesiyle babasının tüm yaptıklarına (ve yapmadıklarına) rağmen, böyle yumuşak yürekli, böyle tatlı bir çocuktu. Bu defter Nazlı'nın duru bakışının arasında hayatını sürdürdüğü akılsız yetişkinlerinkinden çok daha evla, çok daha esnek, çok daha dirayetli olduğunun ispatı değil miydi? Kızı, yunusların ve penguenlerin ve eltilerin bilgeliğine erişmişti; annesiyle babasının ahmaklığı ona vız gelirdi.

Fırat birkaç sefer üst üste okuduğu sayfaları özenle katladı. Filizlenmekte olan yeni hayatları için bir umut ve şans muskası olarak götürüp dikkatle yatağının başucundaki çekmeceye yerleştirdi.

[gülendam] Gülendam İlker'in bir gün sevecen, on gün asık suratlı ve ısırgan tutumundan, Mert'in pür heves ve sıfır icraat hallerinden bıktı. Bu ikisinin rüzgârıyla bir oraya bir buraya savrulmaktan yoruldu, hafta sonları sabahtan akşama çalıştı, uğraştı didindi, takıldığı yerlerde Deniz Hoca'nın güleryüzlü, sıcak tavrından aldığı cesaretle sık sık hocasına danışıp ödevi teslim tarihini geçirmeden bitirip teslim etti. Onun bu gayretkeş tutumundan, ortaya çıkardığı işten oldukça memnun kalan Deniz hocası Gülendam'ı odasına çağırdı. Avrupa'da filanca okuldaki yüksek lisans programına başvurmasının iyi olacağını, o programa kabul olması ve uygun bir burs bulması için elinden geleni yapacağını söyledi. Gülendam birkaç teşekkür sözcüğü geveleyip bu konuyu düşüneceğini söyledi.

*

Gülendam ne istiyordu?

Gülendam sevilmek beğenilmek anlaşılmak hoş görülmek şımartılmak hoşa gitmek ne yapsa yine sonunda vazgeçilmemek kıymet görmek kendini güvende hissetmek istiyordu. Herkes bunu istiyor, belki de bu nedenle kimse bulamıyordu. Tam buldum sanırken elinden hop kayıp gidiyordu. E ne de olsa almadan vermek Allah'a mahsustu. Peki ya istemek? İstemek de insana mahsus, insanın ta kendisi değil miydi?

Gülendam o güne kadarki hayatını –farkına bile varmadan– hep bir şeylerin hazırlığı olarak yaşamıştı. Sanki o güne kadar yapıp ettikleri bir tür ısınma, alışma devresiydi de bir an gelecek aniden gerçek öz hakiki yaşamı başlayacak, bugün yaşananlar hatıra olarak bile elde kalmayacak, iz bırakmayacaktı.

Bu anlamsız bekleme hali Gülendam'ı hiç sağa sola bakmadan hızla koşan, engellerin üstünden atlayan, kendi tecrübelerine dokunmayan, hayatındaki her şeyin üzerinden kayıp gitmesine müsaade eden, çünkü bunların esas malzeme olmadığına emin bir kısrak yapmıştı.

İleride şunu yaparım, büyüyünce şuraya giderim diye hayalini kurduğu şeylerdeki ilerinin, büyüyüncenin aslında tam da o yaşlarına, o günlerine tekabül ettiğini aniden fark ediverdiğinden şaşalıyor, bu konuya kafa yormamak, içinden geçenlerden kaçmak için dışarıdan geçenlere bakıyordu.

*

Her şeyi yapmak, her yere gitmek, her şeyi görmek, herkesi tanımak yönünde bir iştah taşıyordu taşımasına, ama içinin bir yeri, hiçbir şeyi yapmadığı, hiçbir yere gitmediği, hiçbir şey görmeyip hiç kimseyi tanımadığı halde derinliğin, mananın, her gün yeni bir yerden akmak, her gün yeni bir yere konmakla değil, hep aynı yere düşen su damlaları gibi yerini oymak, her gün aynı yerden geçip, aynı şeye bakıp onda farklı bir şey görebilmekte olduğu kuşkusunu aklının denizinde dalgalandırıyordu.

Yine de oturdu, hocasına danışa danışa başvurusunu yazdı, birikmiş parasından içi titreyerek ayırıp başvurusunu gerekli yerlere gönderdi.

*

İlker en sonunda cesaretini toplayıp kendisine açıldığında Gülendam ne cevap vermesi gerektiğini biliyordu. O cevabı vermemek, başka bir cevap vermek, bir müddet kendini kandırmak ya da kandırılmaya izin vermek ne kolaydı.

Yanıtını geciktirmek için beraber geldikleri eskici dükkânının arkasına doğru yürüdü. Dükkân sola doğru kıvrıldığı için girişten bakınca görünmeyen loş bir köşeye bir masa konmuş, üzerine yerleştirilen irili ufaklı biblolarla âdeta minik tablolar oluşturulmuştu. Gülendam orada bir zürafanın yanı başına ilişmiş bir koyun biblosunun hatlarını, bibloyu yerinden kaldırmadan parmağı ile takip etti. İlker de peşinden gelmiş, yanında dikiliyor, etrafla meşgul olur görünme gayretinde bile bulunmuyordu. Gülendam'ın parmağı koyundan sonra zürafanın, zürafadan sonra mavi beyaz porselenden bir balıkçının, daha sonra onun yanı başına dikilmiş zarif bir Japon hanımın üzerinden de aynı dikkatle geçti; masada dokunulmamış hiçbir şey kalmayıncaya kadar devam etti. Bu oyalanma anında Gülendam İlker'in kendisine verdiği ve verebileceği her şeye bir müddet daha tutunmak istiyordu.

Ama sonunda korkuyu geride bırakmak için aşı kuyruğunun en önüne koşan bir çocuk saffetiyle İlker'e döndü. "Olmaz," dedi, "yapamam."

*

Gülendam birkaç ay sonra başvurduğu okula kabul edildiğini öğrendi. Buna en çok kendisi şaştı. Babası boynunu büktü, "Sen bilirsin kızım," dedi. Sordular soruşturdular, hesap kitap yaptılar. "Biz bu yükün altından evelallah kalkarız," dediler. Deniz Hoca sağolsun, Gülendam'ı utandırmamak için "Bir yerlerden burs buldum," dedi, uçak bileti parasını kendi cebinden verdi. Gülendam'ı uğurlamaya havaalanına bir tek İlker geldi. Ayrılık anında bir şiiri temize çektiği katlanmış bir kâğıdı Gülendam'ın eline tutuşturdu.

*

Sonra uçağa bindi, uçtu uçtu Gülendam uçtu.

[demir] Demir öğlen güneşinin doldurduğu aydınlık ferah bir odada, bir masanın başındaydı. Düşünüp duraklayarak önündeki bir kâğıda notlar alıyordu. Bir anda duvarda bir gölgenin havalandığını fark etti Demir. Ne olduğunu anlamak için camdan dışarı baktığında kahverengi bir kelebeğin (belki de bir güvenin) camın önünde titreştiğini gördü. Camın dışındaki kahverengi yaratık tamamıyla aleladeydi. Ancak duvardaki yansıması büyülü, imkân doluydu.

SEZAR'IN HAKKI

2006'da başlayan macera
çok farklı bir şekilde sonlanabilirdi.
O günlerden bu günlere gelişte emeği olan,
ziyaret eden, telefon eden, elimi tutan,
evini açan, iş bulan, uçak bileti alan,
kendi evladı gibi benimseyip bağrına basan,
beraber Adalarda gezdiğimiz, Modalarda çay
içtiğimiz, Çandarlı'da denize girdiğimiz,
arabasıyla götüren, pilateste didinen,
kıtalaraşırı zürafa taşıyan, yollara düşüp
Türkiye'ye gelen ve en önemlisi hiç yalnız bırakmayan
başta çekirdek ailem olmak üzere
tüm dostlara selam olsun.

Siz olmasaydınız, bu kitap da olmazdı.